들개

# 들개

이외수
장편소설

해냄

무엇을 붙잡고 살아가랴.

아무리 건져도 건져지는 것은 없고 언제나 남는 것은 빈손
뿐이다.

나는 가만히 있어도 살해당한다.

사방을 둘러보아도 아득한 절벽, 어디로 가야 할는지 막막
하기만 하다.

나는 속고 있는 것 같다.

이렇게 사는 것이 아니다.


되도록이면 남의 닭은 많이 잡아먹을 것, 남의 오리도 많이
잡아먹을 것, 그 다음 오리 임자가 찾아오면 닭발을 내밀고 닭

임자가 찾아오면 오리발을 내밀 것. 그러나 나는 처음부터 자신이 없다. 언제나 당하기만 한다. 억울하다.

하지만 세상은 끝내준다.

오리를 잃어버렸다고 말하면 닭발을, 닭을 잃어버렸다고 말하면 오리발을 잘도 내민다. 약간 머리를 회전시켜 오리와 닭을 다 잃어버렸다고 말하면 꿩발을 내민다. 졌다.

그래도 나는 물들지 말아야 한다. 억울하다고는 생각지 말아야 한다. 모든 것이 부질없다.

지금까지 교과서에 배워온 것들을 모두 버리기로 한다. 모조리 거짓말이라는 것을 알았기 때문이다.

무엇보다도 중요한 것은 마음 그 자체이다.

나는 자연스럽고 싶다.

또는 자유스럽고 싶다.

세뇌받은 진리는 결코 진리가 아니다.

교육받은 모든 것으로부터 떠나고 싶다.

그러나 학문 그 자체는 좋은 것이다. 비록 항문이라고 발음되기는 하지만 결코 똥을 누기 위한 도구는 아닌 것이다.

그런데도 똥 같은 소리나 하면서 살아야 하는 학자들은 얼마나 가련한가.


노스트라다무스라는 괴물이 지구의 종말을 예언했다고 한다. 예언을 모두 믿을 수는 없다. 다 맞히고는 단 한 개만 틀리게 예언할 수도 있는 것이다.

그러나 세상은 너무 많이 망가져 있다.

내 책임이 아니다.


나는 이 조잡한 소설 한 권을 만드느라고 폐만 작살내버렸다. 그러나 내 폐는 작살나더라도 되도록 다른 사람의 마음을 작살내지는 않는 소설이 되기를 빈다.

다 쓰고 나서 항시 느끼는 것은 내가 너무 형편없다는 사실이다. 나는 좀더 공부하지 않으면 안 된다. 국정교과서식의 공부가 아니라 장자(莊子)식의 공부다.

다시 겨울이 오고 있다. 어떻게 살아야 하나, 눈물겹다.


李 外 秀

# 여름 우박

질식할 것 같은 햇빛 햇빛 햇빛……
단 하루만이라도 하늘이 흐려주었으면 싶었다.

"저어 실례입니다만 아가씨……."

내가 시내버스 정류장에서 하운동으로 가는 버스를 기다리고 있을 때였다.

"저하고 잠깐만 얘기 좀 나누실 수 없을까요?"

한 남자가 어눌한 목소리와 함께 내 앞을 가로막았다. 나는 약간의 당혹감을 느꼈으나 이런 일이 처음은 아니었으므로 태연히 그 남자의 얼굴을 쳐다보았다.

검은 테의 졸보기 안경을 쓰고 있었다. 서른이 조금 못 되는 나이 같았다. 여름인데도 검정색 물감을 들인 군용 작업복 한 벌을 걸치고 있었다. 하지만 어딘지 모르게 추위를 타고 있는 듯한 표정이었다.

날씨는 전혀 여름답지 않게 돌변해 있었다. 바람이 심하게 불고 기온이 급작스럽게 떨어져 있었다. 음산했다. 그렇다고는 하더라도 그런 옷차림으로 남자가 추운 표정을 짓는다는 것은 좀 지나치다 싶었다. 아마도 선천적으로 추위에 약한 체질을 타고난 모양이었다.

"아주 잠깐이면 됩니다."

그 남자는 몹시 곤혹스러운 표정을 짓고 있었다.


바로 등 뒤 담배가게 옆에 세워놓은 문짝들이 바람에 멱살을 잡혀 길바닥에 내동댕이쳐지는 소리, 가로수 이파리들이 일제히 깔깔거리며 갈채들을 보내고 있었다.

"미안하지만 전 지금 시간이 없는데요."

나는 앞에 서 있는 남자에게 그렇게 말해 주었다. 머리카락이 자꾸만 흐트러져서 내 얼굴을 뒤덮고 있었다. 나는 손수건을 꺼내어 뒤로 묶어야겠다는 생각을 하면서도 앞에 있는 남자 때문에 참고 있었다. 바로 면전에 낯선 남자를 세워놓고 머리를 매만진다는 것이 어쩐지 쑥스러운 기분이 들어서였다.

바람은 점점 기세를 더해가고 있었다.

때때로 바람의 완강한 팔뚝에 머리채를 움켜잡힌 채 한 줄로 서서 쓰러질 듯 쓰러질 듯 버티고 있는 가로수들, 이따금 날개를 접질리운 새들처럼 휴지들이 높이 솟구쳤다간 곤두박질을 치고 있었다. 이상한 날씨였다.

"다 보인다!"

정류장에 서 있던 남자 하나가 허옇게 야비한 웃음을 웃으며 한곳을 손가락질하고 있었다. 돌아보니 길을 가던 젊은 여자 하나가 발을 멈추고 바람에 부풀어 오르는 치마폭을 황급히 억누르고 있었다. 나는 본능적으로 여자 특유의 수치심에 사로잡혀서 앞에 서 있는 남자까지 징그러워지고 있었다.

그런데 때마침 버스가 와준 것은 다행이었다. 나는 그 남자에게서 한 걸음 옆으로 비켜서며 버스를 향해 걸음을 옮겨놓을 듯한 자세를 취했다.

"아가씨."

그러나 다시 그 남자가 내 앞을 가로막았다.

"아무런 부담을 느끼실 필요가 없습니다. 그냥 얘기만 나누고 싶을 뿐입니다."

역시 어눌한 목소리였다.

"비켜주세요."

나는 화난 듯한 목소리로 말해 보았다.

"비켜드린다는 것은 무의미합니다."

그 남자는 약간 웃어 보였다.

"비켜주세요."

나는 다시 한 번 같은 말을 되풀이했다.

그래도 그 남자는 여전히 그대로 서 있었다.

거리는 평소보다 한산해 보였다. 더러는 문을 닫아버린 가게도 있었다.

아마도 그것은 심상찮은 날씨 때문이 아닌가 싶었다.

나는 문득 이 남자가 좀처럼 내 곁에서 물러서지 않을 듯한 예감을 받았다.

"이대로 집에 돌아가신다는 것은 무의미합니다."

"왜 이러시는 거죠?"

"그런 걸 물으시는 것도 무의미합니다."

똑같은 억양, 똑같은 굵기로 그는 무의미합니다만 되풀이하고 있었다. 그러는 사이 억울하게도 버스는 떠나버렸다. 나는 뭐 이 따위 남자가 다 있나 싶어 똑바로 그의 얼굴을 쳐다보았다.

"째려본다는 것은 무의미합니다."

그는 다시 약간 웃어 보였다. 별로 악해 보이지는 않는 남자였다.

그러나 나는 새침한 표정으로 돌아섰다. 그리고 빠른 걸음으로 걸어가기 시작했다.

"태풍을 동반한 장마전선이래."

"아무래도 그렇지. 이건 여름 날씨가 아냐."

남자들 둘이 내 곁을 스쳐가며 그런 얘기들을 나누고 있었다.

귓전에서 바람이 끊임없이 광목 나부끼는 소리로 푸득거리고 있었다. 나는 메고 있던 핸드백에서 손수건을 꺼내어 머리를 뒤로 잡아매었다. 갑자기 어수선하던 시야가 확 트이는 듯한 느낌이었다.

한참을 걷는데 툭, 빗방울 하나가 내 손등으로 떨어져 내렸다. 이어 그것을 계기로 여기저기서 빗소리가 들리기 시작했다. 갑자기 사위가 싸늘하게 식어들면서 문득 마른 먼지 냄새 같은 것이 코끝에 스며왔다. 삽시간에 비는 소나기로 변해버렸다.

나는 비를 피할 만한 장소를 물색하며 황급히 달리기 시작했다. 그때 갑자기 사방에서 딱총을 난사하듯 야무진 소리들이 산발적으로 들려오기 시작했다. 인도 블럭 위로 콩알만 한 결정체들이 세차게 떨어져서 튕겨져 나가는 것이 보였다.

"우박이다!"

누군가 그렇게 소리치고 있었다. 비와 함께 우박이 쏟아져 내리고 있었다. 갑자기 거리가 혼란스러워지고 있었다. 어느새 바람은 기세를 죽이고 있었다.

나는 어느 건물의 이층으로 오르는 계단 밑에서 일단 우박을 피하기로 마음먹었다. 몇 사람이 먼저 자리를 차지하고 우박 속에서 비명을 지르며 실신해 가고 있는 도시를 바라보고 있었다. 우습게도 나는 이 괴상망측한 여름 날씨가 지구의 종말로 이어지게 될는지도 모른다는 생각을 하고 있었다. 그때였다.

"아가씨……."

아까 그 남자가 어느새 내 곁으로 다가와서 집요한 시선을 던지며 다시 말을 걸었다.

"날씨조차 이런데 어디 다방 같은 데라도 가서 잠깐만 얘기를 나눕시다."

나는 아무래도 이 끈질긴 남자를 쉽게 떨쳐버릴 수 없을 거라는 판단을 내렸다. 그래서 하는 수 없이 이렇게 물어보았다.

"몇 분이면 되겠어요?"

그러자 그 남자는 약간 얼굴이 밝아지는 듯싶더니 삼십 분이면 충분하지 않겠느냐고 대답했다. 다행히 아주 가까운 곳에 다방 간판이 보였다.

우리는 함께 그리로 들어섰다. 다방 안은 매우 조용했다. 사람들은 밖에 우박이 떨어지고 있다는 사실을 전혀 모르고 있는 듯한 표정이었다.

"사실, 미팅을 주선하고 있는 중입니다."

커피가 날라져 오자 그는 우선 그렇게 서두를 꺼냈다. 나는 대번에 시시하다는 느낌을 받았다. 서른이 다 되어가는 남자 입에서 튀어나온 '미팅'에 대해 나는 숫제 치졸스러움까지 느끼고 있었다.

"그래서 파트너가 되어달라는 얘기인가요?"

"그렇습니다."

"사양하겠어요."

"사양되지 않고 있습니다."

그는 뭔가 재미있는 것을 혼자만 알고 있다는 듯한 웃음을 웃고 있었다.

"저를 기억하실 수 있으십니까?"

"없는데요."

"저는 아가씨를 기억할 수가 있습니다."

"어디서 보셨던가요?"

"한 달 전 '구름잔'이라는 생맥주 집에서 보았습니다. 혼자 생맥주를 마시고 있었습니다."

"그게 어떻다는 얘기죠?"

"그날 저도 혼자 생맥주를 마시고 있었는데 솔직히 말씀드리자면 꼭 합석을 한번 해보고 싶은 심정이었습니다."

역시 시시한 얘기만 계속될 것 같았다.

나는 기회를 보아 삼십 분이 되기 전에 일어서버려야겠다는 생각을 하고 있었다.

"하지만 그때는 이미 제 주머니가 텅 비어 있을 때였죠. 그래서 하는 수 없이 다음 기회로 미루어야겠다고 마음먹었습니다. 그로부터 한 달, 한 달 동안이나 나는 아가씨를 기다리고 있었습니다. 아까 비로소 아가씨는 거기에 나타나서 몇 잔의 생맥주를 마셨습니다. 천 시시짜리 두 잔이었던가요."

"연속 방송극 같은 스토리군요."

나는 핸드백을 챙겨 들고 일어설 준비를 했다.

"그런데 말입니다. 아가씨께서 홀로 술을 마시는 모습을 보고 문득 합석을 한번 해보고 싶은 심정을 가졌던 것은 사실이지만 어디까지나 그것은 순간적인 충동에 지나지 않았어요.

한 달 동안 제가 아가씨를 기다린 이유는 다른 것에 있었다는 얘깁니다."

나는 더 이상 들어볼 필요가 없겠다는 판단을 내렸다.

"무슨 뜻인지 잘 알겠군요. 하지만 전 여기서 그만 이 하품 나오는 미팅을 절팅해야겠네요."

나는 핸드백을 들고 일어섰다.

"그럼 분실물은 돌려드리지 않아도 되겠군요, 아가씨."

그는 빙글빙글 웃고 있었다.

"무슨 소리죠?"

나는 의아해서 물어보았다.

"아가씨는 노트 한 권을 분실하셨을 텐데요."

나는 비로소 이 남자가 터무니없이 횡설수설을 늘어놓고 있는 것이 아님을 확신하게 되었다. 그렇다. 나는 한 달 전 귀중한 노트 한 권을 분실해 버렸던 것이다.

"어디 있죠, 그 노트?"

나는 하는 수 없이 도로 그 자리에 맥없이 주저앉고 말았다.

"저 역시 최근에 이르러 언어라는 것에 약간의 혐오감을 느끼고 제 나름대로 언어 파괴운동을 벌이고 있는 놈 중의 하납니다. 그랬는데 아가씨의 노트를 보니 저와 일맥상통하는 점이 한두 가지가 아니었어요. 반드시 한번 만나서 술 한잔을 같이해야겠다는 생각이 들었습니다. 여자와 남자의 술이 아니라 그저 같은 공범으로서의 술을 말입니다."

"그 노트 지금 가지고 계시면 돌려주세요."

"술 한잔 같이하신다면."

"다음에 한잔 사드리겠어요."

"다음 같은 건 믿지 않습니다."

"지금은 시내버스 차비밖에 없어요."

"술값은 제가 지불하지요."

"찻값도 지불해 주세요."

"물론입니다."

나는 하는 수 없이 그와의 술 한잔을 허락해 버리고 말았다.

"여기 잠깐만 앉아 계십시오."

그는 카운터로 가서 찻값을 지불하고는 서두르는 듯한 모습으로 혼자 다방을 나가버리고 말았다. 잠시 무료한 시간이 계속되고 있었다. 실내에는 질 나쁜 전축에서 흘러나오는 경음악이 이따금 짚단 타는 듯한 잡음과 함께 허공을 배회하고 있었고, 레지들은 저마다 빈 의자에 앉아서 권태스럽다는 듯 출입구 쪽을 바라보고 있었다.

"어소세요."

손님들이 들어오면 레지들은 일제히 일어서며 그렇게 말했는데 그 모습은 마치 잘 훈련되어 있는 정신박약아들을 연상시켰다.

"안녕히 가세요."

이건 카운터에 앉아 있는 여자만 전용으로 사용하고 있었다.

"어소세요."

잠시 후 그 남자가 다시 다방 안으로 들어서는 것이 보였다. 손에 비닐 우산 두 개가 쥐어져 있었다.

밖에 나오니 우박은 그쳐 있었다. 그러나 억수 같은 소나기가 온 도시를 집어삼킬 듯 퍼부어지고 있었다. 우리는 연약한 비닐우산을 앞세우고 '구름잔'이라는 이름의 생맥주 집으로 가고 있었다. 나는 결국 이 남자가 계획한 단독 미팅의 파트너가 되어버린 셈이었다.

그 남자의 화술은 매우 교묘한 것 같았다. 나는 말려들지 않으려고 애쓰면서도 정신을 차리고 보면 어느새 말려들어 있었다. 한 잔씩 천천히 주문해서 마신 술이 벌써 취한다는 기분에까지 와 있었다.

"저는 우선 한자어를 잘못 읽었을 때 나타나는 현상을 의도적으로 사용해 보기 시작했습니다. 부지불식(不知不識)을 불지불식으로 말해 버리는 것이 그 하나의 예입니다. 그러니까 부동산(不動産)은 불동산으로, 불안정(不安定)은 부안정으로 말하게 됩니다. 불동산에 돈을 좀 투자했는데 아무래도 왕창 망해버리는 게 아닌가 싶어 부안해서 못 살겠네. 요즘은 불동산도 부경기거든, 하는 식으로 말입니다. 불자연스러운 표현입니까?"

"아뇨. 또 다른 게 있으면 말씀해 보세요."

"잘 아시겠지만 악(惡)이라는 글자는 '오'라고도 읽혀집니다.

그런데 저는 '악'으로 사용해야 할 경우는 '오'로 사용하고, '오'로 사용해야 할 경우는 '악'으로 사용해 버립니다. 아까의 경우와 흡사합니다. 나는 증오심(憎惡心)에 불타올랐다, 라고 말해야 할 경우 나는 증악심에 불타올랐다, 라고 말해 버리는 것입니다. 그리고 악랄한 자식, 이라고 남을 비방해야 할 때는 오랄한 자식, 이라고 말해 버리는 것입니다."

"그럼 혐오감(嫌惡感)은 혐악감으로 발음하겠네요."

"아닙니다. 염악감이라고 발음합니다. 혐(嫌)자는 염(廉)자와 비슷하기 때문입니다. 비슷한 글자를 의도적으로 혼동해 사용하는 것도 제 언어 염악증에서 생긴 유희 중의 하나입니다. 저는 묘지(墓地)를 막지(莫地)로 읽습니다. 묘(墓)자와 막(莫)자는 서로 비슷하거든요. 또 남을 모략(謀略)하지 말라고 말할 때는 남을 첩략(諜略)하지 말라고 말합니다."

그는 이제 이 사회가 상투적인 언어들로써 너무 많이 자기를 속여먹어 왔다고 말했다. 언어는 믿을 것이 못 된다는 거였다.

"그런데 아가씨, 그 노트는 정말로 명쾌한 것이었습니다. 아가씨도 역시 언어를 통해 어떤 고정관념을 파괴시키고 있었던 것은 아닌지요?"

"저는 그런 거창한 생각을 가져본 적이 없어요. 그냥 심심풀이로 끄적거려본 것일 뿐이에요."

"아무래도 좋습니다. 하여튼 저는 그 노트를 통해 적수를 하나 만난 것 같은 반가움을 느꼈습니다. 한잔 더 합시다."

나는 왠지 이 남자가 기분 나쁜 상대로는 느껴지지 않았다. 그는 수많은 단어들을 뒤죽박죽으로 섞어놓은 하나의 언어잡화상 같은 분위기를 가지고 있었다.

"언어 가학성의 문제에 있어서 저는 어쩐지 패북감(敗北感) 같은 것을 느끼게 되는데요."

내가 말했다.

"패북감? 와 그거 기분 좋은데."

그는 단숨에 생맥주 오백 시시 한 잔을 벌컥벌컥 들이켰다. 이상하게도 그는 술을 마시면 마실수록 더욱 창백해져 가고 있었다. 마치 질식사를 당하고 있는 듯한 모습이었다. 그는 내게 말놀이를 한번 해보자고 제의해 왔다.

"그럼 우리 앞 뒤 글자를 바꾸어서 한번 말해 봅시다. 이를테면 충고는 고충이다, 하는 식으로 말입니다."

충고는 고충일까. 듣는 쪽에서는 그럴 수도 있을 것 같았다.

나는 이제 완전히 그의 페이스에 말려들어가 있었다. 그래서 그가 유혹하는 대로 그의 언어 잡화상 속으로 끌려들어가 뒤죽박죽이 된 언어들을 이리저리 뒤적거려보기 시작했다. 기역으로 시작되는 판매대에 나는 서 있었다. 거기서 나는 충고와 고충의 경우처럼 글자를 바꿔놓아도 말이 되는 단어들을 찾아보기 시작했다. 잠시 후 단어 하나가 떠올랐다.

"군대는 대군이다, 말이 되나요?"

"됩니다. 그럼 이제 또 제가 말해야 할 차렌가요. 그러나 아가씨, 우리 그냥 하면 재미가 없을 테니까 벌칙을 정합시다. 상대편이 말하고 나서 일 분이 경과해도 적당한 단어를 못 찾아내었을 경우 오백 시시의 반을 벌주로 단숨에 마신다든가 하는."

나는 재빨리 계산해 보았다. 조금 전에 군대는 대군이다를 생각하는 데 나는 약 이십 초를 허비했다. 어쩌면 그보다 빨리 생각해 낼 수 있을는지도 모른다.

"좋아요, 먼저 하세요."

나는 흔쾌히 그의 제의를 받아들였다.

비록 이 세계가, 모든 언어를 신용할 수 없을 지경에 이르도록 헛된 공약과 헛된 선서로써 평화를 위장하고, 마침내 인간이 말하는 모든 소리들이 이제 사어(死語)에 불과하다는 생각이 들지라도 언어는 언어대로 우리 곁에 언제나 남아 있다.

믿을 수가 없는 세상, 믿을 수가 없는 말들 속에서도 진정으로 우리들의 어두운 영혼에 청량한 비가 되어 내리거나 아름다운 햇빛으로 적셔지는 언어가 있다. 나는 살아가는 동안 그것들을 가닥가닥 뽑아내어 누구든지 감탄할 수 있을 정도의 비단 한 폭을 직조하고 싶었다. 그러나 아직도 사어들의 공동묘지인 이 도시 안에서 나는 한 가닥의 실오라기도 건져내본 적이 없었다.

내가 그의 제의를 받아들인 것은 나 자신의 글을 쓰고자 하는 스물네 살의 여자로서 아직 언어에 대해 아무런 확신을 가지고 있지 못하다는 콤플렉스 때문이었다. 말놀이는 어디까지나 말놀이어서 그것이 순간적으로 언어를 반짝거리게는 하지만 결코 보석처럼 그 모양과 빛을 오래 간직할 수는 없다. 나는 이제 나 사신에 대한 콤플렉스를 그런 말놀이와 함께 더욱 비하시키면서 스스로를 경멸해 주고 싶었던 것이다.

실내는 비교적 한산한 편이었다. 칸막이도 없이 그냥 둥근 테이블과 작은 의자들을 배치해 놓은 이 집은 벽 전체가 온통 반 고흐의 그림들로 꽉 차 있는 것이 특징이었다.

감빛으로 까물거리는 소형 램프가 테이블마다 한 개씩 놓여 있었다. 이러한 조명은 테이블 주변을 적당히 어둠에 젖게 하면서 시간을 차분하게 가라앉히는 장점을 가지고 있었다. 다만 벽만은 집중적으로 밝은 불빛들이 들이비쳐서 고흐의 그림만은 아주 잘 보였다.

"어서 시작해 보세요."

나는 반 고흐의 〈밀밭과 삼나무가 있는 풍경〉을 그의 어깨 너머로 바라보면서 그가 입을 열기를 기다리고 있었다.

"먼저 하기 전에 룰을 정하겠습니다. 반드시 '무엇은 무엇이다'로 말할 것. 그리고 그것이 내용상 별로 무리가 없어야 함. 단 두음법칙에 따른 글자의 틀림은 허용이 됩니다. 그리고 한번 말해 놓은 것은 취소할 수 없다는 점을 반드시 명심해야 합니다."

그는 격전장에 나가는 용사처럼 팔을 한번 걷어붙였다. 술기운 탓인지 이제 그의 어투는 처음 버스 정류장에서 만났을 때처럼 어눌하지는 않았다.

그러나 얼굴은 여전히 창백했다.

"그러면 제가 먼저 시작하겠습니다. 이론은 논리다. 긍정하시겠습니까?"

나는 잠시 생각해 보았다. 사전적인 풀이로 굳이 그것을 맞추지 않는다면 그 은유법은 성립될 것 같은 느낌이었다. 나는 그것을 다시 한 번 뒤집어보았다.

"논리는 이론이다."

그는 어이가 없다는 듯한 표정이었다.

"사회는 회사다."

그가 말했다.

그것은 더 이상 깊이 생각해 볼 여지가 없는 문구 같았다. 이제 세상은 온통 영리행위를 목적으로 하는 하나의 거대한 기업체와 같은 양상을 띠고 있는 것이다. 나는 이번에도 그것을 쉽게 뒤집어서 그에게 되돌려주었다.

"회사는 사회다."

그러자 그는 못 당하겠는걸, 하는 표정을 지어 보였다. 나는 앞으로 그가 말하는 것을 얼마든지 다시 뒤집어서 되돌려주면 되겠구나, 하는 생각을 품고 있었다.

"유서는 서류다."

'유'와 '류'는 두음법칙에 의한 것이라고 간주해서 글자가 서로 틀려도 상관없다고 생각하는 모양이었다.

"서류는 유서다."

나는 대뜸 버릇대로 그렇게 말해 버렸다. 그래 놓고 나서는 곧 아차, 하는 생각이 들었다. 유서는 흔히 재산 상속문제 따위에 관한 서류가 될 수 있지만 서류는 결코 유서가 될 수는 없었다. 나는 하는 수 없이 벌칙에 따라 이백오십 시시의 생맥주를 들이켜는 수밖에 없었다. 한 번 말해 버린 것은 절대로 취소할 수 없다고 그가 말했던 것이다.

"사설(社說)은 설사다."

그가 말했다.

되지 못한 신문 사설은 그럴 수도 있는 노릇이었다.

"……."

상당히 많은 것 같았는데 의외로 적합한 단어는 쉽게 떠오르지 않았다. 나는 일 분을 초과해서 다시 이백오십 시시를 마저 마셨다. 곧 그가 새로 내 앞에 오백짜리 생맥주 하나를 주문해 주었다.

"애비는 비애다."

그는 계속해서 망설임 없이 그럴듯한 것들을 만들어내고 있었다. 나는 자꾸만 서두르는 수밖에 없었다. 이제 내 머릿속에는 내가 알고 있는 모든 단어들이 일일이 뒤바뀐 상태로 '무엇은 무엇이다'의 형식에 바삐 맞추어지고 있었다. 간신히 단어 하나가 제대로 맞추어졌다.

"별똥은 똥별이다."

"침목은 목침이다."

그는 숨 쉴 틈도 주지 않고 뒤를 이었다.

나는 침목이 목침이라는 그의 말이 재미있다는 생각을 했다. 침목을 베고 누워 열차가 오기를 기다리는 한 염세주의자의 모습이 떠올랐다.

"삼십 초. 삼십오 초. 사십 초."

그가 시계를 보면서 초읽기를 하고 있었다. 나는 몹시 초조한 기분이었지만 완전히 밑천이 동이 나버린 듯한 느낌이었다.

결국 다시 이백오십 시시의 생맥주가 내 뱃속으로 흘러 들어가게 되었다. 이상하게도 오늘은 술이 잘 받는 듯한 느낌이었다. 문득 마땅한 단어 하나가 떠올랐다.

"빨리 하세요."

나는 컵을 놓으며 그에게 말했다.

"화대는 대화다."

약간 망설이다가 그가 말했다.

"주모는 모주다."

"이번에는 빠르군요. 가불은 불가다. 말이 안 됩니까?"

"말은 되는데요."

"말만 되면 됩니다."

"임신은 신임이다."

"그럴 수도 있겠군요."

그는 잠시 생각에 잠겼다가 약간 특이한 단어로 지금까지의 유형을 벗어났다.

"기러기는 기러기다. 어떻습니까. 기러기는 어디까지나 기러기시 닭이나 다조 따위는 될 수가 없다는 얘깁니다."

나는 반발했다.

"그런 거라면 저도 얼마든지 할 수 있어요. 카프카는 카프카다. 카프카는 어디까지나 카프카지 카사노바나 카터 따위는 될 수가 없다 이거예요."

오시오, 다르다, 깔깔깔, 하하하, 얼마든지 거꾸로 해서 그런 식으로 말을 만들 수가 있는 것이다. 엉터리가 아니고 무엇인가.

"그럼 좋습니다. 흉내는 내흉이다. 이건 되겠죠."

그는 벌칙을 감수하겠다는 듯 잔을 집어 들며 그렇게 말했다.

"그건 되겠군요."

하지만 나는 또 막혀버린 상태였다.

그렇게 해서 나는 다시 이백오십 시시를 억지로 마셔야 했고, 그는 여전히 막히지 않고 계속해서 그 놀이를 이끌어 나갔으며, 나는 이제 완전히 취해버렸다.

새로 날라져 온 생맥주 한 컵이 고스란히 내 앞에 남아 있었다. 유리컵 속의 투명한 담황색 액체 위에 하얀 거품이 젖은 목화솜처럼 담겨 있었다. 취한 상태에서는 누구나 다 그런지 모르겠지만 나는 술을 얼마든지 더 마실 수 있을 것 같은 기분이었다. 남자들은 이런 상태를 간이 부었다고 하던가, 나는 정말로 세상이 하나도 겁나지 않았다.

"나를 이런 식으로 술 취하게 만들어서 도대체 어떻게 하시 겠다는 심산이었죠?"

나는 그가 미리부터 계획적으로 그런 말놀이를 시작했다는 것을 아까부터 염두에 두고 있었다. 그렇지 않고서야 어떻게 그토록 망설임 없이 단어들을 척척 뒤바꿔서 말이 되도록 만 들 수가 있는가.

"뭐 별다른 저의는 없었습니다."

그러나 그는 태연히 내게 말했다.

"그냥 아가씨에게 술을 한잔 사드리고 싶었을 뿐입니다. 저 는 한 달 내내 혼자서 여기 와서 술만 마셨습니다. 제 생활에 상당히 큰 변화가 왔었기 때문입니다. 물론 이건 절대로 아가 씨와는 관계가 없는 일입니다. 하지만 가끔 아가씨를 만나서 술을 한잔 같이 하고는 싶었습니다. 너무 외로워서 말입니다."

"다른 여자들과 마실 수도 있었을 텐데요."

"다른 여자들은 아가씨가 가지고 있는 그런 식의 노트를 만 들어낼 수가 없습니다."

스피커에서는 나지막한 소리로 그로페의 조곡 〈그랜드캐니 언〉 중 제3곡 〈소로(小路)에서〉가 흘러나오고 있었다. 취하니 까 주책없게도 센티해져서 나는 문득 까닭도 없이 울고 싶다 는 생각을 했다.

외출해서 언제나 내가 느끼는 것은 외출해도 별 볼일 없다는 자각이었다. 그러나 외출하지 않는다고 또 무슨 특별한 낙이 있으랴. 외출하지 않는 날은 주로 낮잠을 잘 뿐 아무런 보람이나 희망도 없었다. 오직 권태와 무위 속에서 나는 나날이 부패해 가고 있을 뿐이었다.

나는 늦은 봄에 대학에다 자퇴원서를 던져버리고 텅 비어 있는 폐건물 속에서 혼자 살고 있었다. 몇 년 동안 입시생들을 위한 학원으로 사용하고 있었는데 오래전에 학원은 이사를 가버리고 내가 몰래 들어가 주인 행세를 하고 있는 건물이었다.

그것은 학교와 비슷한 구조를 가지고 있었다. 이층이었고, 벽돌과 나무로 축조되었으며 을씨년스러웠다. 창고와 화장실과 관리인실이 단층으로 곁에 붙어 있었지만 모두가 한결같이 폭삭 무너지기 직전이었다. 이미 지붕들은 휑하니 구멍이 뚫어져 있는 부분도 있었고 벽은 벽대로 곳곳에 틈이 벌어져 있었으며 운동장에는 잡초들이 무성하게 자라 있었다. 간혹 달이 밝아 운동장으로 나가보면 모기떼가 헝클어진 수천 가닥의 가느다란 울음소리를 발하며 날아올랐다.

그래도 운동장 구석빼기에는 작은 연못이 하나 있었다. 그것만이 유일한 내 친구가 되어주었다. 그 연못가에는 다행스럽게도 키 자란 노간주나무 한 그루가 서 있었으며 넓적해서 앉기 좋은 돌들도 여기저기 놓여 있었다.

나는 자주 그 노간주나무의 그늘 밑 돌에 앉아 참담하게 부패해 있는 내 스물네 살의 일상들을 진단해 보곤 했었다.

오늘날까지 내 의지에 의해서 만들어진 일들이 과연 몇 가지나 있었던가. 있었다면 지금 그것들은 모두 어디로 가버렸는가.

어느 것 하나 진실된 것도 없고 영원한 것도 없었다. 누군가 내 인생을 훔쳐가서 나 대신 살고 있는 듯한 느낌이었다. 지금까지 살아온 모든 일들이 아무 의미가 없는 것처럼 금후 살아갈 일들에 대해서도 나는 아무 의미를 발견할 수가 없었다.

나는 도저히 극복해 낼 자신이 없었다. 그래서 그 외로움을 빙자해서 밤이면 버릇처럼 술을 마셨다. 나는 좀더 새로운 세계를 찾고 있었다. 언제나 심하게 목이 마르고 언제나 심하게 배가 고팠다. 나는 자포자기 상태에 빠져 있었다.

질식할 것 같은 햇빛 햇빛 햇빛……

단 하루만이라도 하늘이 흐려주었으면 싶었다. 단 한 번이라도 비가 내려주었으면 싶었다. 그 모든 낮과 밤들이 더위와 권태와 무위 속에 기진해 있었다.

그러다가…….

오늘 비로소 비가 내렸다.

어쩌면 그동안의 견딜 수 없었던 상황에서 나는 비로소 헤어날 수 있을는지도 모른다는 생각을 했다.

이 여름은 얼마나 무덥고 지리했던가. 하루에도 몇 번씩 자살을 생각하며 무작정 거리를 헤매다녔다. 나는 일체의 구원에서 제외된 여자였고 자살만이 유일한 구원 같았다. 날마다 날씨는 무더웠다. 연일 가뭄도 계속되었다. 햇빛이 강하면 강할수록 내 의식은 하얗게 비어나갔다. 전혀 바람도 불지 않았다. 간혹 거리에 나가 보면 모든 나무와 길바닥과 건물들이 눈부신 햇빛 속에 정지해 있었다.

아무 소리도 들리지 않았다. 도시는 침묵 속에 그저 하얗게 타고 있었다. 사람들은 모두가 낯설었다. 아무런 감정도 가지고 있는 것 같지 않았고 아무런 감각도 느낄 수 없는 것 같았다. 숨이 막혔다. 견딜 수가 없었다. 모든 것이 절망적이었다. 무슨 생각이든지 조금만 더 연장시켜 나가면 금방 죽음이라는 것에 닿아버리고 그것은 다른 사람의 경우와 비교해 보아도 마찬가지여서 마치 모든 인간들이 한평생을 물거품만 거머잡고 살다가 허망하게 숨을 거두고 마는 것 같았다.

밤이면 잠이 오지 않았다. 그것은 정말 가혹한 형벌이었다. 내 의식은 언제나 질식한 채 어둠 속에 허옇게 떠 있었다.

"이차 가실 돈 있으세요?"

나는 기분을 전환하듯 그를 향해 말했다.

"마련해 보죠."

"소주도 문제없어요."

나는 제법 허세까지 부리고 있었다.

우리는 일어섰다.

나오는 길에 뒤돌아보니 그는 카운터에다 손목시계를 풀어놓고 있었다. 밖에는 여전히 비가 내리고 있었다. 술 취한 사내 하나가 골목 어귀 쓰레기통 앞에서 구역질을 하고 있었다. 그

의 친구인 듯한 사내가 곁에서 우산을 받쳐주며 측은한 모습
으로 그를 내려다보고 있었다.

우,

우,

우……!

사내는 허리를 기역자로 구부리고 연신 입을 크게 벌리면서
움찔거리고 있었다. 그러다가 마치 뜨물통을 기울였을 때처럼
한꺼번에 콸콸콸 오물을 토해내고 있었다.

우우웩!

우우웩!

자주 바람이 산발적으로 불어와서는 내가 들고 있는 비닐
우산을 까뒤집어보려고 애를 쓰고 있었다. 나는 약간 술기운
이 씻겨가는 것을 의식하면서 몇 번이고 우산을 고쳐 잡았다.
멀리 포장마차 하나가 우중에도 흐린 불빛을 밝혀놓고 우리를
기다리고 있는 것이 바라다보였다.

"돈 있으세요?"

"시계를 맡겼으니까 현찰은 그냥 남아 있습니다."

우리는 포장마차를 향해 바삐 걸었다. 이미 거리에는 인적
이 거의 끊어져 있었고 가게들도 굳게 문을 닫아건 채 침묵하
고 있었다.

"몇 시나 되었을까요?"

"아까 시계를 맡길 때가 열 시 사십 분이었습니다. 앞으로

한 삼십 분 정도는 족히 마실 수가 있습니다. 그런데 댁이 멉
니까?"

"걸어서 십오 분쯤 되는 거리예요."

"저도 마찬가집니다."

"혹시 글을 쓰시는 분이 아니신가요?"

"아닙니다. 저는 형편없는 시정잡배입니다. 책을 무척 좋아하
기는 했습니다만, 벌써 몇 년 전의 일입니다."

"제 노트를 어디서 주우셨지요?"

"줍지는 않았습니다. 아가씨가 화장실을 다녀오는 사이 제
가 슬쩍, 훔쳐낸 것입니다. 처음에는 저도 신분을 확인하기 위
해 한번 아가씨의 탁자로 가보았을 뿐입니다. 그랬는데 빈 의
자 위에 몇 권의 책과 함께 이 노트가 놓여 있었습니다. 제일
윗부분이었어요. 표지에 씌어진 고딕체의 굵고 커다란 글씨들
이 제 호기심을 불러일으켰습니다."

산만한 바람 때문에 자꾸만 빗방울이 우산 속으로 흩뿌려
져 들어왔다.

"돌려드릴 생각이었는데 다음에 만날 구실이 있을 것 같아
당분간 제가 보관하고 있었습니다. 가끔 노트를 뒤적거려보면
서 꼭 한번 술 한잔을 같이 해야겠다고 몇 번이나 다짐을 했
었지요."

그 노트 겉장에는 '새 우리말 사전 3'이라는 표제가 붙어 있
었다. 대학을 다니면서 틈틈이 생각나는 단어들을 적어놓고

거기에 사전 형식으로 풀이를 덧붙여놓은 노트였다. 분실하고 나서 거의 두 주일 동안은 몹시 마음이 언짢았었다.

물론 두 주일이 지나서도 그 두 주일 동안만큼은 강하지 않았지만, 문득문득 그 노트에 대한 생각들이 떠오르고 그러면 몹시 아깝고 서운해서 견딜 수가 없었다.

나는 이 남자가 처음에 그 노트 얘기를 꺼냈을 때 당연히 술 한잔쯤 같이 먹어줄 수도 있다고 생각했었다. 왜냐하면 나도 나 자신이 그렇게 정숙한 여자애라고는 생각하지 않고 있었으며, 또 그렇다고는 하더라도 나 자신에 대한 처신쯤은 스스로 알아서 처리할 수 있다고 생각했었다. 거리에서 만난 남자와 술을 마시고 통금 직전까지 밀어붙여져서 여관방 신세를 진 일도 몇 번 있었지만 나는 마음만 먹으면 언제나 나 자신을 방어하는 데 성공해 왔었던 것이다.

처음에 나는 그 노트를 찾을 생각으로 이 남자와 함께 술을 마셨고 술을 마시다 보니 그의 교묘한 화술에 걸려들어 시간을 지체하게 되었고 이제는 또 술이 나를 붙잡고는 한잔만 더 하지 않으련? 이런 날씨에 그 어둡고 을씨년스러운 건물로 돌아가 너 혼자 고통스러운 밤을 보내야 한다는 것은 너무 끔찍한 형벌이야. 그래, 술이라도 취해서 들어가면 한결 나을 거야, 자, 우리 한잔만 더하지 않으련? 자꾸만 나를 유혹해 오고 있었다.

"어서 오세요."

포장마차에 들어서니 서른다섯 살쯤 되어 보이는 아낙네 하나가 집기들을 챙기며 우리를 맞아들였다. 아마도 그만 귀가해 버려야겠다고 작정했었던 모양이었다.

"술 드릴까요?"

우리가 긴 나무의자에 앉자 그녀가 물었다.

"네."

남자가 안줏거리들을 둘러보며 평범한 목소리로 대답했다.

"무슨 술로 드릴까요. 막걸리도 있고 소주도 있는데."

남자가 다시 내게로 시선을 옮겼다. 어떤 술을 원하느냐는 듯한 시선이었다. 막걸리가 좋겠지 순하니까, 라고 묻는 것 같아 나는 재빨리 외치듯 말했다.

"소주로 주세요!"

"안주도 시키십쇼."

"닭발을 먹을까. 아냐, 난 저런 거 사실은 싫어해요. 저기 소라가 있네 저거 얼마죠?"

"돈 걱정은 말아요."

그는 바지주머니를 툭툭 쳐보였다.

나는 소주를 마시면서 어쩌면 오늘은 나의 은거지로 돌아가지 못하는지도 모른다는 생각을 했다. 그렇다면 파출소나 여관방 신세를 지는 수밖에 없는 노릇이었다.

하지만 나는 어떻게 해서든지 나의 은거지로 돌아가야 하겠다는 결심을 굳히고 있었다. 적어도 이 남자에게만은 내가 결코 쉬운 여자가 아니라는 것을 보여주고 싶었다.

"그 노트 좀 다시 한 번 보고 싶은데요. 새 우리말 사전이라는 노트 말입니다."

술을 마시다 말고 그가 말했다.

나는 아까 그에게서 돌려받았던 노트를 다시 건네주었다. 그는 내 곁에 앉아 천천히 그것들을 훑어보기 시작했다.


간통(姦通) 법률 : 자기 배우자 이외의 이성과 몸을 섞음으로 하여 자기 배우자에게 경제적 도움을 주고자 하는 행위.

방랑(放浪) : 보는 사람에게는 낭만적이지만 행하는 사람에게는 항시 서러운 다리운동.

그래프(Graph) : ① 통계의 결과를 억지로 믿게 하기 위하여 조작해 놓은 도표. ② 수학—주어진 함수에 의해 직선 또는 곡선으로 표현된 악보.

사랑 : ① 마음으로 이성 간에 기쁜 독약을 만드는 일. ② 기독—외롭고 배고프고 착한 사람에게 하나님이 약속한 하나님의 눈물 또는 체온.

사상(思想) : 헛된 판단과 추리를 통해 의식을 사상(死傷)케 하는 의식.

사업(事業) : ① 합리적인 방법으로 여러 사람의 돈을 약취해 모으는 일. ② 어떤 이상적인 목표를 빙자하여 계획적인 운영으로 자기 자신을 더욱 돋보이게 함으로써 기쁨을 느끼는 일. 사회 사업, 자선 사업.

연금술(鍊金術) 화학 : 고대 이집트에서 일어나 수세기에 걸쳐 실험되다가 20세기 한국 땅에서 복부인들에 의해 비로소 성공한 기술. 원래는 비금속으로 귀금속을 만들거나, 영약으로 바꾸는 일이었으나 나중에 한국은행에서 발행하는 종이를 콘크리트 건물로 바꾸고 다시 그 콘크리트 건물을 귀금속으로 바꾸는 변천을 가짐.

사찰(寺刹) 불교 : 부처님을 모신 속세의 극히 드문 일부분으로써 더러는 재산 때문에 싸움이 일어나는 곳.

빚쟁이 : 대개 돈이 없을 때에만 돈을 받으러 오는 사람. 비 식은땀

무인도(無人島) : 무인도(武人島)가 변해서 된 말. 서로 싸우다 모두 죽고 사람이 살지 않게 되었다 함.

음치(音癡) : 음계에 일부러 구속되려고 해도 저절로 자유로워지는 사람. 비 즉흥시인

손 : 사람이 사람의 따귀를 후려칠 때 사용하는 손목 끝부분의 부착품으로써 납작한 모양에 다섯 개의 기다란 가락이 붙어 있음.

생지옥(生地獄) : 인간이 있는 모든 장소.

숨바꼭질 : 어른이 하면 술래가 몰래 눈을 뜨고 곁눈질을 하며 셈을 세는 놀이의 일종.

# 텅 빈 건물에서 혼자 살기

곧 무너진다…… 나는 그것들을 볼 때마다 가느다란 홍분의 전류들이
가닥가닥 내 몸속으로 퍼져 흐름을 의식하곤 했다.

다시 잠이 깨었다. 몹시 목이 말랐다. 의식이 구정물처럼
흐려 있었다. 지난밤의 술 때문이리라. 우습게도 문득 날거위
알을 먹고 싶다는 충동에 사로잡혔다. 나는 아직까지 날계란
조차도 먹어본 적이 없는 여자였다. 그런데 왜 하필이면 날거
위알을 먹고 싶다는 충동에 사로잡히게 되었을까. 모를 일이
었다.

나는 오늘도 너무 일찍 잠을 깬 것 같았다. 앞으로 더 이상
잠이 오지 않을 것임이 분명했다. 새벽쯤 되었을 거였다. 이제
날이 새기를 기다리는 일만 남아 있었다.

밤마다 반복되는 버릇이었다. 아무리 안간힘을 써보아도 도
무지 깊은 잠을 이룰 수가 없었다. 그래서 까닭도 없이 자주

잠을 깨기 일쑤였다. 내 잠의 막은 언제나 얇고도 희미해서 현실과 잠 사이에 가로놓인 한 장의 미농지 같았다. 비록 잠들어 있는 상태라 해도 항시 잠 바깥에 있는 것들이 막연하게 잠 속에 비쳐 들어와 어른거리곤 했다. 언제나 반은 잠들고 반은 깨어 있는 상태였다. 가까스로 온전하게 잠들어 있다가도 이내 눈을 뜨기 일쑤였다. 그리고 아주 잠깐 사이에 그 미농지같이 얇고도 흐린 잠의 막조차 말끔히 걷혀버리기 일쑤였다. 수면제를 먹어도 소용없고 공자 왈 맹자 왈을 읽어도 소용없었다.

단 한 시간만이라도 좋으니 제발 얼간이같이 입을 헤벌린 채로 침을 하염없이 흘리면서, 넋 나간 여자처럼 잠을 자보았으면 싶었다. 어디 잠을 배급 주는 기관이라도 하나 설치되어 있다면, 그 기관의 실무자에게 몇 번 정도 입술을 허락해 주는 한이 있더라도 배급표를 몇 장 구하고 싶었다. 그래서 이틀이고 사흘이고 실컷 잠이나 파먹으면서 누워 있고 싶었다.

나는 닭털침낭 속에서 몸을 한번 뒤척여보았다. 모든 기능이 제대로인 것 같았다. 불행하게도 나는 아직까지 살아 있는 모양이었다. 오늘도 이 건물은 도괴되지 않은 것이다.

며칠 전 벽을 살펴보니까 복도의 동쪽 벽에 발생해 있는 틈은 상당히 많이 벌어져 있었다. 손바닥 하나가 무난히 드나들 수 있을 정도였다. 눈을 갖다 대면 그리로 바깥 풍경조차 환히 내다보였다. 가장 큰 틈이었다. 그리고 다른 벽에도 크고 작은 여러 개의 틈이 발생해 있었다. 그것들은 마치 집요한 생명력을 가진 부착뿌리 덩굴식물처럼 이파리도 없이 악착스럽게 가지를 뻗으면서 천장을 향해 기어오르고 있었다. 어떤 것은 이미 줄기가 굵고 튼튼해져서 천장 속으로까지 파고들어가 있는 것도 볼 수 있었다.

곧 무너진다…….

나는 그것들은 볼 때마다 가느다란 흥분의 전류들이 가닥가닥 내 몸속으로 퍼져 흐름을 의식하곤 했다. 나는 이번 장마를 계기로 곧 이 건물이 도괴되어 버릴 거라는 판단을 내리고 있었다. 도괴는 되더라도 제발 내가 외출했을 때는 참아줘요. 부디 내가 외출에서 돌아와 선잠이라도 들어 있는 상태에서 도괴되어 줘요. 나는 마음속으로 그렇게 빌고 있었다.

닭털침낭 속에 들어 있는데도 약간의 오한이 느껴졌다. 이마를 짚어보니 열이 있는 것 같았다. 뼈들이 혼곤한 몸살 기운에 젖어 있었다. 몸살 정도라면 이제는 오히려 감미롭다는 생각이 들었다. 앓아누울 바에는 차라리 좀더 악질적인 병으로 앓아눕고 싶었다.

지퍼를 내리고 얼굴을 밖으로 내밀어보았다. 캄캄했다. 아무것도 보이지 않았다. 신선한 공기와 함께 퀴퀴한 곰팡이 냄새도 코끝에 스며왔다. 펄럭이는 바람소리와 함께 세찬 빗소리도 들리고 있었다. 언제쯤 날이 밝을는지 요원하다는 느낌만 들었다. 온 천지에 어둠만 이대로 가득하고 영원히 비도 그치지 않을 것 같았다. 천장이 새는 모양인지 마룻바닥에 연이어 물방울들이 떨어져 내리고 있는 소리, 여기저기서 들리고 있는 것으로 미루어 새는 곳은 아마도 여러 군데인 모양이었다. 자세히 귀를 기울여보니 이따금 남자의 코 고는 소리도 나지막하게 섞여 들리고 있었다. 나는 비로소 실내에 나 말고 또 다른 사람 하나가 잠들어 있음을 의식했다.

지난밤 나는 너무 취해 있었다. 몸을 제대로 가누지 못할 정도였었다.


"좋은 장손데……."

남자가 주위를 둘러보며 혼잣소리로 말했다.

날이 훤하게 밝아 있었다.

지난밤에는 아무 일도 일어나지 않았다. 안심해도 좋을 남자 같았다. 어쩌면 여자 따위는 별 흥미를 못 느끼고 있을지도 모른다는 생각을 갖게 만드는 남자였다.

"어떻게 이런 장소를 발견하시게 되었습니까?"

"나는 이 건물 안에서 이 년간 재수를 했던 적이 있어요. 뒤편 담벼락 밑에 있는 비밀 통로는 불량기 있는 남자애들이 가끔 여자애들을 데리고 빠져나가 술을 마시고 고스톱을 치고 더러는 바로 뒤에 있는 산으로 올라가 음란한 짓들을 하기 위해 뚫어놓은 거예요."

"아가씨도 함께 그런 짓을 했었습니까?"

"나는 구경만 했어요."

"믿기지 않는데요."

"마음대로 생각하는 것은 무의미합니다."

사실 나는 그 비밀 통로에 대해서 전혀 모르고 있었다. 그런데 같이 재수했던 여자애 하나가 자퇴하기 몇 달 전에 내게 귀띔을 해주었었다. 학원이 비어 있다고, 뒤편 담벼락 밑 어디어디에 그런 비밀 통로가 하나 있다고, 용기 있으면 거기서 한번 혼자 살아보라고.

처음에는 건성으로 들었었는데 막상 생활이 극한 상황에 밀어붙여지니까 문득 그 말이 생각났었다.

"부모님들은 안 계십니까?"

"아실 필요가 없으실 텐데요."

"아실 필요가 없다고 생각하는 것도 무의미합니다."

그는 약간 웃어 보였다.

"책이 어마어마하게 많군요. 저걸 다 읽으셨습니까?"

"다는 못 읽었어요."

"그럼 얼마나?"

"사분의 삼 정도는 읽었어요. 나머지는 모두 엄살 아니면 잘난 체 뽐내는 것들 같아서 대개 앞부분에서 팽개쳐버린 것들이고."

"그런데 취사 도구가 전혀 없군요. 식생활 문제는 어떻게 해결하십니까?"

"자존심 상하게 만드는 질문은 좀 피해주실 수 없으세요?"

"자존심 같은 건 무의미합니다."

그는 마치 무의미라는 낱말하고 전속 계약이라도 맺은 남자 같았다. 어젯밤부터 줄곧 무의미라는 낱말만 남발하고 있었다. 한참 동안 그와 함께 생활하게 되면 온 천지가 무의미로만 가득 차 있어서 들리는 모든 것이 무의미하고, 보이는 모든 것이 무의미하고, 냄새나는 모든 것이 무의미하고, 느껴지는 모든 것이 무의미하고, 무의미하여 무의미해서 무의미해도 무의미할 것 같았다.

"여기서 살면 정말로 사람답게 살 수가 있겠는데요."

그는 동의를 구하듯 내게 말했다.

"빈정거리시는 건가요?"

"무슨 말씀이십니까. 나는 진실을 말한 겁니다. 밖에서 사는 사람들은 이제 모두 사회 생활에 묶여 있어요. 자기 생활에 묶여 있는 것이 아니라 사회 생활에 묶여 있어요. 돈과 기계를 끌고 다녀야 할 인간이 돈과 기계에 끌려 다니고 있는 실정이지요."

"어쩔 수가 없는 일 아니겠어요?"

"왜 어쩔 수가 없는 일입니까?"

그는 항의하듯 내게 반문했다.

"많은 사람들이 그걸 당연하다고 생각하면서 따르고 있어요. 한결같이 뇌가 마비당해 있습니다. 모두들 비겁해져 있어요. 지금부터라도 다시 시작할 수 있는 용기를 가져야 합니다."

마룻바닥은 천장에서 떨어지는 물방울로 군데군데가 젖어서 질펀했다. 쥐 한 마리가, 못이 삭아 합판 한쪽이 비스듬히 처져 내린 천장에서 털썩 떨어지더니 우왕좌왕 갈피를 못 잡다가 복도를 튕겨져 나갔다. 그것을 보며 남자는 피식 웃고 있었다. 이제 밖에는 비가 약간 기세를 죽이고 있었다.

"이제 가세요"

주의를 환기시키듯 내가 말했다.

"어디로 말입니까?"

남자가 물었다. 역시 어눌한 목소리였다.

"어디든지 가세요."

"지금 말입니까?"

"네 지금."

"빨리 말입니까?"

"그래요, 빨리."

"뛰어서 말입니까?"

"왜 이래요!"

"죄송합니다."

그러나 남자는 막막한 표정으로 바깥 풍경만 내다보고 있었다. 양쪽 벽에 각각 여섯 개의 창문들이 만들어져 있었는데 그것들은 모두 유리가 깨어져 나간 채 갈비뼈만 철렁하게 남아 있었다. 따라서 창문 밑도 한결같이 비가 비껴 들어와 흥건하게 젖어 있었다.

"갈 데가 없습니다."

한참 동안 바깥 풍경을 내다보고 있던 남자가 돌아서며 말했다.

"지금까지는 어디서 사셨나요?"

"청량음료를 만드는 회사에서 선전을 담당하고 있었는데 나흘 전에 사표를 썼습니다. 사표를 쓰기 한 달 전에는 여편네하고 이혼을 했죠. 퇴직금은 모두 위자료로 여편네한테 주어버리고 이제 나는 빈털터립니다. 하숙을 할 처지도 못 되고……"

"그러니까 절보고 어쩌라는 말씀이시죠?"

지난밤에는 날씨 탓이었다고 하더라도 나는 될 수 있는 대로 지금은 이 남자에게 말려들지 않으려고 노력했다.

"양해를 구하는 겁니다."

"무슨 뜻이죠?"

"저도 이 건물 안에서 살겠다는 뜻입니다."

"그건 안 돼요."

농담이려니 생각하면서도 나는 경직된 목소리로 단호히 거절했다.

"오해하지는 마십시오. 아가씨와 동거하겠다는 얘기가 아니니까. 빈 강의실은 여기 말고도 얼마든지 있지 않습니까. 원하신다면 되도록 여기서 멀리 떨어진 이층 맨 끝 강의실을 사용하겠습니다."

"절대로 용납할 수 없어요."

"어떤 협정이든지 받아들이겠습니다. 양해만 해주십시오."

"협정이라뇨, 무슨 뜻이죠?"

"아래층 복도를 밟지 않겠습니다. 아래층 복도를 밟지 않고서는 이 강의실로 들어올 수가 없을 테니까요. 그렇게 되면 일 년 내내 우리는 얼굴을 마주치지 않고도 살 수 있어요."

"창문을 타 넘어 들어올 수도 있어요."

"제가 그렇게 보입니까?"

"그렇게 보이는데요."

"그럼 하는 수 없군요. 양해를 구하는 일에 실패했으니까 제 마음대로 행동하겠습니다. 그래도 할 말은 없으시겠죠. 이 건물은 아가씨의 소유물이 아니니까 말입니다. 아가씨가 누구의 허락도 없이 여기 들어와 살 수 있듯이 나도 여기 들어와 살 수가 있어요. 아가씨는 이 건물에 대해 아무 권리가 없습니다. 나는 예의상 우선 양해를 구했던 겁니다."

남자는 혼자서 결론을 내려버리고 말았다. 한편으로는 어눌하고 멍청해 보이면서도 또 한편으로는 어떤 결단력 같은 것이 내재해 있는 것 같은 남자였다.

"내 저금통장에는 그래도 아직 지전 몇 닢쯤은 남았습니다. 원하신다면 그 돈으로 베니어판을 사서 창문도 막아드리고 튼튼한 자물쇠도 마련해 드리겠습니다."

"하여튼 저는 용납할 수 없어요."

나는 강경한 태도로 못을 박았다.

언제 무슨 용도로 지어진 건물인지는 모르지만 일 년 전까지는 그래도 입시생들을 가르치던 학원이었다. 왜정 때 일본 군들이 말[馬]을 키우거나 관리하던 건물이었는데 후에 약간 손질을 해서 야학당으로 썼었다는 설도 있었다. 너무 낡아서 쓸모가 없다고 판단했는지 학원은 시내 중심가로 이사를 가버렸고 무슨 까닭에선지 건물은 오래도록 방치되어 있었다. 터를 팔려고 내놓았는데 하도 외진 곳이라 마땅한 임자가 나타나지 않는다는 설도 있었다. 그러잖아도 애초 공동묘지를 밀어버리고 지었다는 이 건물은 밖에서 보나 안에서 보나 낡을 대로 낡아서 마치 이제는 대학입시에 떨어져서 비관 자살한 재수생 귀신들이 밤마다 모여들 것만 같은 인상이었다. 안으로 들어서면 걸음을 옮겨놓을 때마다 마룻바닥이 뿌드득뿌드득 늘골 앓는 소리를 발하곤 했다. 이층 복도 한 군데는 숫제 몇 장의 판자가 한꺼번에 부러져 나가서 아래층 복도가 휑하니 내려다보일 정도였다. 곳곳에서 거미줄이 기분 나쁜 감촉으로 얼굴에 감겨들었고 곳곳에서 쥐들이 나타났다간 어디론가 재빨리 도망쳐버리는 것을 볼 수가 있었다. 성한 곳이라곤 한 군데도 없었다.

내가 이 학원에 다닐 때만 해도 이렇게까지 형편없는 상태는 아니었다. 물론 건물이란 거의가 사람이 사용하지 않고 방치해 두면 급격히 망가져버리는 것이라지만 그래도 불과 사

년 만에 이렇게 망가져버렸다니. 놀라운 일이었다. 강의실마다 단과반, 종합반, A강의실, B강의실, 상담실, 하는 따위의 푯말들은 아직 그대로 붙어 있었다. 내가 기거하고 있는 곳은 그중 제일 성한 '교무실'이었다.

쓸모 있는 것들은 모조리 뜯어가버리고 쓸모없는 것들만 남아 있었다. 연못가의 노간주나무 한 그루를 제외하고는 운동장 주변에 있던 나무들까지 모두 파 가버렸을 정도였다.

"이제 가세요."

나는 약간 짜증스러운 어투로 다시 말했다.

"그러죠."

남자는 의외로 시원스럽게 대답했다. 역시 거기서 살겠다는 말은 농담이었던 모양이었다. 남자의 옷은 아직도 젖어 있는 기색이 완연했다. 나는 약간 미안했지만 그러나 절대로 틈을 보여주어서는 안 된다는 생각을 했다. 남자들이란 여자가 조금만 친절을 베풀어주어도 그 여자가 마치 자기 마누라라도 되어버린 듯이 만만하게 대하려는 속성이 있는 것이다.

나는 완전히 내 가슴의 빗장을 단단히 닫아건 듯한 태도를 보이려고 마음먹었다. 그때였다.

"그럼 소인 이만 물러갑니다."

내 속을 읽었는지 그는 탄식같이 묘한 억양으로 한마디를 남기고는 느린 걸음으로 복도를 걸어나갔다. 등이 구부정하고 팔이 길고 다리가 휘어 있는 뒷모습이 마치 유인원 같다는 생각을 했다. 그의 발소리가 서서히 멀어져가고 있었다.

약간 서운했다. 문득 바보, 하숙집 전화번호라도 가르쳐주고 떠나지, 하는 생각을 했다.

나는 너무 싱겁게 그와의 관계가 끝나버렸다는 생각을 하며 오늘 하루를 또 어떻게 보내어야 할지를 곰곰이 한번 궁리해 보았다. 막막하기만 했다. 대학을 자퇴해 버린 것은 역시 너무 이른 속단이었을까.


"아무런 희망도 없어요."

교수님의 기나긴 인생론을 다 경청하고 나서도 나는 그렇게 말했었다.

물론 미리 준비해 두었던 말은 아니었다. 다만 분위기가 심각해지는 것이 싫어서 가벼운 마음으로 웃으면서 한번 그렇게 말해 보았을 뿐이었다.

그러나 말해 놓고 보니 너무도 내 입장을 솔직하게 드러내버렸다는 생각이 들었다.

"무슨 소린가?"

교수님은 다시 내게 물어보았다.

"교수님 말씀은 잘 알겠어요. 그러나 아무리 생각해 봐도 역시 자퇴하는 길밖엔 없는 것 같아요. 죄송해요."

나는 모든 것을 다 말해 버리는 수밖에 없다는 생각을 하고 있었다.

연구실 유리창 안으로 철 늦은 복숭아꽃 가지들이 몇 줄기 뻗어 나와 있었다. 꽃송이마다 햇빛이 눈부시게 반사되고 있어서 아예 꽃잎들이 투명해 보일 지경이었다. 이따금 가느다란 바람이라도 불어오는지 꽃가지들이 아주 여리게 하늘거리고 있었다.

"그렇다면 지금까지는 어떻게 학업을 계속해 왔지? 지금까지 해왔던 대로 끝까지 밀고 나갈 수도 있을 텐데."

"더 이상은 자신이 없어요. 완전히 지쳐버렸거든요."

"좌절은 금물이야. 아까도 말했지만 인생이란 시련을 극복한 사람에게만이 진정한 의미가 있는 거야. 용기를 내요."

나는 탁자 위에 놓여 있는 커피를 한 모금 목구멍 속으로 흘려 넣었다. 커피는 맛대가리 없이 식어 있었다.

"그래 줄곧 아르바이트를 계속해 왔었다고 했는데, 어떤 종류의 아르바이트였나? 만약 그보다 좀 벌이가 나은 데를 내가 한번 물색해 볼 수도 있으니까."

나는 망설이고 있었다.

"지도교수로서의 책임감 같은 것에서라기보다 인간적인 문제에서 나는 도움을 주고 싶은 거야."

나는 더 이상 이야기를 계속한다는 것이 시간낭비에 불과하다고 판단했다. 빨리 모든 것을 솔직하게 말해 버리고 연구실을 나가는 것이 우선 속 편한 일일 것 같았다. 교무과에다 자퇴원서를 제출하는 장면을 공교롭게도 지도교수가 목격했다는 것은 차라리 내게 있어서는 하나의 작은 불행이었다.

"술집에서 아르바이트를 했어요. 아마 그만한 벌이의 아르바이트 자리는 다른 데서는 구하기 힘들 거예요. 팁이 월급보다 한결 더 많거든요."

"술집이라니 어떤……."

태연한 표정을 억지로 가장하며 교수님은 조심스럽게 내게 물었다.

"맥주홀이었어요."

"음……." 신음처럼 그는 낮게 내 말을 받았다.

"그렇게 난잡한 곳은 아니었어요. 하지만 역시 힘은 들었어요. 별의별 손님들이 다 오거든요. 저는 거기서 착실하게 일 년 동안 돈을 모아 등록금을 내곤 했었어요. 두 번이나 휴학을 했었죠. 그런데 저 같은 앤 공부할 운이 없나 봐요. 등록금을 내고 공부 좀 해볼까 하면 금방 데모 때문에 휴교령이 내려지는 거였어요. 그것도 몇 달씩이나. 두 번 다 그랬어요. 저는 고생고생해서 번 돈만 학교에 갖다주고 사실은 별로 공부한 게 없어요. 휴교 중에는 교문이 통제되어 있었기 때문에 도서관도 사용할 수가 없었어요. 그래서 휴교 중에 다음 학기 등록금을 벌려고 다시 술집에나 나가고……."

나는 단숨에 그렇게 말해 버렸다.

"그렇게 집안이 가난한가."

탄식하듯 교수님이 혼잣소리로 중얼거리고 있었다.

"두 번 휴학하고 두 번 휴교당했어요. 대학을 다니면서 얻은 것은 별로 없어요. 제 경우는 다니나 마나였어요."

"지금 이학년이지."

"네."

"졸업하자면 햇수로는 삼 년이 더 남은 셈이로군."

나는 그 삼 년이라는 것을 생각하면 막막해서 몸서리가 다 쳐질 지경이었다.

"그럼 자퇴하고 나서의 대책은 마련해 놓았나?"

"네."

"어디 취직이라도 확정되었단 말이지."

"선배 언니가 잘 아는 출판사에다 부탁을 해놓았는데 거의 확정적이라나 봐요."

그러나 그것은 거짓말이었다. 나는 취직할 생각은 추호도 없었다. 나는 굶어 죽는 한이 있더라도 글을 쓰고 싶었다. 취직을 한 상태에서는 글이 제대로 나와줄 것 같지가 않았다. 내가 마지막 구원으로 알고 있던 문학, 그것으로부터 소외되어 버리는 것은 생각조차 할 수가 없는 일이었다. 나도 옛날에는 문학에 취미가 있었지, 책도 많이 읽었고 글도 열심히 쓰기는 했었어. 녹슨 추억의 문고리를 잡고 주부 백일장에나 나가고 생활수기 공모에나 원고를 던지는 나의 모습을 나는 상상하기조차도 두려웠다. 그것은 비참하고도 처참한 일이었다.

"꼭 자퇴를 해야만 하겠나. 일단 한 번 더 휴학을 해보는 게

어떨까. 교칙이 어떻게 되어 있는지 모르겠군. 세 번씩 휴학을
할 수 있을까. 아마 있을지도 몰라."

나는 문득 그에게 혐오감 같은 것을 느끼지 않을 수 없었다.
대학이라는 것이 그렇게도 인간에게 필수적인 것인가, 나는
한번 물어보고 싶은 심정이었다.

"미련을 남겨두고 싶지 않아요. 이왕 결정했으니까 결정한
대로 밀고 나가겠어요."

"본인이 그렇다면 나로서는 어쩔 수가 없는 일이로군. 도움
을 청할 만한 친척 같은 것도 없나?"

"네."

"자존심 같은 건 이런 경우 버리는 게 좋아요. 일단 도움을 받
고 다음에 그만큼, 아니 그 이상으로 보답하면 되는 것이니까."

"전 자존심 같은 거 하나 없어요, 이젠."

"참고삼아 친한 친구라도 있으면 어느 과 몇 학년 누구라고
적어놓고 가지. 그리고 일단 자퇴는 보류해 두는 게 좋겠어. 내
가 내일까지 좀 자세한 것을 알아본 후에 함께 결정하자구."

"친구들을 사귈 사이도 없었어요. 입학 동기들은 벌써 사학
년이 되어 있거든요."

"그렇겠군. 하여튼 내일 이맘때쯤 내 연구실에 한 번 더 들
러줄 수 없을까."

"그러겠어요."

"그래 그래."

그러나 그 약속은 지켜지지 않을 것이다. 이제 대학에 대해서 나는 어느 쪽이냐 하면 회의와 혐오를 느끼는 쪽이다.

"용기를 내라구. 이럴 때일수록 자신을 강한 여자라고 스스로 격려해 주는 것이 좋아."

교수님은 문 밖에까지 따라 나와 내 어깨를 툭툭 두드려주었다.


밖에 나오니 햇빛이 눈부셨다. 모든 수목들이 햇빛 속에서 푸르고 건강하게 자라 오르고 있었다. 잔디밭에는 학생들이 여기저기 모여 앉아 웃고 떠들고 노래하고 있었다. 나와는 모든 것이 거리가 먼 풍경 같았다.

이제는 끝났다…….

너무도 어렵게 들어와서 너무도 어렵게 다니다가 너무도 쉽게 끝나버린 것 같았다. 문득 눈시울이 젖어와서 시선을 땅바닥으로 떨구어버렸다.

몹시 배가 고팠다. 나는 이틀 동안을 아무것도 먹지 못한 상태였다. 아까부터 창자는 보채고 있었다. 배고프다, 밥 좀 주라, 배고프다, 밥 좀 주라, 보채면서 나를 자꾸만 비참하게 만들고 있었다.

참아야지. 창자야 너도 자존심이 있지. 배고픔 정도는 참을 수가 있어야지. 나는 거듭거듭 타이르면서 천천히 교문을 벗어나고 있었다.

오늘은 또 무엇을 팔아야 하나…….

나는 내 은거지로 돌아갈 수 있는 방향의 시내버스를 기다리며 팔아먹을 수 있는 물건들을 하나하나 점검해 보고 있었다.

하늘에는 뭉게구름이 한없이 풍성하게 부풀어 올라 햇빛 속에 하얗게 빛나고 있었다. 새로 따낸 목화송이를 잘 손질해서 하늘에 가득가득 쌓아놓은 것 같았다. 나는 그 푹신한 곳 깊숙이 뛰어들어 끝없이 깊은 잠에 빠져들고 싶었다.

# 전봇대와 떡볶이는
# 무슨 상관이 있는 것일까

사흘을 굶으면 우리 동네에서 제일 먼저
밥을 짓는 집의 밥 냄새를 맡을 수 있다.


사흘째 계속해서 비가 내리고 있었다. 사흘 동안 나는 아무것도 한 일이 없었다.

나는 우산을 찾아보았다. 우산은 벽에 세워놓은 대형 백 뒤에 쓰러져 있었다. 나는 그것을 꺼내 쓰고 밖으로 나왔다. 복도의 끝부분에 닿아 있는 서너 층의 계단을 내려서니 키 자란 쑥대풀이 바지자락에 척척 휘감겨왔다. 나는 금방 아랫도리가 축축하게 젖어옴을 의식했다. 빗소리는 사방에 자욱했다.

고등학교 때의 어느 장마철, 담 하나를 사이에 두고 어떤 남자 하나가 날마다 기타를 치는 소리를 들은 적이 있었다. 옆집 작은아들이라고 큰어머님은 말씀하셨는데 나는 아직 한번도 본 적이 없었다. 월남전에서 다리를 잃었다던가. 어느 비 오는 날, 기타 소리를 듣다가 불현듯 그 남자를 사랑하고 싶어서 몸살이 날 것 같은 심정으로 우산도 없이 그 남자집 대문을 서성거린 적이 있었다. 그러나 장맛비가 모두 끝나자 내 마음은 기타 소리를 들어도 아무런 감정을 느낄 수가 없었다. 무엇인가를 놓쳐버린 것 같아서 몹시 서운하고 안타까운 심정이었다.

사랑이라는 것은 어떤 것인가. 나는 아직도 잘 모르겠다.

연못 쪽으로 걸어갔다. 역시 잡초가 다른 곳보다 더욱 무성하게 자라 있었다. 언제 갖다 심어놓은 것일까. 그 속에 정원 화단에서나 흔히 볼 수 있는 원추리 꽃이 몇 점 주황색으로 선명하게 꽃을 피우고 있었다. 비에 젖어서 더욱 맑아 보이는 그 주황색 꽃들을 보고 있자니 왠지 이상한 슬픔 같은 것이 느껴져 왔다.

연못가에 웅크리고 앉았다. 수면 가득 끊임없이 빗방울이 떨어져 내리고 있었다. 연못물은 탁해서 속이 전혀 들여다보이지 않았다. 언젠가 여기서 허옇게 배를 까뒤집고 수면 위로 떠오른 붕어 한 마리를 본 적이 있었다. 죽어서 팅팅 불어 있었다. 나는 그것을 보며 문득 나 자신과 흡사하다는 생각을 해보았었다. 자퇴를 한 이후로는, 나 역시 줄곧 폐기된 늪 속에서, 희박한 오존산소를 마시며, 거북한 호흡으로 수면 위를 떠다니는 한 마리 붕어에 불과했다.

세상이 늪이고 내가 물고기라면, 내가 살고 있는 늪은 그대로 죽어 있는 늪이었다. 이제 수질은 극도로 악화되어 있으며 심한 악취까지 풍기고 있었다. 모든 담수어들이 죽어서 수면 위로 떠오른 지 오래였다. 이제 나도 질식해 가고 있었다.

오후에는 낮잠을 잤다.

눈을 뜨니 폭우가 세차게 쏟아져 내리고 있었다. 떨어져 내리는 물줄기가 마치 소규모의 폭포 같다는 생각이 들 정도였다. 번개가 일고 천둥소리가 요란했다. 비는 거의 발악적으로 쏟아지고 있었지만 한편으로 생각하면 이상하게도 온 세상이 조용해져 있는 듯한 느낌이었다.

내가 잠든 사이 사람들은 모두 우주의 다른 지역으로 까마득히 떠나버리고 이 지구 위에는 나 혼자만 있다는 생각, 문득 까닭도 없이 공허해져 왔다.

몇 시나 되었을까. 사방은 어둑해져 있는 듯한 느낌이었다. 그러나 시간이 늦어져서 그러한 느낌이 드는 것은 아닌 것 같았다. 폭우 때문인 것 같았다. 실컷 자고 일어나서 지금이 이튿날 아침인지 저녁때인지 몰라 어리둥절해 있을 정도로 잠을 잤던 기억은 까마득하고 요즈음은 한꺼번에 두 시간 이상을 자본 기억이 별로 없는 것 같았다. 까닭도 없이 현실이 자꾸만 불안해져 왔다. 안정된 상태에서 단 하루만이라도 행복감이라는 것을 느껴보고 싶었다.

무소유의 나라가 있었으면 좋겠다는 생각을 했다. 나도 그런 나라에서 살았으면 좋겠다는 생각을 했다. 사시사철 햇빛이 따스하고 눈부시며 꽃과 과일들이 풍성한 나라. 법도 없고 규칙도 없는 나라. 신도 없고 악마도 없는 나라. 아름다운 나라. 사람들의 마음속에는 오직 사랑뿐. 넘치는 춤과 노래의 나라. 영원한 나라. 그러나 싫증이 안 나는 나라. 절대로 지랄 같은 것들은 있을 수 없는 나라. 지구에는 그런 나라가 어디에도 없으리라. 공상에서 돌아오니 현실은 여전히 감옥 같을 뿐 아무리 출구를 찾아보아도 사방은 견고한 절망의 벽으로만 둘러싸여 있었다. 내게 주어진 낙원이란 겨우 이 폐허의 건물 하나, 벽을 타고 을씨년스럽게 물줄기들이 흘러내리고 있었다. 나는 죄 없이 갇혀 있는 무기수처럼 이 가혹한 현실이 억울하기만 했다.

나는 무료해서 견딜 수가 없었다. 한참 동안 텅 빈 강의실을 천천히 서성거렸다. 오른쪽으로 두 바퀴 돌아볼까. 나는 오른쪽으로 천천히 두 바퀴를 돌아보았다. 다시 왼쪽으로 세 바퀴 돌아볼까. 나는 왼쪽으로 천천히 세 바퀴를 돌아보았다. 아무 일도 일어나지 않았다.

우산을 쓰고 밖으로 나왔다.

비는 주룩주룩 시름없이 땅바닥을 적시고 있었다. 운동장 가득히 자라 오른 잡초들이 비에 젖어 싱싱하게 흔들리고 있었다. 이제 그만 비가 그쳐주었으면 좋겠다는 생각을 했다. 문득 햇빛이 그리워졌다. 햇빛이란 이제 생각해 보니 정말로 좋은 것이다.

나는 처마 밑에서 작고 동그란 돌멩이 다섯 개를 주워가지고 다시 강의실로 돌아왔다. 그리고 혼자 공깃돌을 받기 시작했다. 이상도 하지, 손놀림은 어릴 때와 마찬가지였다. 조금도 어색하지 않았다. 손이 커진 탓일까. 오히려 어릴 때는 잘 안 되던 순서에서도 무난히 통과되어 다음으로 이어졌다. 그러나 나는 곧 그 일에도 싫증을 느끼게 되었다.

다시 밖으로 나와 납작한 돌 하나를 주워왔다. 세 살 먹은 어린애 손바닥만 한 돌이었다. 나는 강의실 구석빼기에서 백묵 동강 하나를 찾아내어 사방치기 도형을 마룻바닥에 그려놓았다. 그리고 혼자서 그 놀이에 열중했다. 몇 번을 못 넘겨서 또 싫증이 왔다. 그러나 나는 그것을 하라는 소임 때문에 만들어진 로봇처럼 몇 번이고 똑같은 짓을 되풀이했다.

천장에서 쥐들이 요란하게 질주하는 소리, 쟤네들은 무슨 놀이를 하고 있는 것일까.

여우야 여우야 뭐하아니
밥 먹는 중이다
반찬은 뭐어니
개구리와 뱀
죽었니 살았니
살았다

한 마리가 붙잡혀서 술래가 되는 순간인지 찍찍거리는 소리가 요란했다. 나는 사방치기를 그만하기로 마음먹었다. 내 신세는 쥐들만도 못하다는 생각이 들었다. 실내는 이제 어두워지고 있었다. 시간조차 습기에 젖어 눅눅하게 가라앉아 있었다. 다시 배가 고팠다. 배가 고프면 자존심이 상해서 견딜 수가 없었다.

나는 끝까지 참아보기로 마음먹었다.

책을 읽었다. 다사이 오사무(太宰治)라는 일본 작가의 『사양(斜陽)』이라는 책이었다. 읽으면서 몇 번이나 눈물이 나올 것 같았다. 다 읽고 나니 저녁 어스름이 깃들기 시작했다.

날은 빠른 속도로 어두워져 오더니 곧 실내의 모든 사물들이 흐리게 지워지기 시작했다. 그리고 차츰 어둠의 분말들이 짙게 내리덮이면서 사위는 이제 도저히 육안으로는 아무것도 구분할 수 없을 정도로 캄캄해졌다. 나는 촛불을 켜고 싶었으나 모기에 대한 근심 때문에 그만두기로 마음먹었다.

닭털침낭 속으로 들어가 지퍼를 닫았다. 닭털침낭도 습기 때문에 몹시 눅눅해져 있었다. 다시 햇빛이 그리워져왔다. 햇빛이 들면 닭털침낭을 내다 말려야지. 보송보송한 감촉이 날 때까지 몇 시간이고 내다 말려야지. 나는 빨리 잠들어버리려고 노력했다. 그러나 당치도 않은 욕심이었다. 몇 번이나 지퍼를 열고 얼굴을 밖으로 내밀어놓아야 했다. 답답해서 견딜 수가 없었다.

가끔 모기들이 공습해 왔다. 닭털침낭 속에서는 손이 별로 자유롭지 못했다. 나는 번번이 그 눈곱만한 크기의 날개 달린 흡혈귀를 피해 황급히 모가지를 디밀곤 했다. 그러다가 하는 수 없이 나는 팔 하나를 뽑아내었다.

철썩! 그러나 모기는 어느새 도망쳐버렸다. 인간이 만물의 영장이라는 말은 아마도 인간의 자만심에 불과할 것이다. 모기를 보라. 얼마나 만물의 영장을 조롱하고 있는가. 만물의 영장이 제 손으로 제 따귀를 갈기는 모습을 보며 귓전에서 깔깔깔 웃는 소리.

나는 어느새 오른쪽 볼 한 군데를 기습당했다. 조놈의 새끼. 잘 먹고 잘 살아라. 나는 다시 닭털침낭의 지퍼를 닫았다. 답답해도 끝까지 참으면서 잠을 청하는 도리밖에 없었다. 나도 여자이므로 얼굴 곳곳에 불긋불긋한 반점들이 생기는 것은 딱 질색이었다.

갑자기 빗소리가 쏴아 하고 기세를 높이고 있었다. 불현듯 비애감이 서려왔다. 나는 아랫입술을 아프게 깨물었다. 또 어떻게 이 기나긴 밤과 싸워나가야 할지. 막막하기만 했다. 라디오 한 대조차도 없다는 사실이 더욱 나를 참담하게 만들어주고 있었다. 돈이 될 만한 것이면 닥치는 대로 팔아치워버렸었다. 라디오 한 대가 라면 열 개로 바뀌어진 지는 이미 오래전이었다. 하여튼 요즘의 내 생활이란 한마디로 곡예처럼 아슬아슬하기만 했다.

방황이라든가, 낮잠이라든가, 절망이라든가, 염세……

날마다 똑같은 일상들이 되풀이되고 있었다.

요즘은 아무것도 끄적거릴 수가 없었다. 마음은 좀더 높은 곳에 가 있는데 능력이 그것을 따라가주지 못하고 있었다. 감각도 전에보다는 한결 무디어져 있는 것 같았다. 이러다가 영원히 못 쓰게 되는 것이나 아닌가 싶어 더럭 겁이 날 때도 있었다.

하다못해 일기라도 끄적거려보아야 하겠는데 막상 일기장을 펼치면 아무것도 기록할 건덕지가 없었다. 하루 종일 어제처럼 비참했다는 내용밖에는. 어제처럼, 이라는 말은 오늘도, 라는 말을 수반하게 되는데 어제와 마찬가지인 오늘을 굳이 일기장에다 기록해 놓고 싶은 생각은 없었다. 특별히 어떤 변화가 올 때까지 내 일기장은 덮여 있을 것이며, 아마도 그 특별한 일이라는 것이 가까운 시일 안에는 도래해 주지 않을 것 같았다.

장맛비는 닷새째 계속되고 있었다. 햇빛도 그립고 사람도 그리웠다. 그리고 빵도 그리웠다.

술집에서 아르바이트를 할 때 돈만 생기면 나를 보러 오던 남자가 있었다. 사실은 춥고 배고프던 남자였다. 만화가 지망생이었는데 어느 이름 있는 만화가 밑에서 펜터치를 해주며 살아가는 처지였다.

어느 날 그가 말했었다.

"여기서 너하고 하룻밤 술을 마시고 나면 나는 최소한 한 달을 춥고 배고파야 한다. 사흘이라도 굶어본 적이 있어? 사흘을 굶으면 우리 동네에서 제일 먼저 밥을 짓는 집의 밥냄새를 맡을 수 있다. 그 밥냄새는 사람을 미치고 환장하게 만들지. 또 골목에 나가 보면 전봇대가 모두 떡볶이로 보인다. 정말이야."

그는 웃으면서 말했지만 나는 가슴이 아팠었다. 그래서 그 말을 들은 날 딱 하룻밤만 그 남자와 여관방으로 가주었었다. 배고픔이라는 것이 전봇대를 떡볶이로 보이게 할 정도로 눈물겨운 것임을 나는 누구보다도 잘 알고 있었던 것이다.

"다시는 나를 만나러 오지 마세요."

아침에 헤어지면서 나는 그 남자에게 말했었다.

그러나 나는 지배인과 사이가 좋지 않았기 때문에 곧 그 술집을 나오고 말았었다.

지금의 내 입장으로서는 아직도 팔아먹을 것들이 몇 가지 있으니까 그래도 전봇대가 떡볶이로까지 보이지는 않는다. 그렇지만 배가 몹시 고픈 것은 사실이다. 나는 실내를 찬찬히 살펴보았다. 텅 빈 실내 한쪽 구석에 배치되어 있는 나의 가재도구들은 이제 더 이상 돈으로 바꾸어질 만한 것이 없었다. 겨우 책들만 그런 대로 팔아먹을 수가 있을 것 같았다.

그러나 그 책들도 팔아먹다 보면 끝내는 바닥이 드러나고야 말 것임이 분명했다. 그때는 그야말로 끝장이라는 생각이 들었다. 전봇대나 깎아다가 삶아 먹는 도리밖에는 없다는 생각이 들었다. 하지만 그때의 걱정은 때가 왔을 때 하기로 하고 나는 우선 몇 권의 책을 헌책방으로 보낼 결심을 굳혔다.

우선 대학 교재가 좋으리라는 생각이 들었다. 나는 그것들을 주섬주섬 챙겨서는 여행용 가방 속에다 집어넣었다. 사천 원짜리가 두 권, 삼천 원짜리가 세 권, 이천오백 원짜리가 세 권, 나머지는 다음에 팔기로 마음먹었다.

날이 어둑해지고 있었다. 비는 아주 지리한 소리로 땅을 적시고 있었다. 영원히 그 템포를 잃지 않고 지리하게지리하게지리하게지리하게지리하게지리하게지리하게 계속될 것 같았다.

이 비가 그치면 가을이 오리라. 가을이 오면 무슨 변화든 생겨주리라. 나는 언덕을 내려오며 생각했었다.

지금은 아무런 감각도 느낄 수가 없었다. 내가 사랑해 왔던 모든 아름다운 것들, 이를테면 오마르 하이얌의 술 썩는 냄새, 베토벤의 뇌매독, 구스타프 클림트의 나른한 애증, 세르반테스의 선병질, 바다 거품과 식충식물과 곰팡이와 뼈 따위들―그런 것들도 이제는 내 피톨을 눈뜨게 하지 못하고 있었다.

만약 가을이 온다고 해도 영영 내 의식이 다시 살아 빛나지 않는다면, 지금처럼 이렇게 흐려 있게 된다면, 아 정말이지 그때는 끝장이었다.

"아무런 희망이 없어요."

나는 자퇴하던 날 지도교수 앞에서 그렇게 말했었다. 그러나 희망이 없다고 말해 놓고도 줄곧 나는 희망이 있기를 기다리며 살았었다.

그런데 글이라고는 단 한 줄도 못 쓰고 이제는 책들까지 팔아먹을 지경에 이르다니, 얼마나 한심한 노릇인가.

비에 젖은 불빛들에 가늘게 떨고 있는 도시를 내려다보며 나도 마침내 밀어붙여질 대로 밀어붙여져 있다는 생각을 했다.

나는 버스를 타고 시내로 들어섰다.

번화가에서 조금 벗어나기는 했지만 그래도 제법 사람들의 왕래가 잦은 법원 옆 골목에 헌책방이 하나 있었다. 나는 거기서 여행용 가방에 담아온 책들을 흥정해 보았다.

"이거 팔려구 하는데요."

나는 우선 사천 원짜리 한 권을 꺼내 보였다. 주인은 시답잖다는 표정으로 내가 내민 두터운 책을 받아들더니 두어 번 앞뒤를 뒤집어보고 정가표를 확인했다.

"천 원 드리죠."

도둑놈이시네. 그러나 나는 더 이상 값을 올리려 들지 않았다. 치사하다는 생각이 들어서였다. 책들은 아직도 새것이나 다름이 없었다. 겹치는 휴학과 휴교 때문에 별로 그 책들로 공부할 기회가 없었던 것이다.

"다른 데 가면 이렇게 못 받습니다."

책들을 모두 사들이고 오천 원을 지불하며 헌책방 주인은 내게 말했다. 총 이만 사천오백 원어치의 책을 불과 오천 원에

사들이며, 큰 인심이라도 쓴 듯이 말하는 이 피도 눈물도 없
는 장사꾼에게 나는 일종의 두려움까지 느끼며, 돈을 쥐고 비
참한 기분으로 돌아섰다.

　어디로 갈까…….

　나는 망설이고 있었다. 아무 데도 갈 곳이 없었다. 다시금
사람이 그리워지기 시작했다.

　그러나 아무리 생각해 보아도 만나볼 만한 사람이 생각나
지 않았다. 물론 아는 사람이 몇몇 있기는 하지만 막상 만나
서 무엇을 하느냐도 문제였다. 겨우 담뱃진 냄새나는 다방 커
피 한 잔을 마시기 위해 남을 만날 수는 없는 노릇이었다. 그
렇다고 보고 싶다든가 만나서 할 얘기가 있다든가 하는 구실
을 붙여서 불러낼 만한 사람이 있는 것도 아니었다.

　나는 공원 쪽으로 혼자 발길을 옮겨놓고 있었다.

　공원은 고적했다. 모든 벤치와 길들과 공터가 비어 있었다.
분수대도 쉬고 있었다. 새들도 울지 않았다. 수은등 몇 개만
은은하게 눈시울을 적시며 빈 공원을 지키고 서 있었다. 아주
가끔, 연인들인 듯싶은 남녀들이 한 우산 속에서 다정하게 팔
짱을 끼고 산책을 하다가 중원 밖으로 나가버리곤 했다. 산책
이라고는 하지만 그저 잠시 어물거리다가 시시하구나, 나가자,
하는 식으로 금방 돌아서버리는 식이었다.

　비 오는 날의 공원이란 너무도 쓸쓸해서 사랑하는 장소로
는 어울리지 않고 헤어지는 장소로는 적합한 것 같아 보였다.

나는 오리나무 숲 속을 걸으면서 빗소리를 귀담아듣고 있었다. 외로워외로워외로워외로워 오리나무 이파리들이 속삭이고 있었다.

오리나무 숲길 저 끝 쪽에도 수은등 하나가 켜져 있었다. 문득 한 남자의 얼굴이 떠올랐다.

수은등을 보는 순간 왜 그 남자의 얼굴이 떠올랐을까. 이상한 일이었다. 굳이 연관을 짓자면 그 남자가 얼굴이 창백하기 때문인 것 같았다.

내가 다니던 대학에서 시론(詩論)을 강의하던 시간강사였다. 서른이 조금 넘어 있었다. 결혼을 했는데도 좋아하는 여자애들이 많았다. 그가 자주 나가는 다방을 나는 알고 있었다.

"선생님, 맥주 한잔 사주세요."

어느 날 나는 일부러 그 다방으로 나가 그렇게 한번 떠보았었다.

"그래, 오늘 같은 날은 한잔 하고 싶다."

그날이 1월 3일이었던가 4일이었던가. 밖에는 눈이 내리고 있었다.

"참혹하다. 사는 게 너무 참혹해."

술집에서 그가 말했었다.

"새해가 되면 옛 욕정이 되살아나고……."

그건 오마르 하이얌의 『루바이야트』에서 인용한 시 한 구절이라면서 내가 바로 그런 것을 느끼게 하는 여자라고, 좀더 마시자고, 그는 내 어깨에 손을 얹었었다. 그때 나는 처음으로 오마르 하이얌을 알았다.

"나를 이해할 수 있겠지."

"네."

나는 참혹하다는, 사는 게 참혹하다는 그의 말 한마디만으로도 정말 그를 이해할 수 있을 것 같았다. 그의 참혹도, 그의 되살아나는 욕정도 이해할 수 있을 것 같았다. 그래서 그날 밤 우리는 함께 여관으로 갔었다.

새벽에 나는 잠들어 있는 그의 모습을 보았다. 그것은 그대로 육체였다. 더 이상의 느낌은 가지고 있지 않았다. 번뜩이는 지성도 삶에 대한 고통도 창백한 연민도 거기에는 보이지 않았다.

잠을 깨어 그가 다시 한 번 내 몸을 가지려 했을 때 나는 한사코 거부했었다. 육체만이 보였기 때문에, 오직 육체만이 보였기 때문에.

창을 통해 비쳐드는 늦겨울 부우연 햇빛 속에서 그는 지친 표정으로 말했었다. 미안하다고.

그 후 나는 그와의 대면을 의식적으로 피해왔었다. 단 한 번의 육체적인 행위로써 모든 지성과 모든 고통과 모든 절망을 배설해 버리고 단지 살덩이만으로 천연덕스럽게 잠들어 있던 그의 모습이 나는 몹시도 허망했었다. 미안하다는 말도 부질없었다.

그러나 다시 만나보고 싶다는 생각이 들었다. 이런 날 만나면 그와는 어느 정도 말이 통할 것 같은 기분이었다. 그날 밤 그는 내게 전화번호를 가르쳐주었었다. 곰곰이 생각하면 기억해 낼 수 있을 것 같았다.

# 도시의 끝 다리 난간

영혼이라는 것이 있어 우리가 육신을 버리고
후생에서 영혼만으로 살아갈 수가 있다는 것은 얼마나 큰 위안인가.

"예뻐졌는걸."

그가 말했다.

여전히 창백해 보이는 얼굴이었다.

"남자들은 그렇게 말하는 법을 어디서 배우시는지 모르겠
어요. 예뻐졌다고 여자에게 말하면 기분 좋아할 거라는 판단,
오산이에요. 저는 여자에서 약간 벗어나 있으니까요."

"솔직하게 말한 거야."

"다른 얘기하세요."

우리는 걷고 있었다.

"네 우산을 접고 내 우산 속으로 들어와라."

나는 시키는 대로 내 우산을 접었다.

"그동안 무엇을 하며 지냈니. 자퇴했다는 얘기는 들었지만."

"부패하고 있었어요."

불빛들이 비에 젖은 아스팔트 위에 흥건하게 녹아서 번들거리고 있었다.

"글은 쓰냐?"

"전혀 쓸 수가 없어요."

그의 손바닥이 내 어깨 위에 소리 없이 덮였다. 따스했다. 인간에게 체온이 있다는 것은 다행스럽다.

"어디로 갈까?"

"그걸 몰라서 선생님을 불러냈는데요."

"어디로 갈까."

우리는 무작정 걷고 있었다. 비는 가라앉은 소리로 온 세상을 적시고 있었다. 이 넓은 세상천지에 갈 곳이 없다니. 새삼 어이없다는 생각이 들었다.

"희망이 없어요. 희망이라곤 전혀 없어요. 선생님도 저를 이해하실 수 있으시겠죠."

"그래."

정말일까.

작년 겨울 나는 정말로 그를 이해할 수 있을 것 같았었다. 그러나 그것은 잠시만의 착각에 불과했었다. 오늘 나는 작년에 그가 한 말을 그대로 인용해 보았었다. 그는 작년에 내가 했던 대로 나를 이해할 수 있다고 대답했다. 정말일까. 정말일

까. 나는 잠시만의 착각에 불과했지만 그는 정말로 나를 이해
할 수 있기를 바랐다.

"술 마실까."

그가 길 건너편을 턱짓으로 가리켰다. 길 건너편 비좁은 골
목에 술집들이 즐비하게 늘어서 있었다. 각양각색의 간판들이
시름없이 비를 맞고 있었다.

그것은 마치 작은 항구도시 같아 보였다. 이쪽과는 전혀 별
개의 나라 같았다. 문이 열려 있는 어느 술집에서는 허연 김이
퍼져 나오고 있었다. 순대라도 삶고 있는 것일까.

처음엔 낭만으로 술을 배웠다. 그러나 지금은 자학으로 술
을 마신다. 아침에 술에서 깨어나면 부끄럽고 외로운 맘 한량
없고 산다는 게 또 한 번 참혹해서 여승이라도 되고 싶은 심
정이었다.

"오늘은 안 마실래요."

나는 그의 팔짱을 껴주었다.

"팔짱을 껴주니까 기분이 좋구나."

"저는 아무렇지도 않는데요."

정말로 아무렇지도 않은 기분이었다. 이러한 마음으로는 아
무도 사랑할 수 없을 것 같았다.

우리는 계속해서 걸었다. 골목을 빠져나와 큰길로, 큰길에
서 다시 광장으로, 시청 쪽으로, 시청을 지나 문화원 쪽으로,
문화원을 돌아 공원으로, 공원에서 잠시 서성거리다가 결국

다시 거리로 나왔다. 아무 데도 정착할 곳이 없었다.

사랑하지도 않는 남자와 함께 이렇게 무작정 도시를 헤맨다는 것은 또 무슨 의미가 있는 것일까.

"여전히 사는 게 참혹해. 변함없어. 웬만하면 자살하는 게 상책 같은데 말이지, 이젠 그것도 자신이 없어."

"시도해 보신 적 있으세요?"

"단 한 번 있는데 말야, 동기가 유치하지."

"뭔데요?"

"실연……."

그러나 그때 그 사랑은 환상이었다고, 이제는 아무렇지도 않다고, 그는 웃으면서 말했다.

"바이블에서 말하듯이 사랑이 진리라면 말이지, 영원불변해야 하거든. 그러나 일 년이 지나니까 변해버리더란 말이야."

"영원불변한 것은 이 세상에 아무것도 없어요."

"있는데 못 발견하고 있는 것은 아닐까."

"오늘밤 자살이나 해버릴까 봐요."

"아서요. 목숨은 하나밖에 없는 것. 자살하고 나면 그대가 무엇으로 변해버릴는지 알 수 없어요."

"자살하려고 마음먹으면 마음속의 무엇인가가 붙잡고 놓아주지 않는데 바로 그런 두려움 같은 것일지도 모르겠어요."

"자살하고 싶다는 생각은 그만큼 살고 싶다는 생각과 다를 바 없어."

"선생님은 왜 사세요. 아, 유치하죠. 이런 질문."

물어놓고도 나는 참 한심한 질문을 했다는 생각을 했다.

"왜 사는지 모르기 때문에 사는 거야."

"정말 그런 거 같기도 해요."

우리는 아무런 정착지도 발견하지 못한 채 끝없는 유랑을 계속하고 있었다.

어느새 비는 우산을 접어도 좋을 정도의 미세한 분말이 되어 내리고 있었다. 안개비였다.

"마음에 드는 장소가 너무 없구나."

한참 동안을 거닐던 끝에 지친 목소리로 그가 말했다.

"저기 들어갈까요."

나는 간판 하나를 가리켰다. 아크릴 간판이었다. 여관이라고 씌어 있었다. 자율신경이 고장난 그 간판 속에서 형광등이 껌벅, 파르르 위경련을 앓고 있었다.

"그만두자, 나는 자신이 없어."

그가 힘주어 내 어깨를 껴안았다.

"자신 있어요."

나는 그가 두 아이의 아버지임을 잘 알고 있었다. 이런 경우 죄의식을 느껴야 하는 것일까. 그러나 나는 죄의식을 느낄 수가 없었다.

"걷다 보면 좋은 장소가 발견되어질 거야."

그가 먼저 걸음을 옮겨놓았다.

"공자를 어떻게 생각하니?"

"한심한 영감탱이라고 생각해요."

우리는 걸으면서 계속 이 시대에 없는 사람들을 이야기했다. 세자르 프랑크를 이야기하고 구스타프 클림트를 이야기했다. 니진스키를 이야기하고 이상(李箱)을 이야기했다. 이야기하면서, 낭만이 죽고 열정이 죽고 차디찬 문명의 칼날들만 번뜩이는 도시를 벗어났다. 우리는 도시의 끝까지 걸어와 있었다. 기나긴 다리 하나가 세로로 뻗어 있었다.

난간에 기대어 우리는 잠시 강물을 내려다보았다. 범람하는 강물이 꿈틀거리며 허리를 앓고 있었다.

그가 피우던 담배를 아래로 떨어뜨렸다. 불빛이 길게 금을 긋다가 일순간에 뚝 끊어져버렸다. 문득 그 담뱃불을 따라 나도 뛰어내려버리고 싶다는 충동에 사로잡혔다. 그러나 다시 마음속의 그 무엇인가가 나를 붙잡고 놓아주지 않았다. 강물을 보니 더욱 더 가슴이 스산해져 와서 견딜 수가 없었다.

나는 우산 속에서 남들이 보거나 말거나 그의 목을 껴안았다. 그리고 길게 키스했다. 그는 약간 경직되는 듯하다가 이내 수동적인 자세를 취했다.

그러나 나는 아무것도 느낄 수가 없었다. 마치 생고무에 내 입술을 갖다 대본 것 같았다. 다시 작년 겨울에 있었던 일이 떠올랐다.

"너는 충분히 매력 있는 여자야. 약간 퇴폐적이면서도 지적이고 적당히 마른 여자. 콧날도 오똑하고 입술도 단정하다. 눈은 언제나 그늘진 채 젖어 있지. 게다가 남자들이 보면 전신이 이상하게도 나른한 기분에 젖어들게 하는 몸매를 가지고 있어."

그는 여관에서 그렇게 말했었다. 그러나 나를 가져본 다음엔 약간 실망한 듯한 눈치였다. 아무리 섬세한 애무에 대해서도 그리고 결정적인 행위 자체에 대해서도 나는 전혀 무감각했었던 것이다.

나는 아무것도 느낄 수 없는 나 자신이 더욱 안타까웠다. 차라리 나는 육체만이라도 눈뜨고 싶었다.

"너 요즘 방황하고 있지?"

"방황이라는 것에 정착하고 있어요."

"남자친구라도 하나 사귀어보지 그러냐."

"없는 것 같아 보여요?"

"그래 보이는군."

"사귀고 싶지 않아요."

"무슨 이유로?"

"모두들 세뇌당해 있어요. 문명이라는 것에 세뇌당해서 문화라는 것은 잘 모르고 있어요. 안다고 하더라도 그건 거짓말이에요. 참고서를 보고 왼 것에 불과해요. 문명은 외서 해결할 수 있지만 문화는 외서 해결할 수 없어요. 문화는 느껴야 되는 거예요. 요즘 남자들은 대개 가슴이 없어요. 두뇌만 있어요. 콘크리트 냄새와 쇳내만 나요. 플라스틱 냄새와 가스 냄새만 나요."

나는 단숨에 말해 버리고 나서 약간 부끄럽다는 생각을 했다.

"마치 날보고 하는 소리 같군, 나도 한갓 이론가에 불과하거든."

후둑후둑 다시 빗방울이 거세어지고 있었다. 밤이 늦어 있었다. 도시의 끝에 해당하는 기나긴 다리 위로 막차 한 대가 지나가고 있었다. 젖은 바퀴를 굴리면서, 주황색 등불을 밝히고, 피곤한 몸으로 종점을 향해 가고 있었다.

우리도 빈 택시를 잡았다.

"미안해요, 너무 시간을 많이 뺏어서요."

"아니야, 또 연락해."

그러나 다시는 연락하지 않을 거라는 생각이 앞섰다. 결국 그를 만나보아도 내 마음은 마찬가지라는 생각이 들었다. 변한 것은 아무것도 없었던 것이다.

시내에서 우리는 각각 헤어졌다.

빗줄기가 몹시 거세어져 있었다. 땅바닥을 찢어놓을 듯한 기세였다. 금방 바지자락이 젖어왔다. 나는 뛰듯이 걸음을 재촉했다. 폭우에 실려 바람까지 불고 있었다. 바람이 불 때마다 황급히 빗줄기가 방향을 바꾸곤 했다. 우산이 소용없었다. 옷이 자꾸만 젖어왔다.

우체국 앞을 통과하고, 여성회관 뒷골목을 통과하고, 포교당을 지나 언덕길을 오르기 시작했다. 이미 옷들은 더 이상 빗물을 흡수하지 못할 정도로 젖어 있었다. 캄캄했다. 너무 캄캄해서 도저히 앞을 분간할 수 없을 지경이었다.

나는 하는 수 없이 청바지 옆주머니에 꽂아두었던 만년필형 플래시를 꺼내 들었다. 그것은 아주 가까운 곳에 있는 것을 관찰하기에 편리하도록 만들어진 소형 플래시였다. 영화 속에서, 도둑이나 첩보원, 또는 탐정들이 남의 서랍을 뒤져볼 때 흔히 사용하는 플래시였다. 발광 영역은 극히 좁았지만 광도는 높았다. 언제나 나는 이것을 비상용으로 휴대하고 다녔었다.

남들이 보아도 하는 수 없지. 도깨비불인 줄 알겠지 뭐.

나는 그것을 비추며 계속 언덕길을 기어올랐다.

이윽고 내가 걸음을 멈춘 곳은 언덕길의 끝부분, 야산 밑에 웅크리고 있는 커다란 건물의 담벼락 앞에서였다.

번뜩!

번개가 일었다. 일순 모든 풍경이 섬광 속에 하얗게 드러났다가 사그라졌다. 건물은 마치 유령의 집처럼 찰나적으로 그 모습을 드러냈다가는 다시 어둠 속에 자취를 감추어버렸다. 유리창문이 거의 떨어져 나가 군데군데가 퀭해 보이는 건물의 잔영이 아주 잠깐 동안 하얗게 내 망막 위에 남아 있었다.

나는 담벼락 모퉁이를 더듬어 돌아 건물 뒤편으로 갔다. 키 자란 쑥대수풀이 몸에 척척 감겨들었다. 나는 그 속에서 익숙한 동작으로 비밀 통로 하나를 찾아내었다. 그리고 엉금엉금 그리로 기어들었다.

다시 하늘이 흠칫흠칫 경기를 앓으면서 몇 번의 번개가 일었다. 비에 젖은 잡초투성이의 운동장이 희게 번쩍거리며 내 망막 위에 비쳤다가 사라졌다.

나는 그 운동장을 가로질러 복도로 통하는 측면 문앞까지 당도했다.

문을 열고 들어서자 눅눅한 습기 속에서 대번에 퀴퀴한 곰팡이 냄새가 콧속으로 스며들었다. 걸음을 옮겨놓을 때마다 음침하고 긴 낭하가 뿌드득뿌드득 늘골 앓는 소리를 발했다. 나는 플래시로 되도록이면 낭하 밑바닥 이곳저곳을 골고루 비추며 걸었다. 복도는 군데군데 판자가 부러져 시커먼 구멍이 아가리를 벌리고 있었다. 금방 와지끈 부러져서 밑으로 내려앉아 버릴 듯이 쿨렁거리는 판자도 있었고 못이 빠져서 제멋대로 고개를 쳐들고 있는 판자도 있었다. 이따금 거미줄이 기분 나쁜 감촉으로 휘감겨오기도 했다.

나는 '직원실'이라는 푯말이 붙어 있는 나의 은거지로 돌아왔다. 옷을 갈아입고 닭털침낭 속으로 들어가며, 다시금 사는 게 뭐 이런가 싶어 비애감이 엄습해 왔다.

잠결에 쥐들이 심하게 쿵탕거리는 소리를 들었다. 천장에서 툭 하고 무엇 떨어지는 소리, 잠시 후 빠르게 내 닭털침낭을 타 넘고 달아나는 쥐의 감촉을 느낄 수가 있었다. 흔히 있는 일이었기 때문에 나는 놀라지 않았다.

그러나 나는 닭털침낭 속에서 다시 잠을 깨게 되었다. 무슨 일일까. 전에 없이 쥐들이 요란을 떨고 있었다.

동물들은 육감이 매우 발달해서 앞으로 일어날 큰 재앙을 미리 예감한다고 하는데 어쩌면 오늘밤 이 건물이 무너져버리려는 것은 아닐까.

그렇게 생각하니 두려움보다는 외로움이 먼저 앞섰다. 문득 아버지의 얼굴이 떠올랐다. 죽으면 아버지를 만날 수가 있을까. 영혼이라는 것이 있어 우리가 육신을 버리고 후생에서 영혼만으로 살아갈 수가 있다는 것은 얼마나 큰 위안인가.

아버지의 사업이 실패하고 우리는 낙향했었다. 비관으로 인한 과음 때문에 아버지의 간경화증은 날로 심해져 가는 것 같았다. 그러나 아버지의 그러한 비관과는 무관하게 나의 시골 생활은 경이롭고 즐거웠었다.

지금도 나는 기억할 수 있다.

집에서 얼마 떨어져 있지 않은 곳에는 작은 동산이 하나 있었는데 봄이면 파아란 풀들로 뒤덮여서 언제나 청량한 햇빛으로 맑게 씻어놓은 것 같았었다. 아버지는 가끔 지친 모습으로 내 손목을 잡고 그 동산으로 가곤 했었다. 몇 그루의 벚꽃들이 화창하게 피어 있었다.

아버지는 팔베개를 하고 누워 버릇처럼 하늘을 보고 있었다. 하늘에는 넉넉한 뭉게구름이 햇빛을 받아 환히 빛나고 이따금 아주 여린 바람이 불어와서는 가만가만 풀잎들을 흔들었다. 벚꽃 이파리들이 눈처럼 하얗게 떨어져 내리는 것도 보였다. 나는 얼굴 가득 씻기어 오는 싱그러운 풀냄새 속에서 오랑캐꽃이나 민들레꽃을 따러 정신없이 돌아다니곤 했었다.

어디선가 종달새가 울고 있었다. 나비들도 팔랑팔랑 날고 있었다. 그러한 모든 것이 동화 같아서 나는 언제나 어린 공주 같은 기분이었다.

이윽고 조막손에 쥐어진 한 줌의 꽃들도 시들고 따거운 봄 햇살에 불현듯 심심함을 느끼며 돌아와 보면 아버지는 두 팔을 벌리고 어느새 지친 모습으로 잠들어 있었다.

"아빠야."

"아빠야."

아무리 기다려도 아버지는 잠이 깨지 않았다. 그래서 속삭이듯 나는 아버지를 불렀었다. 그러면 아버지는 가느다란 실눈을 뜨고 나를 보다가, 슬픈 듯 슬픈 듯 하늘도 보다가, 커다란 팔 안으로 나를 안아들였다. 얼마나 포근하고 넉넉하던 가슴이었던가.

아, 그 가슴 안에서 아무런 걱정도 없었던 나의 철부지 시절이여.

그러나 무슨 갈등 때문이었는지 엄마는 아버지와 자주 말다툼을 했었다. 그리고 그해 초겨울 홀연히 집을 나가 돌아오지 않았다.

동네 사람들은 엄마가 화냥기가 있어서 집을 나간 거라고들 수군거렸다. 아버지는 날마다 술을 마셨고 그해 겨울에 병이 악화되어 신음끝에 거짓말처럼 돌아가셨다.

만약 앞으로 내가 누구를 사랑하게 된다고 하더라도 결코 행복해질 수는 없을 것이다. 나는 엄마에게서 물려받은 피로 인하여 불행이 숙명으로 내 곁에 붙어 있다는 생각을 했다.

나는 다시 잠들어보려고 노력했다.

그러나 헛일이었다.

촛불을 켰다.

밖에는 아직도 비가 내리고 있었다.

나는 다시 머리맡에 있는 책들 중에서 『시튼의 동물기』를 뽑아내었다. 언젠가 읽었던 문고판 책이었다. 하지만 시튼이 쥐에 대한 이야기를 썼든가 안 썼든가 하는 의구심이 문득 생겼고, 안 썼다는 생각이 거의 확정적이었으며, 그래도 한번 확인해 보자 싶은 생각이 들어 뽑아낸 것이었다. 목차와 해설을 살펴보니 시튼은 쥐 따위에 대해서는 '쥐뿔도' 관심이 없었던 모양이었다. 전혀 언급을 하지 않고 있었다. 나는 무심코 그저 책장을 뒤적거려보기 시작했다.

어디라고 장소를 꼭 짚어대기는 어려우나 하여튼 이 부근에 나이 먹은 여우 한 마리가 그 가족들과 함께 살고 있다는 사실은 누구든지 알고 있으면서도 어쩌면 그의 살림집이 이렇게 가까운 곳에 있으리라고는 생각지도 못했다……

스프링필드의 여우에 관한 부분이었다. 나는 읽다 말고 문득 왜 사람들이 여자를 여우에 비유하는 것을 당연시할까, 라는 의구심에 사로잡혔다. 그래서 스프링필드의 여우에 관한 부분에서 '여우'를 모두 '여자'로 고쳐 읽어보았다.

어디라고 장소를 꼭 짚어대기는 어려우나 하여튼 이 부근에 나이 먹은 여자 한 마리가 그 가족들과 함께 살고 있다는 것을 알면서도…….

여자 한 마리?

나는 이 폭언 앞에서 잠시 당황하지 않을 수 없었다. '여우'를 여자로 고쳐 읽는다고 하더라도 그 내용이나 문맥에 전혀 무리가 오지 않았다. 나는 뭔가 억울하다는 느낌을 받으면서도 인간의 속성이 어떤 다른 동물의 속성과 일치한다는 점에서는 묘한 흥미를 느끼지 않을 수 없었다.

나는 다시 늑대왕 로보의 부분을 펼쳐 들었다. 그리고 아까와 같은 방법으로 '늑대'를 모두 '남자'로 바꾸어서 읽어보았다.

그런데, 이 지방에는 한 마리의 늙은 회색 남자가 뭇 남자들의 사회에 위력을 떨치고 있었으니 그는 카람포에서 절대적인 지배권을 갖는 왕이라고 할 만한 남자였다. 이 지방의 멕시코 사람들 사이에서 로보 대장 혹은 로보왕이라 불리는 이 남자는 당당한 체격을 가진 남자떼의 지도자로서, 오랜 세월을 두고 카람포의 골짜기를 설치고 돌아다니는 악명 높은 회색 남자들을 부하로 거느리고 있었다. 목장에 있는 사람이면 카우보이들뿐만 아니라 누구든지 이 남자의 포악스러움을 모르는 사람이 없었다…….

날이 개었다.

이제 더 이상 비가 올 것 같지는 않았다.

나는 연못가에 앉아 있었다.

풀이며 나무며 온갖 사물들이 산뜻하고 깨끗하게 햇빛 속에 드러나 있었다.

그러나 나는 여전했다. 장마 기간 동안 달라진 것이라고는 아무것도 없었다. 내 둘레를 싸고 있던 견고한 의식의 감옥은 여전히 헐리지 않은 채 그대로 버티고 서 있는 것 같았다. 나는 종신토록 이 외로운 독방에서 혼자 방황하고 혼자 번민하다가 미라가 되고 말 것 같았다.

연애나 해볼까. 나도 남들처럼 한 남자에게 길들여져서 그 남자가 하늘이고 바다며 우주라고 생각하며 살아볼까.

더러는 배반을 당해서 밥맛을 잃고 며칠이고 끙끙 닭털침낭 속에 들어가 속상해 울며 그 남자를 증오하거나 또 더러는 새로운 남자를 다시 만나, 저는 나쁜 애예요, 여우처럼 꼬리를 치고, 아 먼젓번 남자와 헤어진 것은 운명이야, 이젠 이 남자에게 나의 전부를 걸겠어, 있는 것 없는 것 다 바쳐가며 골빈 여자처럼 살아볼까.

우습다…….

내가 왜 이런 생각까지 하는 것일까. 이렇게까지 약해져 버린 것일까. 자신이 문득 슬퍼져왔다.

나는 어차피 혼자서 줄곧 살아왔고 모든 인간들이 나와는 타인이라는 고정관념이 시멘트 물질처럼 내 가슴 안에다 견고한 벽을 쌓아놓고 있었다. 연애 같은 건 아예 생각조차 할 수 없었던 것이다. 우선 나 자신이 어떤 모습으로 파괴되어 버릴는지 불안하고, 또 도저히 사랑 받을 자신도 없는 것이다. 사랑할 자신도 없는 것이다.

그보다 먼저 나는 우선 배부터 고프다.

나는 나 자신이 차츰 지렁이처럼 퇴화해 가고 있다는 생각을 했다. 지렁이는 눈도 없고 코도 없고 귀도 없다. 뇌 따위도 있을 턱이 없다. 몸의 표면에 다만 빛의 강약을 구분할 수 있는 세포가 조금 남아 있을 뿐이다. 남을 공격할 수 있는 능력도 없고 공격을 피해 달아날 능력도 없다. 무기력하게 습기 찬 땅 속에서 꿈틀거림만 계속 한다.

그러나 지렁이는 나처럼 먹이 때문에 지렁이로서의 자존심을 상할 필요는 없다. 나는 오히려 지렁이보다는 한결 더 불리한 상황에 처해 있는 것이다. 차라리 사고력이 없다면 그래도 마음만은 편할 것만 같았다.

아, 도대체 이러한 상황에서 벗어나려면 어떻게 해야 되는 것일까. 쑥대풀들이 장마통의 비바람에 무더기로 쓰러져 있고 원추리 꽃대도 거의 허리들이 꺾여 있었다. 나는 흐린 연못물을 들여다보며 다시 글을 쓰기 시작해야겠다고 몇 번이나 다짐했다.

그러나 잘 되어질는지. 사람들은 고통 '끝'에 나오는 글들이 진짜라고들 말하지만 고통 '중'에 나오는 글들이 진짜라고는 말하지 않는다. 나는 고통 '중'에 있는 것이지 고통 '끝'에 있는 것은 아니다. 고독이든 고통이든 극에 달하면 인간을 무기력하게 만들어버린다. 내가 이런 상태로 무엇을 끄적거릴 수가 있다는 말인가. 나의 장래성이란 도저히 어떤 확신을 가질 수가 없다.

나는 연못가에 웅크리고 앉아 한참 동안 비관만을 계속했다. 그러다가 다시 내 독방으로 돌아가기 위해 허리를 폈다.

그때였다.

이층 우측 끝에서 두 번째 강의실 창문에 무슨 물체인가가 언뜻 비쳤다가 사라져버리는 것을 나는 보았다. 쥐였을까. 아닐 것이다. 쥐보다도 몇 배나 큰 물체였다. 그것은 아주 짧은 순간에 내 망막 위에 포착되었다가 사라져버렸다. 마치 검은 커튼의 망령이 단 한 번 펄럭 움직임을 보이고 사라져버리듯이.

사람일까?

그러나 나는 그럴 리가 없다고 마음속으로 도리질을 했다.

사람이라면 이 바쁜 세상에 적어도 이런 곳에서 하릴없이 시간을 소일하지는 않는다. 게다가 이 건물은 높은 담과 견고한 철대문으로 사방이 막혀 있다. 비밀 통로를 모르고는 틈입이 불가능하다.

나는 한번 이층 우측 끝에서 두 번째 강의실로 올라가볼까 하다가 부질없는 짓일 것 같아서 그만두었다. 신경이 너무 쇠약해져서 이제 환시현상까지 일으키고 있는 모양이라고 생각했다. 이러다가 미쳐버릴는지도 모른다, 라는 두려움도 앞섰다.

정오 무렵에는 다시 햇빛이 극성을 부리기 시작했다. 장마가 끝나면 기세가 수그러지리라 짐작했었는데 전혀 그렇지가 않았다. 변한 것은 아무것도 없었다.

나는 외출해서 하루 종일 지친 걸음으로 시내를 쏘다녔다. 그러다가 언젠가 와본 적이 있는 이 도시의 끝 그 기나긴 다리까지 당도했다. 피로한 내 육신을 향해 햇빛의 번뜩이는 칼날들이 끊임없이 날아와 박히고 있었다. 관광버스 한 대가 거만한 몸짓으로 다리를 건너가고 있었다. 얼핏 보니 사십 대의 아낙네들이 고래고래 소리를 지르며 유행가를 불러대고 있었다. 장마 때문에 못 간 피서를 이제야 서둘러 가게 되어 미친 듯이 기쁘다는 것일까. 나와는 전혀 다른 세계의 인간들 같아 보였다.

나는 다시 되돌아섰다. 여기 이대로 서 있어봤자 더 이상 아무 일도 일어나지 않을 것이다.

이제 걸어서 시내까지 당도하면 나는 몹시 피곤할 것이고 그러면 오늘밤은 잠이 좀 깊어질는지도 모른다. 낮이 되면 밤이 걱정스럽고 밤이 되면 낮이 걱정스럽다.

# 가을 부근

울 밑에 귀뚜라미 우는 달밤에 기럭기럭
기러기 날아갑니다.


그러한 일상들 속에 비로소 변화가 시작된 것은 여름이 거
의 끝나갈 무렵의 어느 날이었다.

그날도 나는 연못가에서 비관과 염세 속을 허우적거리다가
다시 내 독방으로 가기 위해 웅크렸던 허리를 펴고 있었다.

그때 다시금 나는 보았다. 어떤 물체 하나가 이층 우측 끝에
서 두 번째 강의실에서 황급히 몸을 감추고 있는 것을.

그것은 전에보다 좀더 확실한 형체로서 내 눈에 포착되었
다. 그것은 틀림없는 사람이었다. 그것도 남자였다. 갑자기 나
는 가슴이 뛰기 시작했다. 공연히 전신에 맥이 빠져버리는 듯
한 느낌이었다. 다리가 후들후들 떨렸다. 그러나 공포심 때문
은 아니었다. 뜻밖의 사건에 직면해서 그동안 무디어져 있던

내 의식들이 갑자기 뒤죽박죽으로 제자리를 찾아 헤매고 있는 것 같았다.

어떻게 이 상황에 대처해야 할는지 판단이 제대로 서지 않았다. 누굴까. 누굴까. 누굴까.

나는 한참 동안 놀라움으로 그 창문만 멍하니 응시하고 있었다. 나 말고 저 건물 안에 또 한 사람이 살고 있었다니, 정말로 불가사의한 일이 아닐 수가 없었다. 나는 혼돈에 사로잡혀 있었다. 그래서 그것을 수습하기 위해 몇 번이나 정신을 집중해 보려고 노력했다. 그러나 헛일이었다.

잠시 후 그 물체는 다시 창문에 나타났다. 이번에는 가만히 얼굴만 내밀었다가 여전히 내가 그쪽을 보고 있음을 확인하고 재빨리 몸을 감추려 했었다. 하지만 이미 들켜버렸다, 라고 생각했는지 잠깐 사이 숨기를 중단하고 완전히 그 모습을 드러내었다.

군청색 상의를 입고 있었다. 그러나 내가 서 있는 거리에서는 도무지 그가 누구인지를 분간하기가 어려웠다. 그의 모습은 한참 동안 액자 속에 들어가 있는 초상화처럼 창틀 속에 멎어 있다가 다시 사라져버렸다. 그때까지도 나는 환시현상이 아닌가 하는 생각을 해보았었다. 개구리 한 마리가 첨벙 연못 속으로 뛰어들고 있었다. 나는 그 소리에 화들짝 놀라면서 거듭 정신을 수습하려고 노력했다.

그러나 불과 오 분도 채 못 되어서 모든 사실은 자명해졌다.

그 괴상한 남자는 이층에서 내려와 스스로 정체를 드러내며 마당을 가로질러 천천히 내게로 걸어와주었던 것이다.

"같은 건물 안에서 살면서 평생 얼굴을 마주치지 않고 산다는 것은 불가능합니다. 이왕 이렇게 된 바에야 우리 좀더 구체적인 협정을 합시다."

바로 그 남자였다. 우박이 쏟아지던 날 밤 나와 함께 술을 마셨던 남자. 술을 마시고는 내 독방에서 하룻밤을 새웠던 남자. 무슨 청량음료 회사에서 선전을 담당했다는 남자. 그러나 직장을 때려치우고 이혼까지 해버렸다는 남자.

갈 데가 없으니 자기도 이 건물 안에서 살겠다고, 양해를 구하겠다고, 어눌하면서도 어딘지 모르게 결단력 같은 것이 엿보이는 어투로 말했던 남자. 그렇다면 그날 그의 말은 농담이 아니었다는 말인가.

"그날 이 건물에서 나가 모든 준비를 갖추어 밤에 이리로 이사를 와버렸습니다. 나는 아무래도 상관이 없지만 아가씨는 약간 불편할 것 같아서, 원하시는 대로 몇 가지의 협정에 응해드릴 생각입니다. 제게 무슨 부탁이라도 있으실 텐데 말씀하시죠."

그렇다면 그 길고 지리하던 장마 기간 중에 이 남자는 나와 같은 건물 속에서 살고 있었다는 얘기가 된다. 왜 나는 전혀 그것을 의식조차 하지 못했을까. 아마도 이 남자는 내 눈에 뜨이지 않으려고 노력해 왔었던 모양이었다. 나는 어이가 없어

말문이 다 막혀버릴 지경이었다.

"말씀해 보십시오."

"이 건물에서 나가주세요."

나는 약간 자신 없는 어투로 그에게 말했다.

"나갈 수는 없습니다. 나를 추방할 권리가 아가씨에게는 없습니다. 불편하시다면 아가씨가 나가주시지요."

결론을 내리듯 그가 말했다.

"도대체 어떻게 하시겠다는 거예요."

나는 항의하듯 말했다

"나 자신을 말입니까. 아니면 아가씨 자신을 말입니까."

그는 내게 반문하고 있었다. 나는 대답하지 못했다.

"아가씨 자신이라면 나는 역시 아무런 참견도 할 수가 없는 입장입니다. 그리고 나 자신에 관해서라면 참고삼아 말씀드리겠습니다. 나는 저 제도와 문명의 사슬에서 풀려나와 자유롭게 살고 싶을 따름입니다. 이제 문명이라면 이가 갈립니다. 가능하다면 나는 아가씨까지도 여기서 내쫓아버리고 싶지만 그건 내 양심이 허락지 않는 일입니다. 우리 앞으로 우연히 이 건물 안에서 서로 만나더라도 싸우지 말고 사이좋게 지냅시다."

"사이좋게 지내자니, 무슨 뜻이죠?"

"뭐 별다른 뜻은 없습니다. 원수진 듯이 서로 피하거나 아웅다웅 다투지만 말자 이겁니다."

"무슨 저의 같은 게 감추어져 있는 것은 아니겠죠."

"천만에 말씀입니다. 솔직히 말씀드리자면 저는 여자 혐오증에 걸려 있는 남잡니다. 사이좋게 지내자는 뜻은 우리가 무슨 연애감정이라도 가져보자는 식의 얘기와는 아주 거리가 먼 얘기니까 오해하지 마십쇼."

이제 그는 처음 보았을 때처럼 그렇게 어눌하고 무기력해 보이는 남자는 아니었다. 그는 이상하게도 확고부동한 신념 같은 것을 되찾은 듯한 표정이었다.

"그렇다면 좋아요. 한 달 정도만 여기서 사실 여유를 드리겠어요. 한 달이 지나면 자진해서 나가주세요. 처녀가 남자와 단둘이 이 커다란 건물 속에 함께 살게 되었을 때의 불안감도 좀 이해해 주세요."

"불안하다뇨. 오히려 안심이 되실 텐데."

"늑대 곁에서 안심하는 토끼가 있으리라고 생각하세요?"

"없겠지요. 하지만 늑대 곁에서 안심하는 여우는 있을는지도 모릅니다. 이런 말 실렌지는 모르지만."

어이없게도 그는 유들유들한 표정까지 짓고 있었다.

"하여튼 저는 기분이 별로 좋지 않아요."

"기분이라는 것은 무의미합니다."

"될 수 있으면 제 앞에 나타나시지 말아주었으면 좋겠어요. 저는 언제나 이 건물 안에 혼자 살고 있다고 생각하고 싶으니까요."

"혼자 살고 있다는 생각도 무의미합니다."

"이층에서 구둣발 소리를 낸다든가 큰 소리로 기침을 발해서도 안 돼요."

"그런 소리 따위에 신경을 쓰시는 것도 무의미합니다."

"쓸데없이 외출해서 이 건물에 사람이 살고 있다는 사실을 남들이 눈치 채게 만들어서도 안 돼요."

"자꾸만 안 된다고 말하는 것도 무의미합니다."

"무의미하다는 것도 무의미해요!"

나는 그를 경멸하듯 내쏘아주었다. 그러나 의외였다.

그는 태연히 이렇게 응수해 왔던 것이다.

"아닙니다. 무의미하다는 것은 의미심장합니다."

그럴까, 하고 잠깐 생각했다가 나는 이내 정말 그렇다, 라고 수긍해 버렸다. 나는 그 순간 그가 흔해빠진 남자들과는 좀 다른 데가 있다는 생각을 했다.

"그래 댁은 이 건물 안에서 살면서 무엇을 하겠다는 거죠?"

"빌어먹을 놈의 사회가 내게서 빼앗아가버린 나의 실체를 찾겠다는 겁니다."

"댁은 어떤 실체를 가지고 있었는데요?"

"나는 좀더 형이상학적인 실체를 가지고 있었지요."

"믿을 수가 없군요. 댁에게서는 더 이상 형이상학적으로 보일 가능성이 없을 것 같은데요."

"기쁘군요. 아가씨가 그렇게 말씀해 주시니."

"기분 나쁘실 텐데요."

"아닙니다. 형이하학적인 눈으로는 형이하학적인 것밖에는 볼 수가 없는 법입니다. 나는 아가씨의 눈이 질 나쁜 눈이라는 것을 확인했기 때문에 기쁩니다. 사실 이런 건물에서 혼자 사는 여자, 게다가 산더미 같은 책들이 주는 선입관, 그런 것들 때문에 나는 약간 켕기는 기분이었거든요. 그런데 알고 보니 그리 두려운 존재는 아닌 모양입니다."

"자신이 만만하시군요."

"좀더 얘기를 계속하면 영락없이 싸우겠는걸. 그만둡시다, 아가씨. 하여튼 내가 이 건물 안에서 살기로 한 이상 아가씨도 그리 심심치는 않을 거요."

그는 다시 한 번 빙긋 웃어 보였다. 이빨도 참 못생겼구나, 나는 그런 생각을 하고 있었다. 그는 무성한 잡초들을 헤집으며 쓰적쓰적 건물을 향해 걸어나갔다. 이 건물에 나 말고 다른 사람이 또 살게 되었다는 점에 대해서 나는 이제 별로 싫은 기분이 아니었다.

만약 귀찮게 굴지만 않는다면, 그리고 내 자존심 따위를 심하게 건드리지만 않는다면, 저런 남자 하나쯤 이층에다 세를 주어도 상관이 없을 거라는 생각이 들었다.

오후에는 너무 배가 고파서 책을 몇 권 싸 들고 외출했다. 아르바이트를 할 때 나는 최대한으로 낭비를 줄이고 책들을 사 모았었다.

날마다 계속되어지는 방황, 그리고 겹치는 정신의 기아(饑

餓). 라면과 헌책방. 부질없는 사람들과의 만남. 일단의 절필(絶筆)……

그러나 나는 이 여름이 끝나고 가을이 오면 무슨 변화든지 일어나주리라 믿고 있었다. 글을 쓸 수 있는 의욕과 충동도 생겨주리라 믿고 있었다.

며칠간 그 남자는 내 앞에 나타나지 않았다. 건물의 망가진 부분을 수리라도 하는 것일까, 이따금 이층에서 톱질하는 소리 같은 것이 들리곤 했다.

유리가 없는 창 밖으로 내다보이는 하늘은 요사이 눈에 띄게 높아져 있는 듯한 느낌이었다. 색깔도 전에보다는 한결 파랗고 투명해 보였다.

날씨가 많이 선선해져 있었다. 가을이 이 부근 어딘가에서 서성거리고 있는 것 같았다. 나도 조금씩 가슴이 설레어왔다. 여름이 끝나가고 있다는 사실 하나만으로도 나는 막혔던 숨통이 트이는 것 같았다. 부디 이러한 기분이 막상 내가 펜을 잡았을 때도 변함없이 지속되어 주기를 나는 빌었다.

이층에 있는 남자는 어떻게 살고 있을까. 수시로 나는 궁금했었다. 이 건물에 나 말고 또 다른 사람 하나가 살고 있다는 사실이 밤이면 내 정서불안을 어느 정도는 약화시켜 주었다. 그러나 깊은 잠을 잘 수 없는 것은 여전했다.

나는 특별한 일을 제외한 거의 모든 시간들을 책 속에다 파

묻어놓고, 나의 살 나의 뼛속에도 눈물겨운 낱말들이 싹터주기를 간절히 간절히 빌고 있었다. 그러던 어느 날 그 남자가 아래층으로 내려왔다.

"가을입니다."

그는 들어오지 않고 복도에 서서 창문으로 얼굴을 디밀며 내게 말했다.

"가을은 무의미해요."

나는 그의 어투를 흉내 내었다.

"무의미하다는 확신 없이 무의미하다고 말하는 것은 무의미합니다."

그는 전에보다는 한결 더 기분이 좋아져 있는 듯한 표정이었다.

"그림 좋아하십니까?"

그가 말했다.

"누구 그림 말이죠?"

내가 물었다

"그냥 그림 말입니다."

"그림이라고 다 좋아하지는 않아요."

"그럼 누구 그림을 특별히 좋아하십니까."

"구스타프 클림트."

"오, 그 사랑과 죽음과 애환의 최면술사!"

"제법이시군요."

"무슨 말씀, 하지만 그런 몽환적 아름다움보다 더 진실한 아름다움도 많이 있습니다. 보시겠어요?"

그는 버릇처럼 코끝을 찡긋거리며 안경을 밀어 올렸다. 턱과 코 밑에 수염이 너저분하게 자라 있었다.

"설마 그걸 보여주고 오래 있도록 해달라고 떼를 쓰시는 건 아니시겠죠."

"간다고 하더라도 말리실 텐데."

나는 읽던 책을 덮어두고 일어섰다.

이층으로 오르는 계단은 다른 곳보다 더욱 심하게 척추를 앓고 있었다. 걸음을 옮겨놓을 때마다 판자들이 낮게 비명을 지르곤 했다.

이층의 벽들 역시 아래층보다 더욱 틈이 많이 벌어져 있었다. 틈 사이로 바깥 햇살이 언뜻언뜻 비쳐드는 것을 보면서 나는 다시금 이 건물이 오늘 중으로 도괴되어 버릴는지도 모른다는 생각을 했다. 그러나 여전히 두려운 생각은 일지 않았다. 이대로 죽으면 약간 억울하기는 하지만 그렇다고 내 힘으로 죽고 사는 일을 마음대로 할 수는 없었다.

"어떻습니까. 훌륭한 작업실이죠."

그 남자의 방은 한마디로 아틀리에 그대로였다. 수많은 그림들이 벽에 걸려 있었고 여러 가지 화구들이 마룻바닥에 산재해 있었다. 한쪽 마룻바닥에는 화집들이 즐비하게 정돈되어 있었다. 여기에 비한다면 내 방은 얼마나 초라한가. 나는 갑자기 열등의식에 사로잡히지 않을 수 없었다.

"야밤에 비를 맞으며 이것들을 나르느라고 혼났습니다. 큰 그림은 모두 담 밖에서 담 너머로 던져 넣었는데 다행히 상처를 입은 것은 하나도 없었어요. 바닥에 잡초들이 무성했기 때문입니다."

"이걸 시내에서 일일이 여기까지 들어다 옮겼어요?"

"아닙니다. 트럭으로 날랐습니다. 단 한 번에."

"뭐라구요?"

"염려하지 마십시오. 친구의 트럭을 빌려서 나 혼자 비밀리에 이사를 했으니까 아무도 본 사람은 없습니다."

보기보다는 용의주도한 남자였다.

"이거 모두 언제 그리신 거예요."

"대학 다닐 때 그린 게 압도적으로 많습니다. 직장을 가진 다음부터 내 그림은 시름시름 병을 앓기 시작했어요. 보십시오. 저쪽 벽에 있는 것들, 뭔가 다르지 않아요?"

"다른데요."

정말이었다. 그가 손가락질한 벽에 걸려 있는 그림들은 어딘지 모르게 분위기가 처져 있는 듯한 느낌이었다.

"이것들은 모두 늑댄가요?"

"늑대가 아닙니다."

"그럼 승냥이?"

"그것도 아닙니다."

"어쩐지 개 같지는 않은데."

"그것들은 갭니다. 그러나 집개가 아니라 들개죠."

"들개?"

"야생견을 말하는 겁니다."

나는 그 그림들을 차례로 눈여겨 둘러보기 시작했다. 그 들개라는 짐승들은 대단히 꼼꼼한 필치로 털 하나하나까지 아주 자세하게 묘사되어 있었다. 그것은 사진보다 한결 리얼해 보여서 눈빛들이나 이빨들의 날카로움이 금방 살갗을 찌르고 들어오는 듯이 섬뜩한 느낌이었다. 부서진 자동차 위에 올라가 아래를 내려다보고 있는 놈, 달빛 깔린 아스팔트 위를 길게 그림자를 끌며 걸어가고 있는 놈, 어두운 골목에서 이쪽을 노려보며 날카롭게 눈을 빛내고 있는 놈…….

그것들은 모두 도시의 거리를 배경으로 삼고 있었다. 그런데 이상한 것은 그 거리가 한결같이 텅 비어 있다는 점이었다. 대낮이건 밤이건 사람의 그림자라곤 전혀 보이지가 않았다. 곳곳에 들개들만이 눈을 빛내며 어슬렁거리고 있었다. 그 그림들은 기묘하게도 어떤 종말감 같은 것을 예언하고 있는 듯한 분위기였다.

나는 그 그림들을 둘러보다가 마침내 80호 정도의 대형 캔버스 앞에서 아, 하는 탄성을 나도 모르게 뱉어내고야 말았다. 내 예감은 적중했던 것이다.

완전히 몰락해 있는 어느 폐가에 수없이 많은 들개떼들이 몰려와 있었다. 건물의 유리창틀을 붙잡고 기어오르는 놈, 쓰레기통을 뒤적거리는 놈, 지붕 위에 버티고 서 있는 놈, 현관 앞에 누워 있는 놈…….

하여튼 어디에서든 들개들은 눈에 띄었다. 그것들은 모두 굶주려 있는 것 같았다. 한결같이 늑골들이 앙상하게 드러나 있었다. 역시 사람의 그림자라곤 전혀 보이지 않았다. 사람이 전혀 보이지 않는다는 사실이 그림을 보는 사람을 알 수 없는 불안감에 사로잡히도록 만들었다. 어떤 흉계 같은 것이 틀림없이 그 그림 속에는 도사리고 있었다.

이 남자는 가슴에 뭔가가 들어 있다, 라고 나는 판단하고 있었다.

"직접 그리셨다니, 역시 믿기지 않는군요."

나는 약간 놀리는 듯한 어투로 말해 주었다.

"그러실 겁니다. 지금의 나는 실체를 잃어버린 나이니까."

"어디서 잃어버리셨는데요."

"스물다섯 살부터 스물아홉 살까지 사이에서 단계적으로 소멸해 버렸지요."

그는 고등학교를 졸업하고 계모와의 사이가 좋지 않아 집을 나와버린 뒤로 일 년 동안 온갖 잡일로 돈을 벌어 등록금을 마련했었던 모양이었다.

"원래부터 그림에는 소질도 있었고 또 고등학교 때도 열심히 했습니다. 대학에 합격하는 데는 별 어려움이 없었어요.

합격해서는 선배님들의 화실을 전전긍긍하며 얻어먹고 살았습니다. 가끔 그림을 배우러 오는 재수생들이나 재학생들이 있으면 대충 지도해 주기도 했지요. 물론 그러면서도 나는 미친 듯이 내 그림을 그렸습니다."

그러는 동안 줄곧 그의 곁을 떠나지 않았던 것은 그 빌어먹을 놈의 외로움이었다고 그는 말했다.

"배가 고프다는 것은 외롭다는 말과 이음동의어입니다. 나는 언제나 배가 고팠습니다. 배가 고픈 자에게는 친구가 귀합니다. 배가 부른 놈들은 내 쪽에서 싫어했기 때문에 친구가 될 수 없었고 배가 고픈 놈들은 또 하나의 배가 고픈 놈이 곁에 있으면 한 그릇의 라면도 반 그릇의 라면으로 줄어드니까 서로 친구 삼기를 꺼립니다. 그러니까 애인 따윈 물론 두말할 여지도 없습니다. 그 당시의 내게는 먹이 문제가 가장 절박하고 어려운 문제였습니다. 어떤 의미에서건 멀쩡한 남자가 여기저기 끼니때마다 돌아다니면서 남의 밥을 얻어먹어야 한다는 사실은 불구자가 하루 종일 돌아다녀보아도 밥 한 그릇 얻어먹지 못했다는 사실보다 더 비참한 일이 아닐 수 없습니다."

하지만 이 사회는 참으로 오묘하고 지랄 같아서 멀쩡한 남자가 밥을 얻어먹지 않을 수가 없는 사례가 얼마든지 있다고 그는 덧붙였다.

"졸업을 하자마자 취직을 했습니다. 아시겠지만 이 도시에는 청량음료를 만드는 회사가 하나 있습니다. 나는 거기서 그

맛대가리 없는 액체를 사람들의 위 속에 한 병이라도 더 많이 부어 넣게 만드는 그림을 그려달라는 요청을 받기 시작했습니다. 사막에서 그 회사 제품의 청량음료 한 병을 머리에 이고 기분 좋게 혓바닥으로 입 가장자리를 핥으면서 쉬고 있는 낙타와 터번을 쓴 남자 따위의 그림은 그래도 좀 나은 편이고, 과장된 수출확장을 선전하기 위해서 세계지도와 회사 마크 따위를 한꺼번에 몇 장씩이나 다시 그려서 결재를 맡아야 하는 따위의 내 일과는 날마다 나를 식은땀 나게 만드는 것이었습니다."

그는 거기서도 가능하면 들개들을 그려보려고 노력한 모양이었다.

"들개는 아니라고 하더라도, 청량음료를 머리에 이고 있는 사막의 낙타 대신에 그것을 입에 물고 설빙의 희디흰 벌판을 내달리는 에스키모견 정도만 되어도 어느 정도 그릴 기분이 났을 겁니다. 하지만 회사에서의 모든 그림들은 회사의 주문에 의해서 그려집니다. 개떡 같지요."

그는 차츰 손이 녹슬어지기 시작했다고 말했다.

"나는 휴일이면 가끔 캔버스를 마주하곤 했었는데 아무래도 옛날처럼 건강한 들개들이 그려지는 것은 아니었습니다. 아까는 배고플 때가 가장 외로웠던 것처럼 말했지만 사실은 그게 아니었습니다. 나 자신의 손이 점차로 상업주의적인 그림에 물들어서 아무리 캔버스에다 문질러보아도 예술성을 발견할 수 없을 때 나는 누구도 이해할 수 없는 극단의 외로움에 처하지 않을 수 없었습니다."

그는 그래서 인사과에 근무하고 있는 미스 리와 연애를 시작했던 모양이었다.

"몇 달간 연애를 해보고 괜찮다 싶어서 결혼해 버렸습니다. 그랬는데 알고 봤더니 형편없는 속물이었습니다."

"연애할 땐 왜 모르셨나요."

"연애할 땐 내게도 여자가 하나 생겼다는 기쁨 때문에 마냥 기분이 들떠 있었거든요. 나는 외롭게 살아왔었거든요."

이것저것 따져볼 여유조차 없었다는 거였다.

"극도의 외로움은 과연 인간의 마음까지를 눈멀게 한다는 것을 나는 비로소 절감하게 되었습니다."

"그러나 이미 때가 늦어버린 거 아녜요."

"다시 시작할 수도 있었습니다."

물론 그는 될 수 있는 대로 이혼만은 하지 않으려고 여러 가지 노력을 기울인 모양이었다.

"그런데 너무 이기주의적인 여자였습니다. 언제나 자신의 주장만 고집했어요. 허영과 낭비도 심했었고."

"그것만 가지곤 이혼 사유가 부족한데요."

"그쪽에서 원했습니다. 이상이 서로 맞지 않다는 거였습니다."

그는 이혼을 해버리고 나서 갑자기 만사가 부질없게만 생각되기 시작했다는 거였다.

"회사도 때려치워버렸습니다. 자유로워지고 나니까 비로소 다시 그림을 시작할 수 있을 것 같은 느낌이 들었습니다."

이 사회가 원하는 것은 오직 생산적인 것들뿐이라고 그는 덧붙이면서 이제 진정한 예술에 대해 올바른 가치를 부여하는 눈은 거의가 도태되어 버렸다고 탄식하듯 말했다.

"일차원적인 인간들의 세상입니다. 그림은 먹을 수 없다, 고로 그림은 무가치하다. 돈으로는 먹을 것을 살 수 있다, 고로 돈은 가치 있다, 단순하게 말하자면 이런 식입니다. 먹고사는 일 하나에 연연해서 몇 푼 안 되는 돈에다 모가지를 걸어놓고 평생을 남의 사업만 거들다가 자기 일은 하나도 못 해놓고 죽은 사람들을 보면 불쌍해서 견딜 수가 없습니다."

그는 천천히 실내를 배회하면서 또는 자기 그림 앞에서 잠시 걸음을 멈추고 건성으로 들개들을 훑어보면서 차분한 목소리로 이야기를 풀어나갔다. 어느새 분위기는 약간 숙연해져 있는 듯한 느낌이었다.

"굳이 들개들을 소재로 삼는 이유는 무엇인가요."

나는 그에게 물어보았다.

"한마디로 나와 흡사하기 때문입니다."

"생긴 모양이 그렇다는 얘긴가요?"

"생활이 그렇다는 얘깁니다. 누구에게 사육되지 않고 자유롭게 살아갑니다. 외로운 방황, 맑은 배고픔, 적당한 야성, 모두가 나와 흡사합니다."

"다시 배고픈 생활이 시작되는 게 두렵지 않으세요?"

"이제부터 나는 사무원이 아니라 예술가인 것입니다. 돈과 기계와 제도 속에서 탈출해서 나는 영원불멸하는 작품을 만들 수가 있는 것입니다. 얼마나 대단한 일입니까. 나는 앞으로 이 화실에서 배고픔을 견디며 저 비인간적인 문명의 도시와는 완전히 절연하고 대형 캔버스 위에다 아흔아홉 마리의 들개들을 그려 넣을 작정입니다. 나는 아흔아홉 번 까무라쳤다가 다시 살아날 것입니다. 아흔아홉 번 나는 나 자신과의 일체감을 느껴보는 겁니다. 평생 남의 일이나 거들면서 단 한 번도 자기와의 일체감을 느끼지 못하고 살다가 죽는 사람들이 허다하다는 것을 생각해 보면 내가 계획하고 있는 그 작품 하나만을 남겨놓고 죽는다고 하더라도 내 삶은 그리 억울한 것이 아니지요."

그는 지금 대형 캔버스를 짜고 있는 중이라며 한쪽 구석을 가리켜 보였다. 톱과 망치 따위의 연장들과 함께 기다란 각목들이 마룻바닥에 눕혀져 있었다.

다른 얘기를 할 때는 그저 평범해 보였는데 막상 그림에 대한 얘기로 접어들자 그는 갑자기 눈을 빛내며 조금씩 목소리에 탄력을 더해가고 있는 것 같았다.

"자기 자신과의 일체감이란 어떤 것인가요."

"모든 예술가들이 그것을 잘 알고 있다고 나는 생각합니다. 찌그러진 깡통을 그리든 종이비행기를 그리든 자기가 사랑하는 대상을 그 내부까지 묘사해 보려고 할 때 비로소 떠도는 자기의 영혼이 자기 육체 속으로 불러들여지게 되는 것이죠."

그의 목소리는 신념에 차 있었다.

"주로 그림은 낮에만 그리시겠군요."

그림을 그리는 사람들도 밤에 그렇게 고통 속에서 자신의 뼈를 깎아내는 아픔을 느끼게 되는 것일까. 밤에는 잠을 자겠지, 불빛 밑에서는 색채가 잘 구별되지 않을 테니까. 잠을 잘 수 있다는 것은 얼마나 은혜로운 일인가.

그러나 아니었다.

"밤에도 그립니다. 어떠한 상황 속에서도 그릴 수가 있어요."

그는 내 추측을 뒤엎었다.

"하지만 여기선 삼가주셨으면 좋겠는데요. 불빛이 밖으로 새어나가면 곤란하니까요."

"알고 있습니다. 하지만 어둠 속에서도 그릴 수는 있습니다. 재료나 방법 따위에는 전혀 구애받지 않으니까요."

"어둠 속에서? 어떻게요."

"나중에 한번 보여드리겠습니다."

그는 자신감에 차 있는 목소리로 내게 약속하듯 말했다. 아무래도 그의 이야기를 믿어주기에는 황당하다는 느낌이 없지 않았다.

그러나 두고 볼 일이라고 나는 생각했다.

"부탁건대 저한테 수상한 생각은 절대로 갖지 마세요."

나는 강하게 못을 박듯 이야기했다.

창 밖으로 보이는 먼 하늘의 끝부분에 불그레한 저녁놀이 걸려 있었다. 이름을 알 수 없는 새 한 마리가 날개를 저어저어 가고 있었다. 어디론가 한정 없이 가고 있었다.

아침저녁으로 날씨가 선선해져서 이제는 완전히 가을이라는 생각이 들었다. 나뭇잎들도 약간씩 누우런 빛으로 변색되어 가고 있었다.

이층에서 아까부터 망치질하는 소리가 들려오고 있었다. 아마 전에 말하던 그 대형 캔버스라도 짜고 있는 모양이라고 나는 생각했다.

펌프물을 길어내어 빨래를 시작했다. 문득, 겨울에는 어떻게 살아야 하나, 가슴이 어둡게 짓눌려왔다. 무엇보다도 추위를 막는 일이 급선무였다.

그러나 함부로 불을 사용할 수는 없는 노릇이었다. 아무래도 외부인에게 발각되기 쉬울 것이며 만약 발각되면 오래 여기 머물러 있을 수가 없을 거였다.

"빨래 따윈 뭣 하러 하십니까."

내가 하나하나 헹굼질을 해서 짜고 있는데 그가 내 곁으로 다가왔다.

"참견하지 마세요."

나는 빨래가 담긴 양동이를 뒤로 돌려놓은 뒤 똑바로 그의 앞에 버티고 섰다.

"알겠습니다."

그는 다 눈치 채었다는 표정을 짓고 있었다.

"저를 함부로 대하지 마세요. 아시겠죠."

"여자로 생각하고 싶지는 않습니다."

"우린 어디까지나 타인이에요. 더 이상은 아무것도 기대하지 마세요."

"물론입니다."

그는 잘 알겠다는 듯이 말하고는 돌아섰다. 쓰적쓰적 걸어가는 그의 뒤통수를 향해 나는 잠시 눈을 흘기고 있었다. 하필이면 팬티를 집어 들었을 때 나타나다니. 주책이 아니고 무엇이랴.

나는 빨래들을 햇빛 잘 드는 풀밭 위에다 널어놓고 잠시 책을 읽었다. 이층에서는 아무 소리도 들리지 않았다.

점심때는 빵을 먹었다. 밀기울 냄새가 나는 싸구려 빵이었다. 그렇지만 그것도 아끼느라고 아주 조금만 먹었다. 이러다가 곧 영양실조로 쓰러져버리고 말 것 같았다.

이층 남자는 도대체 어떻게 먹이 문제를 해결하고 있을지 궁금했다.

머리맡에 쌓여 있는 책을 다 팔아먹는다고 해도 겨울을 넘길 수 있을지가 의문이었다.

"심심한데 얘기나 좀 나눕시다."

오후에 그가 아래층으로 내려왔다.

내려오기 전에 나는 알고 있었다. 계단 쪽에서 발소리가 들려왔던 것이다.

"저는 심심하지 않은데요."

"너무 그러지 마십시오. 막상 작품을 시작하면 내 얼굴 보기는 힘들 겁니다. 오늘 200호 정도 크기의 캔버스를 짜놓았습니다."

"좋아요. 헌데 무슨 얘기를 나누자는 건가요."

"뭐 아무 얘기라도 상관없습니다."

그는 역시 복도로 향한 창문 밖에 서 있었다.

"먼저 소재를 하나 잡아보시죠."

"안으로 들어가서 얘기하면 안 되겠습니까."

"안 돼요. 처음에 자신의 입으로 먼저 약속했던 일 아네요?"

나는 냉정한 목소리로 그렇게 말해 주었다.

"일단 지켜드리죠."

"일단이라뇨?"

"아직은 내가 이 창문을 타고 들어갈 만큼의 야성을 되찾지 못했으니까."

"야성이 아니라 야만이겠죠."

"아무래도 좋습니다."

"가만, 이제 생각해 보니까 좀 이상하군요. 그럼 앞으로 그 야성인가 야만인가 하는 것을 되찾게 되면 그 창문을 타 넘어

들어오시겠다는 얘기 아녜요?"

"그렇습니다."

그는 웃지 않고 말했다.

"하지만 저도 쉬운 여자가 아니라는 것만은 알아두세요."

"잘 알고 있습니다. 여자 혼자서 이런 건물에 살고 있는 것만으로도 충분히 짐작할 수가 있습니다. 혹시 밤에는 무섭지 않으신가요."

"전혀 무섭지 않아요. 저는 이제 극한 상황까지 밀어붙여져 있어요. 귀신이든 짐승이든 밤에 내 앞에 나타나기만 하면 내가 먼저 달려들어 물어뜯어버릴 수도 있어요."

그러나 이젠 그렇지만도 않은 심정이었다.

물론 처음 이 건물 안에서 생활하던 한 달간은 공포심으로 질식해 버릴 것 같은 심정이었다. 바람소리만 들려도 온몸이 자지러질 듯 오그라드는 듯한 느낌이었다. 날이 새면 죽었다가 다시 소생한 듯한 느낌도 들었다.

그러다가 정말로 무엇이든 나타나기만 하면 내가 먼저 달려들어 물어뜯어버리겠다는 오기가 생겼었다. 너무 처절하게 공포심이 엄습해 오니까 그야말로 죽기 아니면 까무러치기라는 생각이 들었던 것이다.

하지만 아무 일도 일어나지 않았다. 나중에는 무엇이든 한 번 나타나보았으면 싶은 심정에까지 처하기에 이르렀다. 대담해져 버렸던 것이다.

날이 새면 어떤 승리감 같은 것조차 느껴졌다. 그러다가 차츰 밤이라는 것이 결코 공포와는 아무런 상관도 없게 되어버리고 마침내 크나큰 외로움의 덩어리로만 내게로 안겨져 왔다.

"혹시 가족이라도 있으면 그리로 돌아가시지요. 곧 겨울이 옵니다."

그는 우울한 목소리로 내게 말했다.

그도 벌써부터 겨울을 생각하고 있었던 모양이었다.

"가족 같은 건 없어진 지 오래예요."

"그럼 친척이라도."

"숙부님 한 분 계시죠. 국민학교 삼학년 때부터 고등학교를 졸업할 때까지 나를 키워주신 분이에요."

"그럼 그분에게로 돌아가십시오."

그는 진심으로 나를 걱정해 주고 있는 듯이 말했다.

"날개가 있어야지요."

"무슨 말씀이십니까. 차비가 없으시다는 말씀이십니까?"

"차비가 아니라 비행기표예요. 브라질로 이민을 가셨으니까."

"아하, 그러셨군요."

그는 낮게 탄성을 발했다.

"같이 가자는 걸 제가 극구 반대했어요. 더 이상 부담을 드리고 싶지 않아서였어요. 평소에도 저 때문에 숙모님과 가끔 다투시곤 하는 걸 봤었거든요. 아무래도 함께 따라갔으면 짐이 되었겠죠?"

"부행한 여인이로고."

그는 도사 같은 어투로 말했다.

"부행이라뇨?"

"불행이라는 얘깁니다."

그는 또 한자어 잘못 발음하기 운동을 벌이려고 하는 모양
이었다.

"부행은 행복입니다. 부행이 없는 상태에서 좋은 예술이 탄
생한다는 것은 불가능한 얘기죠."

"그런데 이층에서는 무얼 어떻게 먹고사시나요?"

"셋방살이하는 주제에 뭐 먹을 거나 변변히 있겠습니까. 생
콩 몇 개 하고, 미숫가루 조금, 솔잎 따위들을 섞어서 먹고 있
습니다."

"솔잎이라고요?"

"옛날에 어느 선배님께 전수받은 비법인데, 제법 괜찮은 맛
이 납니다. 생콩의 비린내는 솔잎의 독특한 떫은 맛과 섞여서
묘한 맛을 내죠."

"그 선배는 뭘 하던 선배였는데요."

"황당한 것을 공부하던 사람이었습니다. 중도에서 미대를
그만두고 산속으로 들어갔습니다. 폭포 부근에다 토굴을 파놓
고 쌍개 영화의 주인공처럼 정신수양을 했었죠. 수양을 끝내
고 내려와서는 내가 기거하고 있던 화실에서 한 달쯤 그림을
그리다가 다시 올라갑니다."

"그래 무엇을 터득했나요, 그 선배는."

"전부 다."

"축지법이라는 것도요?"

나는 만화책에선가 어디선가 축지법에 대해서 읽은 적이 있었다.

"물론이죠."

"그 사람 지금 어디 있어요?"

"다른 나라에."

"중국에 유학이라도 간 모양이죠?"

"더 좋은 나라. 하늘나라."

"죽었어요?"

"자살해 버렸습니다. 삶에 회의를 느껴서. 이 세상은 없어져야 할 놈들이 보약 먹어가면서 악착같이 오래 살고, 오래 살아 있어야 할 놈들은 스스로 자기 목숨을 끊어버리고 요절합니다. 그 선배는 하는 짓도 생긴 것도 괴짜였지만 그림만은 기막혔어요."

그의 목소리는 아주 암울하게 톤이 떨어져 있었다.

"요즘은 뭘 하면서 이 지리한 시간을 죽여나가세요?"

"습작."

그는 간단히 대답해 주었다.

"내려가세요!"

어느새 그가 창틀에 걸터앉아 이쪽을 향하고 있다는 것을 깨닫고 나는 황급히 소리 질렀다.

"내려서면 바로 안쪽입니다."

그의 두 발은 실내 쪽으로 나란히 드리워져 있었다.

"복도 쪽으로 내려서시란 말이에요."

"그러죠. 나는 또 올라가서 굳어진 손을 풀어야 하니까."

그는 내려섰다. 그러고는, 또 봅시다 우리, 손을 한번 맥없이
들어 보여주고는 복도에서 사라져갔다.


밤마다 잠이 오지 않았다…….

라고 써놓고 거의 일주일 동안이나 그 뒤를 이어나가지 못
한 채 파지만 수십 장씩 죽어나갔다. 부질없는 내 언어의 시체
들이 하얗게 마룻바닥에 널려 있었다.

벽들을 조사해 보니 가슴이 섬뜩할 정도로 틈이 많이 벌어
져 있었다. 새끼손가락 하나가 무난히 드나들 정도로 벌어진
틈도 있었다. 이상하게도 가슴이 떨려왔다. 이 상태로 나간다
면 올해를 넘기지 못하리라.

나는 죽는다…….

라고 생각하니까 잔인한 슬픔 같은 것이 복받쳐 올랐다. 평
생 무엇을 하며 살아왔는가. 사랑하는 사람 하나도 없이 세상
의 그늘진 담벼락 아래 앉아 나는 기아(棄兒)처럼 살아왔다.

도대체 문학이라는 것에 대해서도 나는 이제 자신이 없었다.

내가 아홉 살 때, 병든 아버지를 남겨놓고 엄마가 도망쳐버

린 뒤, 곧 아버지는 돌아가시고 나는 숙부님 밑에서 비교적 별어려움 없이 고등학교까지를 마쳤다. 숙부님은 천성이 무던하고 이해심이 깊은 분이어서 될 수 있는 대로 내가 상처받지 않게 하려고 모든 일에 세심한 주의를 기울여주셨다.

나는 전혀 나의 비극적인 운명에 대해 무감한 듯이 자라왔다. 마치 그것을 당연한 것으로 받아들이고 오직 학업에만 전념하고 있는 것처럼 보이려고 노력했다. 언제나 나는 우등권을 유지하고 있었다.

그러나 내 마음 깊은 곳에는 항시 상심의 뿌리가 무성하게 번식하고 있었다. 나는 내게 주어진 모든 불행을 남몰래 소설로써 극복하고자 노력했다.

나는 중학교 때부터 이미 내가 어른이 다 되어버렸다는 생각을 하고 있었다. 같은 학우들이 실지로 어린애같이만 보였었다. 백일장 따위 하찮은 일에 참가하여 상을 타고 그것으로 자신이 문학에 확실한 발을 들여놓았다고 착각하는 듯한 표정을 짓는 아이들쯤 나는 얼마든지 경멸해 줄 수 있었다. 문학이란 간접적으로든 직접적으로든 좀더 인생을 깊이 체험하지 않고서는 불가능한 것이라고 나는 생각했었다. 어떤 대회이든 학생 백일장에 당선된 글들을 보면 한결같이 마지막이 건설적이고 희망적이며 국정교과서적인 사고방식으로 끝을 맺는다는 점에 나는 회의적인 반응을 보이고 있었다.

그 글들의 마지막을 간추리면 거의가 나는 이러이러한 것을 새삼스럽게 깊이 깨달았으며 앞으로 이러이러한 마음과 행동을 가지고 살아야겠다고 굳게 다짐했다, 라는 식이 되는데 그런 것들은 진실과 깊은 고뇌가 없어도 얼마든지 쓸 수가 있는 것이다.

나는 사실 대학에 대해서만은 남다른 자부심을 가지고 있었다. 그래서 문학반에서 활동하고 있는 급우들의 글을 대할 때마다 항상 어떤 유치함을 엿보는 듯한 느낌을 받아왔었다.

대학에 들어가서도 문학은 나의 전부이자 마지막이라는 생각뿐이었다. 열심히 쓰고 열심히 읽었다. 그러나 섣불리 어디 원고를 던져볼 생각은 추호도 없었다. 적어도 문학에 대해서만은 좀더 신중하고 겸손한 자세를 가져야 한다고 나는 믿어왔었다. 문학이란 무엇보다도 위대한 것이기 때문에.

그런데 지금 내 입장은 어떠한가.

며칠 동안을 헤매어보았지만 문학이라는 것의 미음자 하나에도 근접하지 못했다. 이렇게 흐지부지 시간을 보내다 결국 좌절하게 될 것이라면, 차라리 지금부터라도 밖으로 뛰어나가 남들처럼 시집가고 애 낳고 빨래하며 살다가, 결국은 노파가 되어 벽에 똥칠이나 하다가 죽게 되는 평범한 생애의 첫걸음을 내디뎌볼 노릇이었다.

이렇게 마음이 황량한 상태에서, 이렇게 어둡고 참혹한 환경 속에서 글을 써보려고 든다는 것이 처음부터 잘못된 생각일는지도 모르겠다는 생각이 들었다. 남들이 짐작하기에는 이런 상태 속에서 더욱 좋은 글이 나올 것 같겠지만 막상 내 입장이 되어보면 그들도 마찬가지일 것 같았다.

원래 산속에서는 산이 보이지 않는 법이다. 나는 지금 가장 험준한 산속에 들어와 있다는 생각이 들었다. 이 산을 넘어서 평지에 다다르지 않으면 이 산에 대해서 아무것도 말할 수 없을 것 같았다. 무엇이든 바라보면서 말해야 하는 것이다. 전쟁이 끝난 뒤에야 전쟁에 대해서 말할 수가 있는 것이다. 전쟁 중에는 우선 전쟁을 하든 피난을 하든 붓을 잡을 겨를이 없는 것이다.

소설이란 도대체 어떻게 써야 하는가. 나는 전혀 모르겠다. 옛날에 써놓았던 것들은 모두 태워버렸다. 모두 남의 흉내가 아니면 내 겉멋 들린 관념의 유희에 불과하다는 생각에서였다.

이야기만으로 소설이 되는 것은 아니다. 언어와의 치열한 투쟁끝에 얻어낸 자기만의 실로써 자기만의 무늬를 놓아 비단을 짜고 그것을 정교하게 바느질해서 인간에게 입혀놓았을 때, 반드시 그 인간이 어떤 의미로든 아름다움을 가질 수 있어야 한다고 나는 믿고 있었다. 그냥 재미있는 이야기나 기구한 운명 따위야 영화나 텔레비전에서 얼마든지 찾아볼 수가 있었다.

그래서 나는 이야기 이상의 소설을 쓰고 싶었다.

그러나 어떻게 시작하고 어떻게 이끌어 나가야 하는지 볼펜만 움켜쥐면 막막해져 왔다.

밤마다 잠이 오지 않았다…….

라고 써놓고 다시 몇 줄을 지워버리고 다음 장을 넘기면 역시 밤마다 잠이 오지 않았다, 라고 시작해서 또 몇 줄, 그러다가 거듭 지우기를 몇 번, 이제 나는 지쳐 있었다.

이층에서는 아흔아홉 마리의 들개를 그리기 위한 준비작업이 서서히 진행되어 가고 있었다.

그는 우선 스케치북에다 무수히 들개들의 동작이나 표정들을 스케치했다. 어떤 것은 아주 정밀하게 또 어떤 것은 특징만을 간단히, 그리고 어떤 것은 부분만을 또 어떤 것은 전체를 날마다 골똘하게 그려대고 있었다.

"역시 손이 안 풀리는군. 먹고살기 위해 그리던 그림이 내 손을 형편없이 잡쳐놓았어."

그는 가끔 한 손으로 자기의 그림을 화장 끝낸 여자가 손거울을 들여다보듯 멀찍이에서 들여다보면서 안타깝다는 듯 혼잣소리로 중얼거렸다.

벽 한쪽에는 대형 캔버스가 하얗게 가슴을 비우고 그를 기다리고 있었다. 그것은 아직 아무도 지나가지 않은 은빛 의식의 빙판 같았다.

"배가 고프군."

그는 끼니때가 되면 생콩 열 알 정도와 솔잎 약간 그리고 미숫가루를 물에 탄 것으로 식사를 대신했다.

"솔잎은 바로 뒷산에서 따온 것인 모양이죠?"

"그렇습니다. 시들지 않고 오래 싱싱한 채로 있어서 아주 좋습니다."

"그런데 꼭 이런 식으로 살아야만 좋은 작품이 나온다고 생각하세요?"

"그럼 이런 생활 속에서는 나쁜 작품이 나온다고 생각하십니까?"

"그렇지는 않지만 좋은 환경에서 좋은 작품이 나올 수도 있지 않을까요. 뭐, 그런 말 있잖아요. 같은 값이면 미제 청바지라든가, 같은 값이면 편안한 상태에서 좋은 작품을 많이 만들어낼 수 있으면 좋잖아요."

나는 떠보는 듯한 기분으로 그에게 질문을 던지고 있었다.

"호오, 그래요?"

그는 놀리는 듯한 어투로 내게 말했다.

"그렇잖은 모양이죠?"

"온실에서 자란 꽃은 섬약합니다. 비록 그것이 순간적으로 사람의 마음을 즐겁게 해줄 수 있을는지는 모르지만 세상에 내놓았을 때 얼마나 오래 갈는지는 확실히 보장할 수가 없습니다."

"꽃은 꽃이고 그림은 그림 아녜요?"

"좋습니다. 길게 설명을 드리죠, 화가란 일반 기능공과는 틀립니다. 모든 기능공들은 자신의 생활을 향상시키기 위하여 그 기능을 발휘하지만 화가는 작품을 위해서 향상된 생활도 버릴 수가 있습니다. 왜냐하면 작품이라는 것이 생활보다는 더 가치 있다는 생각을 가지고 있기 때문입니다. 화가들 중에는 자신의 작품을 생명과 맞바꿀 수 있다고 생각했던 사람들도 많이 있습니다. 생명이란 정말로 귀중한 것입니다. 생명과 생명끼리도 맞바꿀 수가 없습니다. 그러나 사랑과 작품 그 두 가지라면 저도 맞바꿀 수는 있습니다. 하여튼 그러한 가치 있는 작품을 만드는 과정에 있어서 화가들이 어떤 모험을 필요로 하는 것은 사실입니다. 그러나 그 모험이 요행에서 획득되는 성과를 기대하는 모험이 아니라 순전히 자신의 능력으로 성과를 거둘 수 있는 모험이어야 합니다. 남들이 다 해낼 수 있는 일이란 성취해 놓아도 아무 의의가 없는 것입니다. 그리고 남의 간섭이나 지시를 받아서도 안 된다고 생각합니다. 순전히 독자적인 것이라야 하니까요. 게다가 자신의 노력에 대해 아무런 보수나 직위나 명예 따위를 바라지도 않습니다. 오직 완성된 작품의 아름다움, 그것만이 자신의 노력에 대한 최대 보수라고 생각합니다. 이러한 사고방식을 가진 사람이 저 돈과 기계와 제도 속에서 바둥거리며 살고 있는 사람들하고 똑같이 먹고 마시고 잠을 자면서 그림을 그릴 수 있다고 생각하십니까?"

그는 마치 설법을 하듯 차근차근 내게 설명해 주었다.

"너무 불투명한 것 같은데요. 좀 명쾌하게 얘기를 해주세요."

"그럽시다. 다시 꽃에 비유하겠습니다. 꽃이 아름답다는 것은 사실이죠."

"사실이죠."

"흔히 사람들은 꽃이 기후가 좋은 상태에서만 아름답게 피어난다는 생각들을 가지기 쉽습니다. 하지만 아닙니다. 반드시 꽃도 고통을 견디지 않으면 아름답게 피어날 수가 없습니다. 겨울의 모진 추위, 여름의 혹독한 더위, 그런 것들에게 시달린 뒤에야 꽃은 피어납니다. 그래서 봄과 가을에 꽃이 많이 피는 것입니다. 이런 경우는 진주조개가 고통에 의해서 진주를 만들어내는 경우와 흡사합니다. 예술가는 작품이라는 진주를 만들기 위해 일부러라도 자기 자신의 생활에 상처를 내는 사람들입니다."

그런가.

하지만 나는 왜 안 되는 것일까, 내가 가진 상처도 작은 것은 아니었다. 남보다 몇 배나 가슴이 쓰라렸다고 나는 감히 말해 줄 수가 있는 입장이었다. 하지만 나는 왜 안 되는 것일까. 일부러 나 자신에게 상처를 입힌 것이 아니라 외부의 힘에 의해 상처를 받은 것이기 때문일까. 요즈음 소설이라는 것이 너무도 내게는 커다란 절벽 같았다.

가령 카프카의 회색문체라든가, 카뮈의 『페스트』와 같은 분위기, 또는 이브 탕기의 몰락한 바다 밑바닥 같은 절망감, 이런 것들 이상의 소설을 나는 쓰고 싶었다. 그런데 나는 왜 안 되는 것일까.

어느 날 심심해서 이층으로 올라가 보니 그가 마룻바닥에 엎드려 이상한 몸짓을 하고 있었다. 엉금엉금 기면서 뒤를 돌아다보기도 하고 엎드린 채로 껑충 뛰어올라보기도 하고 턱을 마룻바닥에 끌면서 조금씩 앞으로 기어 나가기도 하면서, 이런가, 아니, 이렇겠지, 혼자 무엇인가를 중얼거리며 고개를 갸우뚱거리고 있었다.

"뭘 하시는 거예요?"

"개의 흉내를 내고 있습니다. 집개가 아닌 들개의 흉내를 내고 있는 겁니다. 내 그림에 대해 좀처럼 실감을 느낄 수가 없어서."

캔버스 대용으로 잘라놓은 수십 장의 베니어판에는 들개들의 눈과 코와 입, 그리고 다리들이 무수히 그려져 벽에 진열되어 있었다.

"아무래도 자신이 없습니다. 저 빌어먹을 놈의 청량음료를 만드는 회사가 나를 아주 순한 집개로 만들어버렸습니다. 야성을 가질 수 있는 어떤 계기를 만들어보아야겠습니다."

그는 신경질적으로 들개의 머리 하나가 그려진 베니어판을 발로 와지끈 밟아서 분질러버렸다.

"밤까지 여기 한번 있어보십시오."

"야성을 되찾으시겠다는 건가요."

"천만의 말씀입니다. 아직은 그럴 생각이 없습니다."

"그럼 무엇 때문에 여기 있으라는 거죠?"

"어둠 속에서 내가 그리는 그림을 보여드리겠습니다."

"어둠 속에서야 그 그림이 제게 보일 턱이 없잖아요."

"어둠 속에서도 나는 보여드릴 수가 있습니다."

"마술을 하시려나 봐."

"마술은 눈속임에 불과합니다. 그러나 나는 눈속임이 아닌 진짜 그림을 보여드릴 수가 있습니다."

그는 자신만만한 어투로 말했다.

"좋아요. 내려가 있을 테니까 저녁때가 되면 초대하러 오세요."

"완전히 깜깜해져야만 합니다."

"그럼 완전히 깜깜해졌을 때 초대하러 오세요."

"그러죠. 날씨가 쌀쌀해졌습니다. 밤에는 추워요."

추우니까 감기 같은 것에 각별히 주의하라고 말하려는 것 같았다. 그의 작업실 한쪽 구석에는 그래도 두툼한 겨울 이불이 준비되어 있었다. 하지만 그의 이불이나 나의 닭털침낭으로는 겨울을 나기가 힘들 것 같았다. 걱정이었다.

완전히 날이 어두워져 촛불을 켜놓고 책을 읽는데 그가 나를 데리러 왔다.

기다려졌었다. 기다려지는 걸 의식하면서 나는 내가 왜 그를 기다리게 되었을까, 자존심이 상한다, 라는 생각을 했었다.

계단을 내려오는 발소리를 듣자 곧 나는 냉정해졌다. 도대체 내 가슴이라는 것이 남을 쉽게 받아들일 만큼 그렇게 무르지를 못했다. 줄곧 혼자 살아온 탓인 것 같았다. 계단 쪽에서 발소리가 가까워지다가 일순 무엇에 부딪혀 넘어지는 듯 둔탁한 소리가 들렸다. 그 후부터는 발소리가 아주 조심스럽게 들려왔다.

"이층은 밖에서 보일까 봐 불을 끄고 아래층은 담벼락에 가려서 안 보이니까 불을 켜놓고. 이거 불공평하군."

"그러게 누가 이층으로 정하시랬어요?"

"아가씨가 늑대 운운하시니까 거리를 멀찍이 잡았던 겁니다. 안심하시라고."

"계단을 내려오다 넘어지셨어요?"

"아닙니다. 복도를 마음 놓고 걸어오다 그만 판자가 부러져 나간 구멍에 빠졌어요."

그가 바지자락을 걷어 보였다. 정강이가 벗겨져서 피가 배어 나오고 있었다. 심한 상처는 아니었다.

나는 만년필형 플래시를 가지고 그와 함께 이층으로 갔다.

"바로 이겁니다."

마룻바닥에 깔려 있는 담요 한 장을 가리키며 그가 말했다.

"이까짓 담요 한 장을 깔아놓고 무슨 그림을 그렸다는 거죠? 전위미술인가요?"

전혀 이해할 수가 없었다.

"그게 아닙니다. 회중전등을 꺼주세요."

나는 그가 시키는 대로 플래시를 꺼버렸다. 깜깜했다.

"수상한 짓을 하려는 것은 아니시겠죠."

담요까지 깔아놓고, 아무래도 기분이 이상한 것 같았다.

"아닙니다. 자. 보십시오. 아주 천천히 담요를 걷어내겠습니다. 밑에 있는 그림이 흐트러지면 곤란하니까."

그가 조심스럽게 담요를 들추어내는 것이 어둠 속에서 느껴졌다.

어떻습니까, 라고 그가 말했다.

"아!"

나는 짧게 탄성을 발했다. 수십 개의 푸르스름한 인광의 편린들이 들개의 형상을 하고 마룻바닥에서 아름답게 빛나고 있었다.

"들갭니다."

들개는 목을 길게 쳐들고 허공을 향해 울부짖고 있었다.

"뼈로 만든 것인가요."

"아닙니다. 썩은 고목 부스러지들입니다. 여기 온 지 이틀인가 지나서 건물 주위를 한번 둘러보다가 운동장 구석빼기에서 발견한 것입니다."

"굉장한데요."

그것은 마치 들개의 혼을 그려놓은 것 같았다.

"플래시를 좀 빌려주세요."

그는 내게서 플래시를 받아 켜 들고는 이불이 쌓여 있는 구석빼기로 가더니 그 곁에 있는 부대 하나를 집어 들었다.

"비록 촉광은 낮지만 이것으로 책도 읽을 수가 있습니다. 간단한 스케치도 할 수가 있죠."

내 곁으로 와서 그는 플래시를 끄고는 그 자루 속에 있는 것들을 와그르르 쏟아놓았다. 야광의 푸르스름한 광채들이 한꺼번에 사방으로 흩어졌다.

"무엇을 만들어 보여드릴까요."

"하늘나라의 궁전을 지어보세요. 한스 크리스천 안데르센의 『성냥팔이 소녀』가 그리로 승천하는 장면을 그려보세요."

그는 재빨리 인광들을 집어 나르기 시작했다. 성벽이 만들어지고 궁전이 지어지고 원구형 지붕과 뾰족한 첨탑도 만들어졌다. 작은 부스러기들을 오밀조밀하게 조립해서는 꽃들도 만들었다. 성냥팔이 소녀가 아기 천사와 함께 구름 속을 헤치며 승천하고 있었다. 은은한 야광의 불빛들이 동화 속에서 아름답게 빛나고 있었다.

"이번엔 미라를 만들어보세요."

"그건 정말 실감나겠군."

다시 그의 손은 재빨리 인광들을 조립하기 시작했다. 퀭한 두 눈. 깡그리 드러나서 악물린 이빨, 황량한 늑골, 앙상한 팔다리. 금방 미라 하나가 만들어졌다. 그것은 마치 혼령을 가지고 있는 듯 푸르스름하게 빛을 발하고 있었다.

"웃어보세요, 미라 씨."

내가 미라를 향해 말했다.

"으하하하."

그가 대신 웃었다.

웃다가 어둠 속에서 그가 느닷없이 나를 안았다.

"이거 놓……."

으세요, 라고 말하려는데 그의 입술이 내 입술을 막았다. 숨이 막혔다.

더 이상을 요구하면 어떻게 할까. 나는 어깨를 깨물어버리겠다고 생각했다. 그러나 곧 그는 팔을 풀었다.

"나쁜 놈이로다!"

나는 낮게 중얼거려주었다. 그리고 플래시를 뺏아 들고는 총총히 그의 작업실을 나와버렸다.

새벽에는 바람이 몹시 심하게 불었다. 끊임없이 덜컹거리는 소리가 건물 어딘가에서 들려왔다. 끄르륵! 하고 못이 뽑히는 듯한 소리도 들려왔다. 꽈당탕 무엇인가가 떨어져 내리는 소리도 들려왔다.

나는 밤새도록 스산한 가슴으로 바람소리를 듣고 있었다. 좀처럼 잠을 이룰 수가 없었다.

그러나 아침에 일어나니 변한 것은 아무것도 없었다.

"준비해 왔던 담배가 모두 떨어져버렸습니다. 없으면 끊을 수도 있겠지 싶었는데 그게 아니로군요. 도저히 견딜 수가 없습니다. 벌써 이틀이나 담배를 굶었습니다. 강의실 구석에서 백묵 동강만 발견해도 담밴 줄 알고 머릿속에 전깃불이 반짝 켜집니다. 그러나 그게 담배가 아니라는 사실을 알게 되는 순간의 실망이란……."

어느 날 그가 말했다. 그 뒤로 그는 하루에도 몇 번씩 담배를 구하기 위해 건물 안팎을 깡그리 뒤져보기 일쑤였다. 쓰레기장도 뒤지고 연못가도 뒤지고 담벼락 밑도 뒤지고, 심지어는 판자가 뜯겨져 나간 아래층 복도의 구멍 밑바닥까지 플래시를 비춰볼 지경이었다.

그러나 아무리 뒤져보아도 그가 피울 만한 담배는 발견되지 않았다. 물론 더러 색이 바래고 모양이 짓이겨진 담배꽁초가 발견된 적도 있기는 있었다. 하지만 그것들은 빗물에 진이 다 빠져버려서 전혀 담배맛이 나지 않거나 겨우 두세 모금 빨면 그만인 것들이었다.

"마른 쑥잎을 종이에 말아서 피워보았는데 형편없는 맛이었습니다."

그는 또 며칠 동안을 담배맛과 흡사한 풀이라도 있는가 싶어 별의별 것들을 다 뜯어다가 건조시켜 종이에 말아 피워보곤 했었다.

"역시 마찬가지로군. 혀를 깨물고 끊어버릴 결심을 해야겠어."

그러면서도 며칠 동안 그는 무엇에 쫓기는 듯 계속 초조한 빛을 감추지 못했다.

그림을 그리다가도 문득 붓을 쉬고는 담배…… 하고 중얼거렸다. 그러다가 겨우 열흘이 넘어서자 참을 만하다는 듯한 표정을 지었다.

"위생에 대한 것도 일체 생략하기로 마음먹었습니다."

그는 전혀 세수도 하지 않고 이빨도 닦지 않았다. 그는 이제 아주 꾀죄죄한 몰골이 되어 있었다.

"하지만 무엇보다도 외로운 것은 못 견디겠군."

그림을 그리지 않는 시간에는 그도 나처럼 자주 건물 주변을 서성거리곤 했다.

나는 그가 외롭다는 사실에 대해 누구보다도 깊이 공감할 수 있었다. 그가 아무리 열심히 그림을 그리고 그가 아무리 재미있는 말장난을 할 때라도 항시 그의 주변에는 어떤 외로움의 그늘이 드리워져 있음을 나는 익히 알고 있었던 것이다.

아직도 그는 본격적인 그림에는 손을 대지 않고 있었다. 그냥 습작에만 열중하고 있는 것 같았다. 하루에도 수십 번씩 혼자서 그림을 지우고 그리고 지우고 그리기를 거듭했다. 하루에도 수십 번씩, 빌어먹을, 이라고 입 속으로 되뇌곤 했다.

"좀 쉬었다가 하시지 그래요."

내가 진심으로 안타깝다는 표정을 지으면

"쉰다고 될 것 같으면 내가 왜 이 발광을 하고 있겠습니까."

그는 퉁명스럽게 말하곤 했다.

몹시 달이 밝은 날 밤이었다.

나는 도무지 잠을 이룰 수가 없었다. 어디선가 자꾸만 풀벌레들이 울고 사방은 적막 속에 가라앉아 있었다. 나는 마치 전생에라도 와 있는 듯한 기분이었다. 정말로 다시 태어났으면 좋겠다는 생각을 했다.

대체 나는 왜 이 낡은 건물 속에 와 있는 것일까. 도대체 나는 왜 남들처럼 평범하게 살아가지 못하는 것일까. 이러다가 결국 나는 어디에 가서 닿을 것인가. 정말로 비참해서 견딜 수가 없었다.

밖으로 나왔다.

운동장 가득히 달빛이 출렁거리고 있었다. 작디작은 가을 풀꽃들이 달빛 속에서 눈을 반짝거리고 있는 것이 보였다. 여기저기 코스모스도 피어 있었다. 달빛 속에서 보니까 더욱 가녀리고 슬픈 느낌이었다.

나는 바깥세상과 인연을 끊은 지가 몇천만 년이나 되는 듯한 느낌이었다. 문득 밤새 한 마리가 푸득푸득 날아서 내 머리 위를 스쳐가는 것이 보였다.

연못가로 가보았다.

거기에도 풀벌레들이 울고 있었다. 검은 노간주나무 한 그루가 달빛 속에 우뚝 서서 그 풀벌레들의 울음소리를 듣고 있었다.

울 밑에 귀뚜라미 우는 달밤에
기럭기럭 기러기 날아갑니다
가도 가도 끝없는 넓은 벌판을
엄마 엄마 부르며 날아갑니다

나는 연못가에 앉아 노래를 불렀다. 나지막한 소리로 노래를 불렀다. 눈물이 괴어왔다. 가슴이 자꾸만 비어 나가고 있었다. 온 세상이 자꾸만 비어 나가고 있었다. 나는 자꾸만 노래를 되풀이했다. 그때 등 뒤에서 그가 풀잎을 스치며 내게로 오는 소리를 들었다.

"노래가 눈물겹습니다."

그는 말했다. 하늘을 보고 있었다. 하늘은 휑하니 비어 있었다. 휑하니 비어 있는 하늘 한복판에 달 하나만 말갛게 씻긴 얼굴로 떠 있었다. 사람들은 모두 오래전에 저 달 속으로 이사를 가버리고 텅 빈 지구 위엔 우리 둘만 남아 있는 듯한 느낌이었다.

그의 팔이 소리 없이 내 어깨 위로 얹히고 있었다. 그래도 가슴은 여전히 텅 비어 있었다. 나는 그를 향해 몸을 돌렸다. 그리고 힘주어 그의 목을 껴안았다. 유화물감 냄새 같은 게 맡아져 왔다.

"사랑해요."

나는 말했다.

"사랑해요."

나는 한 번 더 그렇게 말했다.

몇 번을 말해도 비어 있는 가슴은 채워질 것 같지 않았다. 그의 어깨너머로 시커먼 폐허의 건물이 우뚝 서 있는 것이 보였다.

그가 나를 풀밭 위로 쓰러뜨렸다. 나는 물기 젖은 눈으로 달만 보고 있었다.

"사랑해요."

"거짓말이라는 거 다 알고 있습니다."

"정말이에요."

정말이라니까요. 정말이라니까요.

풀벌레는 계속해서 울고 있었다. 그의 입술이 뜨겁게 내 이마 위로 떨어져 내렸다. 그의 팔이 천천히 내 몸을 쓰다듬었다. 나는 저항하지 않았다. 죽은 듯이 달만 보고 누워 있었다. 그의 입술이 차츰 아래로 내려오면서 내 입술에 와 닿았다. 문득 성욕의 냄새가 느껴져 왔다. 나는 황급히 그의 가슴팍을 떠밀어버리고 몸을 일으켜 옷매무새를 고쳤다. 그리고 끈끈한 그의 눈길을 등 뒤로 의식하며 뜀박질하듯 그 자리를 벗어났다.

그러나 나는 나 자신의 육체를 저 남자로부터 그리 오래 방어하지 못하리라는 것을 예감하고 있었다.


나는 몇 권의 책을 팔았다.

책이 자꾸만 줄어들 때마다 점점 낭떠러지로 다가서고 있는 듯한 느낌이었다. 이제 얼마 남지 않았다…… 라는 생각이 들면서 막상 낭떠러지 끝에까지 다다르게 된다면 정말로 뛰어내리는 수밖에 없을지도 모른다는 생각이 들었다. 살아가는 데 아무런 보람이 없다면 그렇게 하는 수밖에는 없을 거였다.

거리엔 가을이 술렁거리고 있었다.

바람이 불 때마다 도로변의 플라타너스 이파리들이 우수수 떨어지고 있었다. 견딜 수 없이 가슴을 스산하고 날카롭게 금 그으며 지나가는 겨울 예감.

대책이 없다…….

나는 아무런 대책이 없다는 생각뿐이었다.

차라리 글이라도 제대로 써진다면 어떻게 해서든 견디어 나갈 수가 있을 것 같았다.

교회라도 다녀보고 싶은 심정이었다.

그러나 나는 거기에도 섞일 수가 없을 것 같았다. 나는 처음부터 신 같은 건 없다고 생각해 왔었다. 만약 있다고는 하더라도 믿고 싶지는 않았었다. 태어났다는 죄 하나로 신은 나에게 너무 가혹한 형벌을 주었다는 생각 때문이었다. 그토록 불공평한 신에게 어떻게 찬송을 하고 구원을 빌겠는가.

나는 차라리 한 남자를 사랑해 보고 싶다는 생각을 했다.

그러나 내 가슴은 언제나 닫혀 있었다. 닫혀만 있는 것이 아니라 닫혀서 얼어붙어까지 있는 실정이었다. 게다가 아무리 세상을 둘러봐도 내가 사랑할 만한 남자는 보이지 않았다. 닫혀 있는 내 가슴을 부수고 들어와 차디찬 얼음을 녹여줄 남자는 보이지 않았다.

나는 공중전화 부스를 찾았다.

다시는 만나지 말아야겠다고 생각했지만 어쩔 수가 없었다. 썰렁한 가을 바람이, 쓸려가는 낙엽들이, 새파란 하늘이, 누구든 만나지 않고 그냥 나의 을씨년스러운 은거지로 돌아가는 것을 보류시키고 있었다. 손을 한번 내밀어보는 심정이었다.

다이얼을 돌렸다.

딸그락 하고 동전이 떨어져 내리는 소리, 저쪽에서 여보세요, 성진여댑니다. 교환이 전화를 받고 있었다. 나는 잠시 망설이다가 그만 수화기를 놓아버렸다. 시론을 강의하는 그 창백한 얼굴의 시간강사는 교수 연구실도 없고 특별히 전화로 연락을 취할 방도도 없을 것 같아서였다. 하숙집 전화를 알고 있기는 하지만 지금은 집에 없을 게 분명했다. 다시 만나본다고 해도 전에보다 더 이상 앞으로 나갈 수는 없을 것 같았다. 술이라도 마시고 싶었다. 그러나 돈이 없었다.

돈이 없어서 술을 마시지 못한 지도 벌써 몇 달이나 되는 것 같았다.

하루 종일 하릴없이 거리를 쏘다녔다. 그러다가 저물녘이 되어서야 몇 가지 식량이 될 만한 것들을 사 가지고 나의 은거지로 돌아왔다.

실내로 들어서니 쥐 한 마리가 황급히 벽과 마룻바닥이 맞닿는 모서리를 타고 쪼르르 도망쳐서 복도로 달아났다.

이 건물 안에는 제대로 먹을 것도 없을 텐데 웬 쥐들이 이렇게 많은지 알 수가 없었다. 복도에서고 계단에서고 빈 강의실에서고 수시로 쥐들이 눈에 띄었다. 밤이면 통탕거리며 무슨 타이틀 매치라도 벌이는 듯 요란을 떨었다. 때로는 삭삭삭삭

이빨로 나무를 갉는 소리도 들려왔다.

아침부터 이층에서 와지끈거리는 소리가 자꾸만 내 신경을 건드리고 있었다. 무엇을 부수는 모양이었다.

올라가 보니 그동안 습작해 놓은 것들을 모조리 때려부수고 있었다. 미친 사람 같았다.

"왜 그래요?"

그러나 그는 대답이 없었다. 땅바닥에 쭈그리고 앉아 머리를 감싸쥐고는 숨만 가쁘게 몰아쉬고 있었다.

"좀 조용히 해주실 수 없으세요? 혹시 누가 뒷산에라도 올라갔다 내려오는 길에 그 소리를 듣고 수상하게 생각해서 이 건물에 관심을 가지게 되면 그리 좋은 결과를 가져오지는 못할 거예요."

나는 좀 딱딱한 목소리로 이야기해 주었다. 그때였다. 그가 고개를 번쩍 치켜들었다.

"잔소린 집어치우쇼!"

빽 하고 소리를 지르며 나를 노려보는 그의 눈이 험악하기 이를 데 없었다.

무엇엔가 단단히 화가 나 있는 모양이었다.

"제가 뭐 잘못한 거라도 있어요?"

"알았어요. 참견하지 말구 내려가 계쇼. 그림이 제대로 안 되어서 이러는 거니까."

그는 이내 풀죽은 목소리로 돌변했다.

그 후로 그는 며칠 동안 거의 발악적인 상태로 다시 그림에 몰두했다. 습작을 하는 동안 어느 정도는 자신감이 몸에 붙어야 하는데 도무지 옛날처럼 붓이 제대로 말을 들어주지를 않는다는 거였다.

"들개를 그려놓고 보면 영락없이 집개가 되어버린단 말씀입니다. 그 사실은 나 자신이 들개라는 대상과 일체감을 느끼지 못하기 때문이지요. 당연합니다. 나는 몇 년 동안 직장에서 돈과 기계와 제도 속에서 잘 훈련되어 본래의 나 자신을 잃어버리고 집개가 되어 있었으니까요. 한번 잃어버리고 나니까 되찾기가 너무나 힘이 듭니다."

날씨는 조금씩 쌀쌀해져 가고 있었다. 몇 번의 무서리가 내렸다. 밤이면 추워서 견딜 수가 없었다. 새벽에는 특히 더했다. 뼛속까지 냉기가 스며드는 것 같았다. 차츰 나뭇잎들은 바람에 맥없이 떨어져 내리고 이제는 앙상한 가지들만 남아 있었다.

내게는 결국 몇 권의 책밖에는 남아 있지 않았다. 큰일이다. 정말. 생각하면 가슴이 막막해져 와서 견딜 수가 없었다. 죽어버리고 싶은 심정이었다.

그러던 어느 날 그가 아래층으로 내려왔다.

"난방장치를 해드리고 싶은데 돈 좀 있으십니까?"

없다고 나는 대답했다.

"백열전구 두 개만 사면 둘 다 훌륭한 난방시설을 갖출 수가 있습니다. 멍청한 사람들이 이 건물의 전기를 끊어놓지 않았어요. 아까 두꺼비집을 열고 실험을 해보니까 스파크가 일어났습니다. 이건 정말로 행운입니다. 하지만 나는 한푼도 없습니다. 팔아먹을 것도 없고."

난방시설, 듣기만 해도 기분 좋은 말이었다. 추위란 내게 있어 하나의 공포로 생각되었던 것이다.

"제 책을 팔겠어요. 버티는 데까지 버티어보죠 뭐."

백열전구로 난방시설을 갖출 수만 있다면 나는 남아 있는 책을 마저 파는 도리밖에 없다는 생각을 했다.

"책을?"

갑자기 그의 눈이 안경 속에서 크게 떠졌다.

"책이 있었구나, 책이."

그는 신음하듯 말했다

"화집이 몇 권 있습니다. 초현실주의와 초사실주의 작가들의 프랑스어판입니다. 상당히 비싸게 준 것들이죠. 판다고 생각하니 살점을 떼어내는 것 같은 기분이지만 그 화집을 남긴 화가들도 이런 경우는 이해해 줄 수가 있을 것입니다."

오후에 나는 그의 화집 몇 권을 들고 헌책방으로 갔다.

"이 아가씨는 책 팔아먹는 전문가 같군."

책방 주인의 말이었다.

역시 예상보다 싼값으로 화집은 흥정되었다. 마그리트, 달리, 데 키리코 등의 화가들이 한국의 어느 소도시 어둡고 먼지

긴 헌책방 서가에 싸구려로 쑤셔 박히는 모습을 보면서 나는 기묘한 비애감에 사로잡혔다.

"이 도시에 그림 볼 줄 아는 사람이 몇이나 됩니까. 일 년 내내 두 권도 안 팔릴 거예요."

헌책방 주인은 값을 깎으며 말했었다.

나는 화집을 판 돈으로 그의 요구대로 생콩과 미숫가루 등속을 샀다. 그리고 백열전구와 전선과 소켓, 플러그, 콘센트, 철사 따위도 준비했다.

"됐습니다. 이거면 올 겨울은 춥지 않게 지낼 수가 있습니다. 양식은 상당히 부족한 편이지만 살다 보면 또 어떻게 해결할 방도가 생기겠죠."

그는 우선 펜치로 철사줄을 잘라 네모진 철망상자 두 개를 만들었다. 마치 커다란 쥐틀처럼 생긴 상자였다.

"이 상자 속 한가운데다 백열전구를 고정시킵니다."

그는 배선되어 있는 전선에서 새로 사온 전선으로 전기를 끌어내어 그 상자에 연결했다. 상자 안에 불이 켜졌다.

"쥐틀 속에다 전기불을 설치해 놓은 것 같군요."

"비록 엉성해 보이기는 하지만 상당히 쓸모가 있을 겁니다. 겉만 보고서 우습게 생각하실 게 못 됩니다."

"하지만 우습게 보이는데요."

그러나 나는 처음으로 남자에게 받아보는 이 가정적인 호의에 대해 묘한 기분을 느끼고 있었다. 이러한 기분 때문에 여자들은 남편이라는 것을 섬기게 되는 모양이라는 생각이 들었다.

"만약 내복을 벗고 싶을 정도로 닭털침낭 속이 후끈거린다면 저한테 무슨 보답을 하시겠습니까."

그러나 나는 아무것으로도 보답할 수가 없을 것 같았다. 나는 너무 초라하고 가난한 여자였다. 지금까지 나는 보답해야 할 만한 호의 따위는 사실 누구에게나 의식적으로 피해왔던 셈이었다

"보답을 바라세요?"

"뽀뽀라도 한 번쯤."

그 정도야 뭐 어려울라구. 나는 술집에서 배운 이력대로 재빨리 그의 입술에다 뽀뽀를 해주었다. 너무 번개 같아서 사기를 당한 듯한 느낌이라고 그는 말했다.

"이걸 이불 속에다 넣고 자면 후끈후끈합니다. 군대생활 할 때 내무반 난로가 꺼지면 고참들이 하던 것입니다. 철망에 싸여 있으니까 이불에 닿아 화재가 날 염려도 없고 열은 그대로 철망 밖으로 나와 이불에 의해 보존됩니다."

설마, 하고 나는 의구심을 가졌다.

"켤 때는 반드시 이불, 아니 닭털침낭 안에서만 켜십시오. 불빛이 밖으로 새어 나가지 않도록 말입니다. 자 그럼 이번에는 내 방에다 설치해 놓을 차례로군."

그는 연장들을 가지고 이층으로 올라갔다.

밤에 나는 닭털침낭 속에다 그 백열전구가 들어 있는 직육

면체 모양의 철망상자를 집어넣고 불을 켠 다음 나도 그 속으로 들어갔다.

한참이 지나도 전혀 따뜻해져 오는 느낌이 들지 않았다. 그러면 그렇지 이까짓 걸 가지고 어떻게 추위를 물리칠 수가 있을라구, 나는 부질없는 소꿉장난 같아서 속으로 웃어주었다.

그러나 아니었다.

어느새 잠들어 있다가 나는 분명히 더워서 잠을 깨었다. 정말로 닭털침낭 속이 후끈후끈하게 덥혀져 있었던 것이다. 더워서 얼굴을 밖으로 내놓아야 할 지경이었다. 놀라운 일이었다. 이만하면 겨울의 강추위도 문제가 없을 것 같았다. 나는 우선 한 가지의 크나큰 걱정거리가 해소되었다는 것을 깨닫자 온몸이 따스하고 평온한 시간 속에 혼곤하게 침잠해 들어가는 듯한 기분에 사로잡혔다.

밤마다 잠이 오지 않았다…….

라고 써놓았던 것을 지워버렸다.

다른 것을 써야겠다는 생각에서였다. 소설이 창작이라면 나 자신의 체험에 대한 것만으로는 불충분하다는 생각이 들어서였다. 그것은 기록 이상이어야만 하는 것이다.

그는 태어나서, 살다가 죽었습니다…….

누가 그 어떤 생애를 살았건 그 생애를 요약하면 태어나서 살다가 죽었다는 세 어절로 충분한 것 같았다.

얼마나 어이없는 노릇인가. 인간의 삶이라는 건 참으로 부질없다는 생각이 들었다.

나는 그러나 좀더 의미 있는 탄생, 좀더 의미 있는 삶, 좀더 의미 있는 죽음에 대해서 써보고 싶었다. 첫줄은 마치 기록문 같이 그렇게 잡아놓고 그 뒤를 기록 이상의 것으로 이끌어 나가고 싶었다.

그러나 의미가 무엇인가. 어떤 것이 의미 있는 것인가 막막하기만 했다.

그는 태어나서, 살다가, 죽었습니다…….

라고 써놓고 나는 또 그 뒤를 이어가지 못하고 있었다.

나는 이층으로 올라가 그 남자가 자주 사용하던 무의미의 정체가 어떤 것인가를 물어보았다.

그가 말했다.

"눈에 보이는 대상을 보이는 즉시 과거로 돌려보내는 작업을 해보십시오. 시간을 역진행시키는 것입니다. 만약 아가씨가 땅에 떨어진 꽃잎을 보았다면 마음속으로 그 꽃잎에 대한 시간을 거꾸로 흐르게 만들어보십시오. 꽃잎은 우선 땅에서 떠오를 것입니다. 떠올라서는 원래 있던 자리, 즉 꽃나무 가지에 다시 붙을 것입니다. 그리고 점점 오므라들 것입니다. 그래서 봉오리가 되고 봉오리는 점차로 작아지게 되어 마침내는 없어져 버릴 것입니다. 그러는 동안 그 꽃나무의 잎들도 점차 색깔이 초록에서 연둣빛으로 변하고 크기가 줄어들면서 움이 되고 움이 되었다가는 없어져버릴 것입니다. 같은 방법으로 나

144

무 전체의 시간을 거꾸로 흐르게 해보십시오. 졌던 꽃들이 다시 붙고 그래서 봉오리가 되어 줄어들다가 없어집니다. 졌던 낙엽들이 다시 붙고 그래서 차츰 줄어들어 움이 되고 그 움도 없어집니다. 이렇게 반복하기를 몇 번, 마침내 그 나무도 점점 줄어들어 씨가 됩니다. 만약 그 나무가 복숭아나무라면 그 복숭아나무는 우선 복숭아가 되겠죠. 복숭아를 먹었던 사람의 위에서 그 복숭아는 다시 게워지고 게워져서 씨에 부착됩니다. 물론 그것을 먹었던 사람의 동작도 정반대가 되겠죠. 입으로 가져갔던 것이 입에서 떨어지게 됩니다. 복숭아는 점점 새파래져서 줄어들고 전혀 다른 나무에 가서 매달립니다. 매달려서 다시 줄어들고……."

"그러니까 제가 보고 있는 대상 자체는 그 자체만으로는 의미가 아니군요."

"그렇습니다."

그날부터 나는 미친 듯이 시간을 거꾸로 돌리는 데만 온 정신을 집중하기 시작했다. 그것은 그야말로 하나의 새로운 세계였다. 나는 비로소 갇혀 있던 그동안의 의식에서 탈출할 수 있을 것 같은 느낌이었다.

마룻바닥을 보면 마룻바닥의 시간을 거꾸로 돌려보기 시작했다. 그러면 무수한 사람들이 동원되어서 동작을 거꾸로 구사하며 나타났다간 사라져갔다. 그 사람들, 이른바 인부들, 목수들이 사라져가고 나면 제재소가 나타나고 제재소에서는 톱

날이 빠지면서 나무들이 하나하나 붙어서 제 모양을 갖추었다. 산판길을 거꾸로, 기어올라가는 트럭, 다시 나무는 제자리에 서게 되었다. 그리고 졌던 낙엽이 다시 붙고 그것이 초록색으로 변하고 초록색에서 연두색으로…….

나는 눈에 보이는 것이면 닥치는 대로 시간을 거꾸로 흐르게 만들어서 하루에도 수십 가지를 먼 과거로까지 옮겨다 놓았다.

마침내 지구조차도 먼지로 만들 수가 있게 되었다. 나 자신조차도 먼지로 만들 수가 있게 되었다. 나는 날마다 그 일에 열중했다. 그 일에 열중하는 동안 나는 비로소 나 자신이 무의미에 닿아 있음을 의식할 수가 있었다.

"무의미에 대해서 간파하셨다고요?"

그러나 어느 날 그가 말했다.

"아직은 아닐 겁니다."

"저는 자신이 있어요."

"그렇지 않을 겁니다. 진정한 무의미란 우리가 시간을 역진행시켜 상상하고 있는 그 순간에도 바로 시간이 순행적인 흐름을 계속하고 있다는 것에 있어요."

나는 그만 사기를 당해버린 듯한 절망감에 사로잡혔다.

결국 나는 모순에 열중해 있었던 것이다. 나는 여전히 여기 갇혀 있었던 것이다. 도저히 헤어날 수가 없었던 것이다.

"차라리 서로 사랑하는 척이라도 하며 사는 게 나을 겁니다. 비록 아무것도 사랑할 건덕지는 없지만. 또 사랑할 수 있는 마음도 이제는 가지고 있는 사람이 없지만 흉내라도 내지 않고서는 외로워서 더 이상 살아갈 수가 없어요."

그는 나를 그의 이불 속으로 데리고 들어갔다.

나는 저항하지 않았다. 그의 손이 요술처럼 내 살 속으로 파고들어와 비단을 끄는 듯한 감촉으로 옮겨다니기 시작했다. 어느새 나는 발가벗기어져 있었다.

그의 입술이 집요하게 내 몸을 탐색하고 있었다. 그의 이마에서 땀이 배어나고 있었다. 이윽고 그가 나를 모두 가져버릴 때까지 나도 꼼짝도 하지 않고 누워 있었다. 그러나 역시 내 몸속에서는 아무런 변화도 일어나지 않았다.

바람 때문에 자꾸만 전신이 떨려왔다. 이 도시 가까이에 겨울이 와 있었다는 것을 그 바람으로 인해서 육감으로 충분히 느낄 수가 있었다.

# 하나님은 왜 사람을
# 먹어야 사는 동물로 만든 것일까

이 극한 상황을, 완전히 뛰어넘어버린 것 같은 느낌이었다.

날씨는 이제 완전히 겨울의 문턱 안으로 발을 들여놓고 있었다. 아침에 일어나면 지붕 위에 된서리가 내려 하얗게 반짝이고 콧날이 매울 정도로 싸늘한 바람이 불었다. 며칠간 하늘은 카랑카랑했으며 밤이면 별들이 얼음알처럼 차디차게 반짝거리고 있었다. 그러다가 급기야 살얼음이 얼고 아, 마침내 겨울이 오고야 말았구나, 이제 나는 완전히 벼랑 끝에까지 다다르고야 말았구나, 하는 생각이 들었다.

내게는 이제 팔아먹을 책이 단 한 권도 남아 있지 않았다.

굶주림이란 얼마나 사람을 치사하게 만드는가. 이틀만 굶으면 비참해져서 견딜 수가 없었다. 눈에 보이는 것이 모두 먹을 것이었으면 좋겠다는 생각이 들 정도였다.

그동안은 그래도 책을 팔아서 대충 연명을 해왔었다. 날마다 이름 없는 공장의 질 나쁜 빵을 씹어왔었다. 나중에는 빵도 물려서 구역질이 나곤 했었다. 그러면 양파를 까서 조금씩 소금에 찍어 먹었다.

시내에 나가 불고기집이나 돼지갈비집을 지나쳐 갈 때면 군침이 돌아 더욱 비참함을 금할 수가 없었다. 도대체 더 이상 살아 있을 필요가 있을 것인가. 확신도 서지 않는 문학이라는 것을 붙잡고 희망이라곤 전혀 보이지 않는 이 세상을 무엇 때문에 구질구질하게 헤매고 있는가. 나는 문득문득 자살과 타락이라는 것의 난간 위에 서보곤 했었다.

나는 물이 다 빠져버린 저수지 밑바닥의 침적토 속에서 맹목적으로 엉성한 다리를 어기적거리고 있는 한 마리 민물 게가 되어 있는 듯한 기분이었다. 나는 이제 아무것에도 자신이 없었다. 이러다 연못 밑바닥이 마르면 그대로 바삭바삭 말라 죽어버릴 것 같았다.

손거울을 보면 슬플 정도로 얼굴이 망가져 있었다. 나는 나 자신이 스물네 살의 할망구가 되어 있다는 생각을 했다.

밤이면 가끔씩 그가 발소리를 내며 이층에서 내려와 내 몸을 건드리고는 다시 돌아갔다. 서로 아무 말도 하지 않았다.

낮에 이층으로 올라가보면 그는 언제나 대형 캔버스 앞에 묵상하듯 앉아 있었다. 가끔 붓을 들고 캔버스 가까이 갖다 대보다가는 곧 자신이 없는 듯 손을 떨어뜨려버리곤 했다.

그의 그러한 모습은 너무도 진지하고 엄숙해 보여서 곁에서 숨조차 제대로 쉴 수가 없을 것 같았다. 때로는 몇 시간이고 광대한 순백의 캔버스를 응시하며 미동도 하지 않고 석상처럼 앉아 있을 때도 있었다. 모든 시간과 공간과 사물들이 숨을 죽이고 모두 그가 무슨 동작이든지 캔버스에다 옮겨주기를 초조하게 기다리고 있는 것 같았다.

나는 그가 캔버스에 앉아 있을 때의 그런 분위기에 어떤 성스러움까지 느끼게 될 정도였다. 곧 그는 그림을 시작할 모양이었다.

나는 차츰 그가 앞으로 어떤 그림을 그릴까에 대해서 궁금증이 일기 시작했다.

그러나 며칠 동안 실내는 팽팽한 긴장감이 계속되고 있을 뿐 텅 빈 캔버스에는 전혀 아무런 변화도 일어나지 않았다.


내가 양식이 떨어졌다는 걸 어떻게 알았는지 그가 자기의 양식을 내게 얼마간 분배해 주었다. 나는 그가 준 미숫가루를 아주 조금씩 아껴 먹으며 겨우 목숨만 유지해 가고 있을 뿐이었다. 그렇다. 겨우 목숨만이었다. 피난시절도, 포로수용소도, 먹이 때문에 이렇게 비참한 기분은 들지 않을 거라는 생각이 들었다. 생콩과 솔잎도 있었지만 아직 나는 자신이 없었다. 딱한 번 생콩 한 알을 씹어봤는데 목구멍에 넘어가기도 전에 비린내 때문에 왈칵 구토감이 치밀어 올랐다. 솔잎도 한 개만 뽑아 끝을 이빨로 잘근잘근 씹어봤다. 생콩보다 더 자신이 없을 것 같았다. 그렇다면 아직 배가 덜 고프다는 얘기가 아닐까. 그것은 아닐 거라는 생각이 들었다.

단지 체질 때문이라는 생각이 들었다.

요즘은 전혀 외출할 기분이 들지 않았다. 굶주리고 초라해진 나 자신을 세상에다 내놓고 싶지가 않았던 것이다.

책조차 없으니까 무료해서 견딜 수가 없었다. 시간이 마치 정지해 있는 듯한 기분이었다. 나는 날마다 이층으로 올라가서 그가 무엇을 하고 있나를 살펴보곤 했다.

그는 여전히 캔버스 앞에만 앉아 있었다. 가끔씩 팔레트에 물감을 짜놓고 그것을 붓으로 섞어 어떤 색깔을 배합해 보기는 했지만 여전히 캔버스에다 자신 있게 칠해 보지는 못하고 있었다. 캔버스 앞에까지 붓이 닿을락 말락 하다가도 이내 자신감을 잃고 붓을 놓아버리기 일쑤였다.

나는 몹시 안타까운 느낌이었다.

차츰 날씨는 추위를 더해가고 있었다. 운동장의 잡초들은 모두 스러져버리고 연못물도 이제는 꽁꽁 얼어붙어 있었다. 밤이면 주전자에다 물을 담아 닭털침낭 속에다 넣어두지 않으면 안 되었다. 빠진 펌프물을 끌어 올리자면 물이 있어야 하는 것이다.

닭털침낭 속에다 주전자를 그냥 넣고 자면 쏟을 염려가 있으므로 나는 그에게 부탁해서 주전자를 넣어두는 상자 하나를 짰다. 밤에 그것을 닭털침낭 속에 넣어두면 얼지 않을 것이다.

전깃불은 마냥 켜놓을 수가 없어서 삼십 분 정도 켜놓았다가 삼십 분 정도 꺼두는 식으로 했다. 전기세를 안 내고 전기를 쓴다고 생각하니까 몹시 부담스러웠다. 어느 날 갑자기 한전 직원이 들이닥쳐 우리를 경찰서로 데려가버릴 것 같은 불안감도 없지 않았다.

도대체 이게 살아 있는 것인가. 문득문득 회의가 밀어닥쳤다. 나는 어떻게 해서든 이층의 그를 사랑해 보려고 노력해야겠다는 생각을 했다. 그러면 어느 정도는 이 비참함이 덜해질는지 모르겠다는 생각이 들었다.

그러나 이상하게도 나는 아무 남자에게도 애정을 느낄 수가 없을 것 같았다. 엄마에 대한 혐오감이 오래도록 내 가슴 안에 자리 잡고 있기 때문인 것 같았다. 비록 내 몸은 어쩔 수 없는 환경 때문에 망가져 있다고 하더라도 내 마음의 정조만은 지켜야 한다는 잠재의식이 항시 어느 구석엔가 도사리고 있었던 것 같았다.

나는 그러한 내가 오히려 짜증스러울 지경이었다.

그의 머리카락은 이제 자라서 수세미처럼 헝클어져 있었고 턱수염과 콧수염도 아무렇게나 꺼칠하게 돋아나 있었다. 누가 보아도 거지라고 단정할 것 같은 모습이었다.

나는 그가 반드시 그 대형 캔버스에다 아흔아홉 마리의 들개들을 그려낼 수 있기를 빌었다. 그것은 어쩌면 나 자신이 아무것도 쓰지 못하고 있는 것에 대한 절망감을 다른 것에다 돌려서 위안받고 싶어하는 심리현상일 것 같았다.

나는 하루 중 거의 모든 시간을 그의 곁에 붙어서 있었다.

나는 아직도 사랑을 어떻게 해야 되는지 구체적으로 자세히 모르는 여자였다. 다만 내가 '새 우리말 사전 3'이라는 노트를 만들 때 썼던 것처럼 사랑이란 '이성간에 마음으로 기쁜 독약을 만드는 일' 정도로만 알고 있었다. 그래서 나는 우선 그가 원하는 것이면 무엇이든 다 들어주겠노라는 생각부터 했었다. 아무래도 진정한 사랑은 못하게 될 것 같은 기분은 마찬가지였지만 흉내라도 내어보고 싶다는 생각을 했다.

그러나 그는 갑자기 말이 없어져버린 채 며칠씩 그대로 묵상 중에 있었다. 요즘은 전혀 내 몸도 요구하지 않았다.

그러던 중 어느 날, 아침에 잠을 깨니 어딘지 모르게 세상이 달라져 있는 듯한 느낌이 들었다. 닭털침낭의 지퍼를 열고 보니 창밖으로 눈이 내리고 있었다. 함박눈이었다.

나는 천천히 이층으로 올라갔다. 계단을 오르는데 자꾸만 다리가 후들거렸다. 현기증이 일었다. 영양실조에서 오는 증상일 거라는 생각이 들었다.

나는 계단을 오르면서 그가 잠들어 있을지도 모른다는 생각을 했다.

그러나 그는 깨어 있었다. 그냥 깨어 있는 것이 아니라 드디어 캔버스에다 붓을 신중하게 움직여 나가고 있었다. 정련된 선들이 들개의 무리를 천천히 형성해 나가고 있었다. 그것들은 아직 채색되지는 않고 다만 그 형상만을 갖추고 있었다.

하지만 첫눈에 나는 그것들이 살아서 움직이고 있는 듯한 감명을 받았다. 바깥에 소리 없이 쌓이는 함박눈과 함께 그 들개들은 하얀 캔버스 위에서 역시 하얀 모습으로 여러 가지 포즈를 취하고 있었다. 나는 왠지 가슴이 숙연해져서 오래도록 말없이 그 자리에 우뚝 서 있었다.

그날부터 나는 마치 그 그림에다 도박을 건 여자처럼 마음을 졸이기 시작했다. 날마다 늘어가는 들개들을 볼 때마다 이상한 기대감 같은 것이 고조되어 갔다. 그것은 이 황량한 겨울을 지탱하는 데 하나의 의지대가 되어주고 있는 것 같았다.

결코 그에 대한 애정이 있어서가 아니었다. 다만 그림 자체가 가지는 신비성 때문이었다. 날마다 조금씩 늘어가는 들개들의 수를 헤아리거나, 그 들개들의 표정이나 자태를 보는 것은 마치 내 글이 잘 나가주는 것처럼 즐거운 일이었다.

나는 배가 고파서 거의 탈진한 상태로 캔버스의 변화에 열중했다. 때로는 내 손으로 그 그림을 직접 그리고 있는 듯한 착각까지 들었다. 하루라도 그가 붓을 쉬게 되면 나는 불안하고 초조해서 견딜 수가 없었다. 아직도 아흔아홉 마리를 그리자면 삼분의 이 정도나 남아 있었다.

"왜 또 붓을 놓으세요? 잘 안 되세요?"

나는 혹시 그가 그림을 모조리 지워버리고 다시 시작하려 들면 어떻게 하나 싶어 조금만 그가 못마땅한 표정을 지어도 가슴이 철렁 내려앉을 지경이었다.

나는 그 그림에 대해서 어떤 승부 같은 것을 걸고 있었다. 만약 그 그림이 완성되면 나도 무엇인가를 쓸 수 있을 것이고 그렇지 않을 경우에는 나도 역시 그만이라는 생각이었다.

그는 그림을 그리다가 손이 곱으면 잠시 이불 속으로 들어가 몸을 녹였다. 나는 그의 그러한 시간까지도 아깝다는 생각이 들 정도였다.

이제 그의 얼굴은 마를 대로 말라서 지방질이라고는 눈곱만치도 없는 사람 같았다. 광대뼈가 불거져 나오고 두 볼이 핼쑥해져 있었다.

그러나 눈만은 유난히 광채가 더해가고 있었다.

그는 그림을 그리고 있는 것이 아니라 캔버스에다 뼈를 깎아 붙이고 있는 것이다…….

그림을 그리고 있는 그의 모습을 바라보고 있으면 자주 그런 생각이 들곤 했었다.

그것은 한마디로 몰아의 경지를 실감케 하는 모습이었다. 그의 모든 것이 캔버스 속으로 빨려 들어가버리고 그의 육체는 껍질만이 남아 있는 것 같았다. 곁에서 폭탄이 떨어진다 해도 그는 그대로 그림만 그리고 앉아 있을 것 같았다.

이따금 붓을 쉴 때가 있기는 했지만 그것은 잠시뿐, 그의 시선은 언제나 그림을 향해 집중되어 있었다.

"제가 뭐 도와드릴 게 없을까요."

가끔 나는 그에게 물어보았다. 건성으로서가 아니었다. 정말로 나는 그를 도와주고 싶었다. 그 그림에 나 자신이 조금도 도움을 주지 못하고 있다는 사실에 대해 나는 강한 소외감까지 느끼고 있을 정도였다. 하지만,

"방해되니까 내려가 있어요."

그는 도와주겠다는 내게 언제나 그런 식으로 귀찮은 표정을 보여왔었다.

나는 그저 숨을 죽이며 붓의 움직임만 주시하고 있는 수밖에 없었다.

아래층에 내려가 있으면 한시라도 가만히 앉아 있을 수가 없었다. 공연히 불안하고 초조했다. 그 그림이 진행되어 가는 과정을 내 눈으로 확인하지 않고서는 도저히 견딜 수가 없을 것 같은 심정이었다.

아침에 잠에서 깨어나면 밤사이 그와 그의 그림이 동시에 휘발되어 버리고 텅 빈 강의실만 남아 있을 것 같은 표정이었다.

그렇다. 그와 그의 그림은 이제 내게 있어서 액체처럼 맑고 투명해져 있었다. 그와 그의 그림 곁에 있으면 나 또한 유리컵에 담겨 있는 한 모금의 액체로 화해가는 듯한 느낌이었다.

그의 그림을 그리는 태도는 마치 지뢰를 분해하는 폭발물 취급전문가의 그것보다도 한결 신중하고 노련해 보였다. 그의

붓은 새로운 형태를 탄생시킬 때마다 마치 살아 있는 생물체와 같은 느낌을 불러일으키고 있었다. 그것은 결코 가느다란 막대기 하나와 알루미늄 밴드와 그 끝에 부착되어 있는 인조 필모(筆毛)뿐의 무생물체는 아니었다.

그것은 지각과 감성을 모두 갖추고 있는 것 같았다. 그것은 숨을 쉬고 있었으며 사고하고 있었다.

그가 새로운 들개를 탄생시키기 위하여 희디흰 공백 위로 붓을 가까이 근접시켰을 때 그것은 모든 촉수를 긴장시키고 잠시 파르르 경련을 일으켰다. 그리고 일순 딱 경련을 멈추면서 한치의 흐트러짐도 없이 캔버스에 닿아서는 침착하고 정련된 곡선을 유지하며 들개의 머리와 등과 꼬리와 배와 다리들로 연결되어 갔다.

붓이 움직이는 동안 실내의 모든 사물들은 숨을 쉬지 않았다. 일제히 눈을 빛내며 그 붓만을 주시하고 있었다. 그리고 붓이 마침내 잠시 움직임을 멈추면 그때야 비로소 낮은 숨을 탄성처럼 발했다.

그의 붓에 이끌리어 바람이 불고 그의 붓에 이끌리어 눈이 내리는 것 같았다. 그의 붓에 이끌리어 밤이 오고 그의 붓에 이끌리어 겨울이 깊어가는 것 같았다. 나 또한 자신도 모르는 사이 그의 붓에 사로잡혀 마음조차 노예가 되어 있는 것 같은 심정이었다.

며칠째 나는 아무것도 먹지 못했다. 그가 주었던 얼마간의 양식을 나는 모두 먹어치워 버렸던 것이다. 콩이며 솔잎까지를.

굶주림이란 인간을 짐승과 연결하는 가장 설득력 있는 유혹이라는 생각이 들었다.

이틀 동안 줄곧 폭설이 계속되었다. 밤이면 지붕 위에서 한무더기씩 눈더미가 사태 져서 풀썩풀썩 처마 밑으로 떨어져 내리는 소리가 들렸다. 이상하리만치 마음이 차분히 가라앉아서 삶도 죽음도 아무런 의미가 없고 다만 시간만이 투명하게 존재해 있는 듯한 느낌이었다.

그러다가도 문득 배가 고프다는 생각이 들기만 하면 차츰 견딜 수가 없는 상태에까지 이르게 되고 밖에 나가서 눈이라도 한 움큼 뭉쳐서 베어 먹어야 그런대로 직성이 풀렸다. 하루에도 몇 번씩 명료한 의식으로 달관 상태에 이르렀다가도 곧 짐승보다 못한 상태로 전락하기 일쑤였다. 이를테면, 연못에 물고기가 살고 있으리라는 생각과 그것을 잡아서 양식으로 삼겠다는 생각으로 정신없이 얼음을 깨어 구멍을 뚫어놓고 그 구멍을 통해 어떻게 물고기를 잡아야 할지를 몰라 무작정 거기에다 팔을 밀어 넣고 휘저어본 적도 있었다. 그랬다가 다시 정신을 차리게 되면 나는 그저 무(無)에 불과하다는 생각이 들었고 차라리 마음이 한없이 평온해져서 마치 해탈의 경지에라도 몰입해 있는 듯한 기분이었다.

이층으로 올라가보면 그는 여전히 캔버스 앞에 앉아 있었는데 날이 갈수록 그의 모습은 초인적인 분위기를 띠고 있었다.

그의 마음은 이제 일체의 흔들림도 없는 것 같았다. 모든 것이 완전하게 그림 속에 용해되어 있는 것 같았다.

들개들은 이제 거의 화면 전체에 가득 들어차 있는 듯한 느낌이었다.

아직 채색으로는 들어가지 않은 상태였다. 그냥 선으로만 그 형태들이 묘사되어 있었다. 그러나 그 선들은 일순의 착오도 없이 정확하게 움직여져서 들개 하나하나가 모두 생생한 현실감을 불러일으켜주고 있었다.

"대학 다닐 때 나는 개도둑이었어요. 몇 번 남의 집 개를 훔쳐서 해부를 하고 뼈의 구조와 근육들을 아주 자세히 관찰했었습니다."

몇 년 동안 상업화를 그렸었기 때문에 다시 시작하려니까 좀처럼 그때 익혀두었던 것들이 되살아나지 않다가 수십 번의 습작 끝에 간신히 건져 올릴 수 있었다고 그는 덧붙여 말해주었다.

그도 역시 나처럼 며칠을 굶었을 것 같은데 전혀 배고픈 기색은 보이지 않고 전에보다는 몇 배나 더 강해져 있는 듯한 인상이었다.

이틀 동안의 폭설이 그치자 세상은 온통 새하얗게 변해버렸고 밤이면 고요 속에 달까지 밝아서 나는 마치 시간과 공간이 완전히 다른 차원에 와 있는 듯한 느낌이었다.

너무 오래 굶은 탓인지 전신에 맥이 하나도 없고 걸을 때마다 다리가 후들후들 떨렸지만 그래도 밤이면 나는 정강이까지 빠져드는 눈 속을 걸어 운동장을 한 바퀴 배회해 보곤 했다. 모든 것이 차고 맑아 보였다. 그대로 눈 속에 파묻혀서 동사해 버리고 싶은 심정이었다. 그러면서도 여기서 죽을 수는 없다는 거부감이 마음 한구석에서 나를 잡아당기곤 했다.

나는 운동장을 배회하면서 때때로 나도 들개가 되어 있다는 생각을 했다. 그러면 어느새 나 자신이 그의 캔버스 속에 들어 있는 어느 들개 중의 하나로 변신하는 환영 속에 사로잡히곤 했다. 꼭 짚어 캔버스 속에 들어 있는 들개 중의 어느 것이라고는 말하기 어려우나 하여튼 그 무리 속 어딘가에 내가 있다는 듯한 느낌이었다.

"이제 몇 마리 그렸어요?"

"앞으로 여덟 마리가 더 남아 있습니다."

지금은 모두 하얀 상태로 떼를 지어 캔버스 속에 들어차 있는 그 들개들이 앞으로 어떻게 채색될는지 나는 궁금하기 이를 데 없었다. 하루라도 빨리 채색에 착수하는 것을 보고 싶었다.

그러나 나는 굶어 죽게 될 것 같았다. 날이 갈수록 차츰 의식도 흐려왔다. 일주일이 되자 도저히 견딜 수가 없었다. 흙이든 돌이든 닥치는 대로 깨물어 먹고 싶은 심정이었다. 피난 시절 너무 굶은 산모가 정신이상이 되어 자기 애를 솥에다 삶고 있더라는 얘기가 거짓말이 아니라는 생각까지 들었다. 나는 돌아버릴 것 같았다.

"이걸 좀 잡숴보십시오. 고깁니다."

그런데 그 일주일이 되던 날 어디서 생긴 것인지 그가 딱딱
하게 얼어 있는 고기 조각 한 점을 내게 내밀었다. 창틀에다
말리고 있는 중인지 아니면 얼리고 있는 중인지 엄지손가락만
한 고기 몇 점이 가지런히 놓여 있었다.

"무슨 고기죠?"

나는 그것을 보자 또다시 환장해 버린 여자처럼 군침이 돌
기 시작했다. 무슨 고기인들 어떠랴, 나는 그것을 안 준다면
사납게 달려들어 빼앗아버리고 싶은 심정이었다.

"쇠고깁니다."

"어디서 구하셨는데요."

"도술을 부린 겁니다."

나는 그것을 입 안에 넣고 바쁘게 씹기 시작했다. 자꾸만 웃
음이 나왔다. 이래서는 안 되는데 하면서도 먹을 것이 입 안
에 들어가 있다는 사실이 즐거워서 미칠 지경이었다. 이성 따
위는 안중에도 없었다. 무슨 고기일까. 도대체 무슨 고기이길
래 이렇게 맛이 있을까. 일찍이 나는 그렇게 맛이 있는 음식을
먹어본 적이 없었다. 창틀에 있는 나머지 고기 조각들을 모두
다 내게 주었으면 싶은 심정이었다. 그러나 그는 더 이상은 줄
수 없다고 내게 말했다.

"너무 오래 굶어왔기 때문에 더 먹으면 모조리 토해버립니

다. 조금씩만 먹어야 합니다. 처음엔 한 끼에 한 점 정도, 나중에는 다섯 점 정도까지는 드릴 여유가 있습니다. 자주 구해지는 것도 아니니까요."

나는 가까스로 이성을 되찾고 있었다. 먹는다는 문제에 너무 비굴해져 있는 나 자신에 대해 소름이 끼칠 정도로 혐오감이 치밀었다.

"다섯 점 정도면 겨우 목숨은 부지될 겁니다."

나는 그게 무슨 고기인지 다시 한 번 물어보고 싶었지만 참았다.

이제 나는 소설을 쓰겠다는 생각 따위는 까마득히 잊어버리고 있었다. 우선 살아남는 문제만이 시급했다. 죽음은 항시 내 머리맡에 대기중이었다.

그러던 어느 날 밤 그가 아래층으로 내려왔다.

"전구가 끊어져버렸어요."

나를 흔들어 깨우면서 그는 근심스럽게 말했다.

우리에게 있어 무엇이든 현찰을 필요로 하는 사건이 생겼다는 것은 보통 문제가 아니었다.

"추워서 도저히 잠을 잘 수가 없었습니다."

"이리 들어와보세요."

"너무 비좁지 않을까요."

"억지로라도 사람을 닭털침낭에다 맞추는 거예요."

"약 두 시간 정도 이층에서 버티어보았는데 도저히 견딜 수가 없었어요."

그는 몇 번 극렬하게 재채기를 해대었다. 감기에 걸린 모양이었다.

그가 닭털침낭 속으로 비집고 들어왔다. 닭털침낭은 터져버릴 지경이 되어 있었다. 둘 다 체격이 가느다란 편에 속했던 것이 다행이었다. 하지만 둘 다 꼼짝도 할 수 없을 지경이었다. 게다가 지퍼를 완전히 올릴 수가 없었기 때문에 벌어진 공간을 통해 끊임없이 바람이 새어 들어와 목덜미와 어깨 살을 베어가고 있었다.

우리는 춥지 않기 위해 서로가 서로를 밤새도록 꼭 껴안고 있었다.

다음 날 아침 그는 일어나지 못했다. 이마를 짚어보니 열이 심했다. 입술이 허옇게 부르트고 눈이 퀭하니 들어가 있었다. 공교롭게도 먹을 것조차 다 떨어져 있었다.

나는 묘하게도 그가 아픈 것은 별로 걱정이 되지 않았다. 저러다 설마 죽지는 않겠지. 인간의 생명은 의외로 끈질기니까, 하는 자신감마저 생겼다.

그러나 그림에 대한 생각을 하니 문득 다시 불안해지기 시작했다.

나는 이층으로 올라가보았다. 거기 방대한 공간의 캔버스속에 중단된 그림들이 주인을 잃고 허탈한 모습으로 쉬고 있었다.

나는 비로소 외출해야겠다는 결심을 굳혔다.


"얼굴이 많이 망가졌는걸."

남자가 말했다.

여름에 만났을 때 이 남자는 예뻐졌는걸, 하고 말했었다.

"아직도 부패하고 있냐."

"뼈까지 삭고 있어요."

하지만 나는 내 신상에 관한 이야기는 이제 더 이상 하고 싶지 않은 심정이었다. 나는 조급해져 있었다. 자존심을 팽개치는 한이 있더라도 이 남자에게 돈을 얼마간 꾸어야 되겠다는 생각뿐이었다.

"요즘도 참혹하세요?"

"참혹하지."

그는 갑자기 생각났다는 듯 참혹하지, 라고 다시 한 번 되뇌었다.

우리는 여름에 만났을 때처럼 무작정 거리를 걷고 있었다. 식은 햇빛 속에서도 질척하게 눈이 녹고 있었다. 가게 처마에서 고드름이 철걱철걱 떨어져 깨어지고 있었다.

"쓸데없는 이론쟁이 집어치우고 나도 창작에 전념해 보고 싶은데 잘 안 되는군."

"시를 쓰고 계세요?"

"시를 망가뜨리고 있어. 줄곧 망가뜨려 왔었지만."

"왜 망가뜨려 왔다고 생각하세요."

"이론이란 언제나 창작에 누더기를 입히는 것에 불과하지. 나는 세상의 모든 예술가들이 이론에다 꿰어 맞추는 작품들을 결코 만들어내지 않는다는 것을 잘 알고 있어. 그리고 창작은 언제나 알몸 그대로의 아름다움으로 값진 거야. 로댕의 〈생각하는 사람〉이 벌거벗고 있다고 해서 누가 쌍방울표 메리야스 팬티라도 입혀주었다고 가정해 보라구. 웃기는 일이지. 너는 요즘 몇 작품 만든 모양이지? 얼굴이 형편없이 망가져 있는 걸 보니까."

"정반대예요."

돈을 좀 꾸어주세요. 참혹해요. 속으로 나는 부르짖고 있었다.

거리는 완전히 낯설어 있었다. 너무 오래도록 외출하지 않은 탓으로 자주 다니던 길조차도 망각 속에서 새롭게 더듬어 기억해 내는 듯한 느낌이었다.

"오늘도 갈 데가 없나."

그는 혼잣소리로 중얼거리고 있었다. 나는 너무 배가 고팠으므로 그가 식당으로 가자고 말해 주기를 간절히 빌고 있었다. 그러나 차마 내가 먼저 그렇게 말할 용기는 생기지 않았다. 돈을 꾸어달라고 말할 계획이었지만 그것도 어디서부터 실마리를 풀어야 할지 걱정이었다.

자존심이라는 것이 이런 때는 사람을 더욱 비참하게 만든다는 생각이 들었다.

"또 여기까지 오고 말았군."

우리는 어느새 이 도시의 끝부분인 다리까지 당도해 있었다. 언제나 이런 식이었다. 더 이상은 헤어날 수가 없었다. 나는 언제나 막다른 골목을 헤매고 있었다.

난간에 서서 강물을 내려다보았다. 강물은 얼어붙어 있었다. 멀리 스케이트장이 보였다. 사람들이 새까맣게 몰려들어 이리저리 흘러 다니고 있었다. 그들은 나와 전혀 다른 세계에서 살고 있는 것 같았다.

"아직 남자친구는 못 구했냐."

"구했는데 전혀 마음의 문이 열리지 않아요."

"뭘 하는 친군데."

"그림을 그리는 남자예요. 하지만 나는 그 남자보다는 그 남자의 그림에 더 열중해 있어요. 그 남자는 언제나 타인처럼 생각되는데 그림은 이상하게도 제 그림 같은 느낌이에요."

"비극인가 희극인가 모르겠군."

"희극이죠 뭐."

나는 여기서 우선 실마리를 풀어야 되겠다는 생각을 했다. 차마 말이 나오지 않는 것을 억지로 끌어내느라고 식은땀이 다 손에 배어드는 듯한 느낌이었다.

"저어, 부탁이 하나 있어요. 들어주시겠어요?"

너무 긴장한 탓인지 약간 목소리가 굳어져 있는 듯한 느낌이었다.

"무슨 부탁일까."

"돈을 좀 꾸어달라는 부탁이에요."

부탁이에요, 부탁이에요, 부탁이에요. 마음속에서 끊임없이 같은 말들만 되풀이되고 있었다. 안 들어주면 어떻게 해야 하나, 죽어버리고 싶은 심정이었다.

"얼마쯤."

"많을수록 좋아요. 봄이 되면 무슨 짓을 해서라도 갚아드리겠어요."

"지금 나한테는 오천 원 정도밖에 없는데."

"그걸로 충분해요."

나는 다급하게 말했다. 조금이라도 여유를 주면 거절해 버릴 것 같은 불안감이 앞섰던 것이다.

"갚지 않아도 좋아. 부담스럽게 생각하지 마. 자 당장 건네주지."

그는 호주머니에서 천 원짜리 다섯 장을 꺼내 내게로 내밀었다. 그것을 받으러 가는 내 손이 가느다랗게 떨리는 것이 내 눈에도 보였다. 눈물이 날 것 같았다. 고개를 떨구어 다리 아래를 내려다보았다. 얼음이 흐린 햇빛을 받아 번들번들 빛나고 있었다. 문득 현기증이 일었다.

"점심은 먹었냐."

이제야 생각났다는 듯 그가 물었다.

"먹었어요."

나는 차마 안 먹었다고 말하기가 거북해서 먹었다고 말해
주었다.

"나는 배가 고프군. 다시 시내로 들어갈까. 들어가서 라면이
라도 한 그릇씩 먹어볼까."

그는 내 어깨에 팔을 가벼이 걸쳐놓으며 내게 동의를 구하
는 듯한 표정을 지었다.

"그래요."

나는 아무렇지도 않은 태도를 보이려고 애를 쓰며 그의 의
견에 동의했다.

우리는 다시 걷기 시작했다.

시내로 들어가면서 나는 생각했다. 내 인생이란 이렇게 왔
던 길을 되돌아가는 것에 불과하다고.

아무런 변화도 없는 것이라고, 기대하지 말자고.

가로수들이 앙상하게 마른 가지들을 하늘로 뻗어 안쓰럽게
추위에 떨고 있었다. 좀더 햇빛이 따스했으면 좋으련만 흐린
하늘 속에서 점차 식어들고 있는 듯한 느낌이었다.

시내로 들어와서 떡라면이라는 것을 시켜 먹었다. 너무너무
맛이 있어서 눈물이 다 나올 것 같은 심정이었다. 그러나 다
먹고 나서 채 십 분도 못 되어 나는 속이 메스꺼워지기 시작했
다. 위가 모처럼의 포식에 대해 거부작용을 일으키고 있는 모
양이었다. 한편으로는 무엇을 좀더 먹었으면 싶은 심정이었으
나 또 한편으로는 금방 토하고야 말 것 같은 기분이었다.

시간이 흐를수록 참을 수가 없었다. 나는 하는 수 없이 어느 다방의 화장실로 들어가 모두 토해버리는 수밖에 없었다.

아침에 물을 많이 먹었던 탓인지 오물은 걷잡을 수 없을 지경으로 좔좔 쏟아져 내렸다. 위가 뒤집혀버리는 듯한 느낌이었다.

다 토하고 나서 한참 동안 나는 허리를 구부리고 죽은 듯이 화장실 벽에 붙어 서 있었다. 갑자기 한없는 외로움이 엄습해오면서 나도 모르는 사이 두 볼에 눈물이 주르르 흘러내렸다.

"몸이 불편해서 그만 집으로 들어가봐야겠어요."

"그래, 안색이 영 좋지 않아."

우리는 거리에서 헤어졌다.

감기약과 전구와 그밖에 양식이 될 만한 물건들을 사 가지고 나의 은거지로 돌아오니, 이층 남자는 내 닭털침낭 속에서 거의 혼수상태였다. 아까 외출하기 전 내가 어떻게 아프냐고 물었을 때, 그는 그저 감기몸살인 모양이라고 말했었는데 혹시 다른 병은 아닐까.

나는 그를 부축해 상체만 일으켜 세우고는 우선 감기약을 먹였다. 그리고 주전자를 들고 펌프 가로 나갔다. 펌프 물이 빠져서 겨울에도 펌프 물이 얼지 않는다는 것은 이런 경우 정말로 다행이었다.

나는 주전자 속의 물을 부어 빠진 펌프 물을 다시 끌어올렸다. 그리고 주전자와 대야에 물을 채워 실내로 가지고 들어왔다.

그의 이마는 불덩이처럼 뜨거웠다.

나는 손수건을 찬물에 적셔 그의 이마를 식혀주며 이 겨울이 너무도 난감하다는 생각을 했다. 마치 우리는 모두 적지에 낙오되어 있는 피난민 같다는 생각도 들었다.

다음 날이었다. 건물이 처음보다 얼마나 망가져 있는가를 살펴보기 위해 밖으로 나가 이곳저곳을 살펴보다가 나는 뒷편 처마 밑에서 몇 장의 쥐 가죽이 버려져 있는 것을 발견했다. 적갈색으로 피가 엉겨 붙어 있었다. 그의 작업실과 마주 보이는 복도의 창문 밑이었다.

나는 대번에 그의 창틀 위에 토막토막 말려지고 있던 고기 몇 점을 연상시켰다.

"쥐고기다!"

틀림없는 쥐고기였다. 본능적으로 소름이 끼쳐왔다.

며칠간 나는 그가 내밀어주는 쥐고기 몇 점씩을 받아먹고 가까스로 목숨을 연명해 왔었던 것이다.

아…….

마침내,

마침내, 라고 나는 생각했다.

지금까지 지탱하고 있던 먹이 문제에 관한 내 인간으로서의 자존심은 이제 모두 끝나버렸다는 생각이 들었다. 나는 쥐고기를 먹었다, 라는 사실이 나는 다른 것도 먹을 수 있다, 라는 자신감을 가지도록 만들어주는 것 같았다. 차라리 하나의 벽을 무너뜨려버린 것 같은 느낌이었다. 차츰 불쾌감이 사라져

가는 것이 이상했다. 이 극한 상황을, 완전히 뛰어넘어버린 것 같은 느낌이었다.

그는 지난밤 밤새도록 끙끙 앓는 소리를 연발했었다. 나는 내 닭털침낭이 비좁았으므로 그의 이불을 아래층으로 옮기고 그와 한 이불 속에서 밤을 지새었다. 더러는 뜻 모를 헛소리를 중얼거리기도 했었다.

"어디가 어떻게 아프세요."

아침이 되어 나는 걱정스럽게 그에게 물어보았었다.

"뼈마디가 모두 쑤십니다. 침을 삼키면 목구멍이 뜨끔뜨끔 아프고 골이 빠개지는 것 같습니다. 약해졌어요. 옛날엔 이 정도쯤 충분히 견딜 수가 있었는데."

"옛날에도 이렇게 아파보신 적이 있으세요."

"감기몸살 정도야 우스운 거 아닙니까."

그는 아침이 되어 많이 좋아진 것 같았다.

"이렇게 누워 있으면 안 되지."

그는 일어서서 약간 비틀거렸다. 그리고 다시 이층으로 올라가 붓을 잡았다. 들개 한 마리를 그려놓고 다시 내려와 잠시 누웠다가 재차 일어나서는 또 한 마리를 그리고 내려왔다. 그러다가 오후부터는 또 오한과 함께 열이 나고 뼈마디가 쑤신다고 중얼거리며 지친 듯 이불 속에 들어가 끙끙 신음하기 시작했다.

나는 손수건을 찬물에 적셔 그의 이마를 식혀주다가 그가 잠드는 것을 보고 다시 외출했다. 아무래도 그의 병이 감기몸살은 아니라는 생각이 들어서였다.

약방을 찾았다.

"뼈마디가 쑤시고 온몸이 불덩어리 같고 침을 삼키면 목구멍이 뜨끔뜨끔하대요. 그리고 으슬으슬 춥기도 하대요."

나는 그의 증세를 약사에게 말해 주었다.

"언제부터였습니까."

"이틀쯤 됐어요. 헛소리도 해요."

"급성 편도선염 같은데."

나는 약사가 지어주는 약을 싸들고 돌아오면서 이 약으로도 안 나으면 정말 고민이라는 생각이 들었다. 약을 사는 바람에 돈이 완전히 동나버렸던 것이다.

그러나 그 약은 제법 효험이 있는 약인 모양이었다. 그는 이틀 만에 다행스럽게도 예전처럼 붓을 잡을 수가 있게 되었다.

이제 그림은 본격화되어 가고 있었다.

그의 팔레트에는 새로운 색깔의 물감들이 배합되고 붓도 작은 것에서부터 큰 것에 이르기까지 다양하게 사용되었다. 이른바 채색에 돌입한 것이다.

전체적으로 보아 배경은 황량한 벌판인 듯했다. 멀리 벌판 끝에는 몰락한 도시가 가로놓여 있었다. 건물들은 파괴되고 나무며 송신탑 따위들도 부서져 나가버린 모습이었다.

황량한 벌판에는 아흔아홉 마리의 들개들이 굶주림과 방황과 외로움과, 또는 적당한 야성의 분위기를 풍기며 여러 가지 동작들을 취하고 있었다.

모두 다 앙상하게 갈비뼈들이 불거져 나와 있었다. 그러나 눈만은 유난히 날카롭게 반짝거렸다.

그는 붓으로 물감을 개어 아주 잘 익은 색깔들을 만들어내고 섬세하게 들개들의 전체적인 털빛을 칠한 뒤 명암을 주어 골격의 윤곽들을 두드러지게 부각시켰다.

"나는 이 벌판에 황량한 바람이 불고 있다고 생각합니다. 나중에 털을 처리할 때 바람을 보여줄 것입니다."

그는 아주 정성껏 붓을 놀리고 있었다. 그의 붓이 움직일 때마다 들개들은 화면 속에서 비로소 완전한 뼈와 근육과 혈관과 감정을 가진 동물들로 되살아났다. 그의 색감은 주로 보색끼리의 혼합에서 생겨난 회색 계열에 흰색을 충분히 주고 이어 복잡한 과정의 배합을 몇 번 더 거쳐서 익혀낸, 부드러운 느낌을 가진 것들이었는데 자세히 들여다보면 매우 따뜻한 분위기들을 가지고 있었다.

이른 아침부터 날이 저물 때까지 그는 무겁게 그 그림 앞에 앉아 있었다. 그의 모습 안으로 세월이 몇천 년이나 흐르고 비바람 뜬구름도 몇천 번이나 무더기로 죽어나가는 것 같았다. 그는 마치 수도를 하고 있는 듯한 모습이었다. 그의 옷도 그의 이불도 이제는 물감투성이로 얼룩이 져 있었다.

"몸에 이가 생겼습니다."

어느 날 그가 말했다.

"이의 알은 먼지 속에 붙어 삼 년 정도나 산 채로 있을 수가 있습니다. 조건이 좋으면 부화하죠. 머리도 가렵습니다. 몸에 있는 이가 머리카락 속으로 들어가 번식을 시작한 모양입니다."

"이젠 홀몸이 아니시군요."

우리는 마주 보며 웃었다.

"그림을 그릴 때는 전혀 가려운 줄을 모르겠는데 붓만 놓으면 아주 가렵습니다."

"징그러워라."

그러나 나는 생각보다는 징그럽게 생각되지 않았다. 이런 경우 이가 생겼다는 것이 뭐가 그리 대수로운가, 나는 쥐고기를 먹으면서 가까스로 생명을 연장해 나가고 있다. 하지만 나의 정신은 이제 투명하다. 나는 쓸 수 있을 것 같다. 이 어려운 상황에서 벗어나면 누구보다도 감동적인 글을 쓸 수 있을 것 같다. 나는 세상이 점차로 작아져 보이는 듯한 느낌이었다. 나는 무엇이든지 할 수 있을 것 같았다. 창녀 노릇도 할 수 있고 작부 노릇도 할 수 있을 것 같았다. 먹이 따위쯤 얼마든지 걱정하지 않을 수 있을 것 같았다. 그의 그림이 내게 어떤 용기와 평온을 가져다주고 있었다. 나는 한시바삐 그것이 완성되기만을 바라고 있었다.

그는 전혀 세수를 하지 않고 있었다. 옷도 갈아입지 않고 있었다. 물론 이빨도 닦지 않고 있었다. 그는 땟국물이 얼룩진 얼굴에 이따금 고통스러운 표정을 떠올리며 오직 그림에만 열중해 있었다.

그러다가…….

어느 날 그는 갑자기 붓을 내던진 채 절망한 듯 머리를 감싸 안았다.

나는 가슴이 철렁 내려앉는 듯한 느낌이었다.

"무슨 일이죠? 왜 그러시는 거죠?"

그러나 그는 대답하지 않았다.

"말해 보세요. 그림을 그리게 할 수 있는 일이라면 무엇이든 제가 힘써보겠어요."

나는 다급하게 소리치고 있었다. 이제 그 그림이 도중에서 중단된다는 것을 나는 도저히 상상할 수가 없었다.

"기름이 떨어졌습니다. 린시드유도 테레빈유도 모두 떨어졌어요."

"걱정 마세요. 어떻게 해서든지 구해볼 테니까요."

"소용없습니다. 기름이 생긴다 해도 곧 물감들이 차례로 떨어져버릴 테니까요."

그는 매우 낙심해 있는 듯한 표정이었다.

"우선 며칠 동안 쉬면서 돈을 구해볼 궁리나 해야 하겠습니다."

그는 백열전구를 켠 이불 속으로 들어가더니 나를 손짓해 불렀다. 나는 빨려가듯 그의 이불 속으로 들어갔다.

창 밖에는 모진 바람이 불고 있었다. 바람 속에서 희끗희끗

한 눈발들이 빠르게 비껴 나가는 것이 보였다. 눈발들은 실내까지 날아 들어와 창틀 밑에 떨어져 내리곤 했다. 창틀 밑은 약간의 눈이 쌓여 있었다.

반드시 저 그림을 완성시켜야 한다…….

나는 그 눈발들을 바라보면서 몇 번이나 그런 생각을 떠올렸다. 그 그림은 바로 내 정신적 지주가 되어 있었다. 나는 그를 사랑하고 있는 것이 아니라 그의 그림을 사랑하고 있었다. 만약 그의 그림이 없었다면 나는 그에게 이렇게 쉬운 여자로 대하지는 않았을 것이다.

그의 손이 내 가슴을 부드럽게 어루만지고 그러다가 청바지의 지퍼로 옮겨질 때까지 나는 전혀 거부하지 않았다. 그 다음도 거부하지 않고 또 그 다음도 거부하지 않았다.

그러나 나는 아무것도 느낄 수가 없었다. 나는 불감증인 여자인 모양이었다.

"새 우리말 사전이라는 걸 다시 한 번 만들어보십시오, 아가씨."

이불 속에서 이마를 맞대고 그가 말했다.

이가 나한테로 옮아올 것이라는 생각을 했다. 하지만 나는 걱정스럽지 않았다. 나는 내게 주어진 모든 생활을 아무런 투쟁 없이 그대로 받아들일 작정이었다. 투쟁은 오직 그의 그림과 함께 내 마음속에서 진행되고 있을 뿐이었다. 그 그림을 완성시킬 때까지 나는 어떠한 것이라도 감수할 작정이었다.

"우리는 어떤 관계일까."

내가 물었다.

"아직은 잘 모르겠습니다."

잠시 여유를 두었다가 그가 말했다.

적어도 그것은 정직한 대답인 것 같았다.

"우리는 아무 관계도 없어요."

"아무 관계도 없는 사람끼리도 이렇게 서로 부담 없이 함께 살 수 있다는 것이 이상합니다."

"저도 그래요."

우리는 정말 아무 관계도 없는 것같이 느껴졌다. 우리 사이에는 언제나 적당한 간격이 벌어져 있었다. 그 적당한 간격은 더 벌어지지도 않고 더 가까워지지도 않는 듯한 느낌 속에서 처음부터 끝까지 유지되어 가고 있는 것 같았다. 이렇게 이불을 함께 뒤집어쓰고 누워 이마를 맞대고 있는데도 그것은 마찬가지였다.

"관계는 없지만 인연은 있는 것 같기도 해요."

"어떤 인연 말입니까."

"만약 예술가가 정말로 영혼을 가꾸는 사람들이라면, 그리고 지금 그리시고 있는 그림이 정말로 영혼에 닿아 있는 것이라면 우리는 영혼과 영혼을 잇는 작업을 함께 하고 있는지도 몰라요."

나는 그에게 전혀 사랑을 느낄 수 없다는 사실이 차라리 안타까울 지경이었다. 하지만 그림만 머릿속에 떠오르면 가슴이 설레고 세포들이 살아 올랐다. 우리는 그림 속에서만 어떤 관계가 성립되는 인연을 맺고 있다는 생각이 들었다.

그가 물감이 떨어져 그림을 못 그리고 있다는 사실을 생각하니 자꾸만 불안하고 초조해져 왔다. 이제 나는 먹이보다도 시급한 것이 물감이라는 생각까지 들었다.

그는 이틀 동안 그림을 중단하고 쥐를 잡는 일에만 열중했다.

"쥐는 비좁은 난간을 타고 다니기를 좋아합니다. 그래서 쥐가 잘 다니는 어둡고 구석진 곳에다 각목으로 난간을 만들어 줍니다. 일본 사람들이 흔히 쓰는 방법입니다."

그는 옛날에 쓰다 남은 전선으로 난간에다 올가미를 만들어놓곤 했다. 그 올가미는 쥐 한 마리가 빠져나가기에는 좀 비좁은 듯한 크기로써 동그란 모양을 하고 있었다.

"쥐가 밤에 난간을 타고 가다가 올가미에 목을 디밀게 됩니다. 그때면 올가미는 죄어들게 되고 빠져나오려다 자연히 난간 밑으로 떨어져버리게 됩니다. 목을 매달아 죽게 만드는 거죠."

그는 곳곳에 캔버스를 짜는 각목으로 난간을 만들어놓고 거기에 올가미를 설치해 놓았다.

"이 부근 어딘가에 밭이나 논이 있을 겁니다."

그건 사실이었다. 언덕 양쪽으로는 상당히 넓은 밭들이 있어 보리나 감자를 심곤 했었다. 그러나 지금은 황량하게 비어 있었다.

"이삭을 주워 모으는 거죠. 멀리 민가에까지 내려가서 먹이를 물어올 수도 있습니다. 이 건물은 쥐들의 보금자리로는 아주 적격이죠. 시설이 아주 좋은 데다가 전혀 적도 없으니까요."

"하지만 우리들이 있잖아요."

"이젠 그렇게 되고 말았죠."

아침에 목 매달아 싸늘하게 난간에 매달려 있는 쥐들을 거두어 그는 페인팅 나이프로 껍질을 벗겼다.

"생식이 사람 몸에는 썩 좋습니다."

그는 껍질을 벗기며 그렇게 말했지만 누가 쥐고기를 사람 몸에 썩 좋기 때문에 생식하랴.

그저 마지못해 이렇게 먹고 있을 뿐, 나는 지금 나 자신이 어쩌면 제정신이 아닌 상태일는지도 모른다는 생각을 하고 있었다. 모든 감각기관이 완전히 마비되어 버려서 지렁이를 먹는다 해도 전혀 구역질 따윈 느끼지 않을지도 모른다는 생각을 하고 있었다.

하지만 지렁이…….

거기까지는 자신이 없다는 생각도 들었다.

그는 속수무책인 것 같았다.

그림 앞에 서기만 하면 머리를 쥐어뜯으며 괴로워하면서도 결국은 아, 어떻게 헤어날 수 있는 방법이 생기겠지, 옛날에도 늘 그랬었으니까, 하고 중얼거려볼 뿐이었다. 나는 그의 그러한 태도에 의외로 신경질이 치솟아서 모욕적인 말이라도 내뱉어주고 싶었던 적이 한두 번이 아니었다.

그러나 또 한편으로 생각하면 그의 입장을 어느 정도는 이해해 줄 수 있을 것도 같았다.

"이제 저 흉악한 바깥세상하고는 상종도 하고 싶지 않습니다. 학자는 학자답지 않고, 성직자도 성직자답지 않으며, 심지어는 거지조차도 거지답지 않습니다. 인간미라곤 한 푼어치도 없고 자기 합리화에만 급급합니다. 이론으로는 모두들 휘황찬란한데 뚜껑만 열면 악취가 풍깁니다. 한마디로 위선과 가면뿐입니다. 절대로 타협하고 싶지 않아요. 나는 그들 속에서 예술을 사랑할 수 있는 가슴 어느 한 기관을 제거당해 버렸습니다. 이제 가까스로 그것을 재생해 놓고는 다시 또 치사해지고 싶지는 않습니다. 처음부터 물감이 부족할 거라는 생각이 항상 나를 불안하게 만들었지만 그려나가는 동안에 무슨 묘안이라도 떠오를 줄 알았습니다. 하다못해 대학 동창들이라도 찾아가 구걸이라도 할 수 있으리라고 생각했었죠. 하지만 날이 갈수록 세상에 대한 혐오감이 짙어지고 그림에 대한 자만심만 강해질 뿐이었습니다. 이제는 나대로 어떤 대작을 하나 만들어놓기 이전에는 절대로 세상구경은 하고 싶지 않습니다. 아무래도 재료를 바꾸어 다시 시작해야겠습니다. 반드시 유화라야 한다는 법칙은 없습니다. 식물의 이파리나 꽃 따위의 즙으로 색깔을 낼 수도 있어요."

그는 풀죽은 목소리였으나 절망하지는 않고 있는 것 같았다.

"그럼 지금 저 상태에다 식물의 이파리나 꽃 따위의 즙을 사용하실 수도 있으시다는 건가요?"

"아닙니다. 캔버스를 다시 짜서 처음부터 새로 시작해야 합니다."

"처음부터 다시 시작한다는 건 말도 안 돼요. 그리구 지금은 겨울이에요. 식물 따위 흔할 턱이 없어요."

"봄까지 기다릴 수도 있습니다."

그러나 나는 봄이 오기 전에 질식해 버리고 말 것 같았다. 그림이라도 곁에 있어주지 않는다면 이런 처참한 상황에선 누구도 견딜 수가 없을 것 같았다.

날씨는 계속 혹한으로 이어져가고 있었다. 모든 것이 단단하게 결빙되어 있는 것 같았다.

"빨리 그림을 시작하세요!"

나는 그가 전혀 기름과 물감을 구할 능력이 없는 상태라는 사실을 잘 알면서도 수시로 그렇게 외치듯이 말하곤 했다.

"망할……"

그도 질세라 나를 노려보면서 아랫입술을 깨물곤 했다. 때때로 마음이 좀 가라앉으면 함께 이불 속에 엎드린 채 노트를 앞에 놓고 '새 우리말 사전'을 끄적거리곤 했다. 정말로 이런 비참한 상태에서 언제쯤 헤어날 수가 있는 것일까.

날이 갈수록 우리가 갇혀 있는 벽은 두터워져 가고 있는 것 같았다. 아무리 사방을 둘러보아도 빠져나갈 구멍이 없는 것 같았다. 자포자기하는 수밖에는 없을 것 같았다. 그러나 그것도 뜻대로 되는 것이 아니었다.

가슴 어느 한구석에서는 아직도 삶에 대한 미련의 모닥불이 꺼질 듯 남아서 우리를 가까스로 부축해 주고 있었다. 기다려, 기다려, 이러다 곧 헤어나게 되겠지, 모닥불은 그렇게 속삭이고 있었다. 참으로 막연한 희망이었으나 우리는 그것만이라도 의지하면서 날마다 비참, 또 비참한 상태로 살아가고 있었다. 물감과 기름이 떨어져서 그림을 못 그리고 있다는 사실이 더욱 나를 견딜 수 없도록 만들었다.

물가고 현상(物價高 現像) : 물건값은 오르고 사람값은 떨어지는 현상.

실업자(失業者) : 직업은 잃었으나 자유는 되찾은 사람.

텔레비전(television) : 가족 언어 단절 장치.

멱살 : 남에게 모욕을 당하기 위해 목 밑에 붙이고 다니는 살, 또는 그 부분의 옷섶.

장교 : 부하는 많지만 목숨은 하나뿐인 사람.

만화책 : 그림과 글씨를 반죽해서 만들어낸 과자 묶음. ㉝ 국정교과서

미친개 : 사람을 물었을 때 가장 개다운 개. 개 중에서는 어느 모로 보나 가장 품위가 있다고 함.

돈 : 인간을 가장 빨리 더럽히기 위해 인간이 만들어낸 오물.

ⓑ 똥

개구리 : 일어서서 앞을 바라보면 뒤가 바라보이는 올챙이의
어미동물.

도덕(道德) : 아담과 이브 이후 사람이 입어야 할 옷 중에서
가장 거북한 옷.

빙하시대(氷河時代) : 인류가 냉동 시설의 혜택을 가장 공평
하게 받았던 시대.

양기부족(陽氣不足) : 남성으로 하여금 뱀, 지렁이, 송충이
따위의 징그러운 동물도 마구 잡아먹을 수 있도록 만들어주는
동물적 열등의식 중의 하나.

허영(虛榮) : ① 진돗개에게 메리, 베스 따위의 이름을 붙이
고도 전혀 부끄러워할 줄 모르는 식의 겉치레. ② 자기 정도에
넘치는 외관상의 치장 끝에 집구석을 망쳐도 좋다고 생각하는
일 따위.

예언자 : 과거는 절대로 예언할 수 없는 사람.

무의촌(無醫村) : 본의 아니게 국가로부터 주민 모두가 의사
임을 허락받고 있는 촌. ⓑ 국립종합병원

총(銃) : 새가 그 끝에 앉아 있을 때 비웃음을 자아내게 만드
는 무기.

도둑 : 이 세상의 모든 물건에는 특별한 임자가 있을 수 없다
고 생각하는 사람, 또는 그렇게 만드는 일.

# 눈 내리는 날

아, 눈이 내린다는 사실은 배고픈 사람을
까닭 없이 눈물나게 한다는 생각을 했다.

"도둑에 대한 속담을 아세요?"

"모르겠습니다."

"'도둑놈 개 꾸짖듯 한다'는 속담이 있어요. 남이 알까 두려
워서 제대로 소리를 내지 못한다는 뜻이죠."

"나도 하나 생각났습니다. '도둑놈 제발 저린다'가 있군요."

"또 있어요. '도둑질을 해도 손발이 맞아야 한다'는 속담 잘
아시죠?"

"또 있습니까?"

"또 있죠. 이건 역사가 그리 오래된 것 같지는 않은 속담이
에요."

"어떤 겁니까."

"허가난 도둑놈."

"그렇군요."

"훔쳐요, 우리!"

나는 소리쳤다.

"무슨 말씀이신지요."

그가 의아하다는 듯 내게 물었다.

밖에는 다시 함박눈이 내리고 있었다. 아주 느리게 그리고 자욱하게 쏟아져 내리고 있었다. 올 겨울은 정말 유난히도 눈이 많이 내리는구나 싶었다.

"손발을 맞춰요."

"어떻게 말입니까."

"이 세상의 모든 물건에는 특별한 임자가 없어요. 보세요. 사전에도 나와 있잖아요."

"그건 우리들만의 사전입니다."

"굳이 남들의 사전을 고집할 필요는 없어요. 허가난 도둑놈도 있는 세상에."

"어떻게 하자는 얘깁니까."

"기름과 물감을 훔치자는 얘기예요!"

나는 단호히 말했다.

그는 어이가 없다는 듯한 표정이었다.

"그렇게까지 해서 그림을 그려야 할까요?"

"맥 빠지는 소리 하지도 말아요. 자기 마누라 맡기고 노름

하는 남자들도 있어요. 그만큼 노름에 미쳐 있기 때문이에요. 미쳐보세요. 그림이 노름보다 사람을 덜 미치게 한다는 법칙이 있어요?"

"그래도."

"뭐가 그래도예요. 비겁해요. 정면으로 부딪쳐보시란 말이에요. 당신이 날마다 혐오했던 저 바깥세상과 타협할 수 없다면 투쟁이라도 해보시란 말예요. 어차피 도덕 따윈 묵살한 지 오래잖아요. 그래도 제발이 저릴까 봐 도둑질은 못 하시겠다는 얘기예요. 그림을 위해서는 무엇이든지 할 수가 있어야 해요. 용기를 내세요."

"실패하면?"

그가 물었다.

순간적으로 나는 그만 입을 다물어버리고 말았다. 실패하면 끝장인 것이다. 영원히 나는 저 그림의 완성을 볼 수 없을는지도 모르는 것이다.

실패했을 경우 우리에게 돌아오는 수치심 따위는 아무것도 아니다. 이왕 훔칠 바에야 저 그림을 다 완성시킬 수 있는 분량의 물감을 훔쳐야 한다. 그런데 만약 들키게 되면…….

우리는 감옥살이를 하게 되는지도 모른다. 감옥살이는 하지 않더라도 모든 것이 들통이 나서 이 건물 안에서의 생활을 계속할 수 없을는지도 모른다. 그렇게 되면 다시 저 천박하고 졸렬한 수법으로 살아가고 있는 사람들에게 타협의 손길을 내밀

어야 될는지도 모른다. 이제 와서 그럴 수는 없다. 하지만,

"하지만 저는 훔치겠어요."

우선 부딪쳐보아야 하는 것이다. 실패만 생각해서는 안 되는 것이다. 성공도 있을 수 있는 일이니까.

"다른 방법을 좀 생각해 봅시다."

"지금까지 생각해 보았잖아요. 그리고 아무런 방법도 발견할 수 없었잖아요."

"하지만 나는 이 그림을 완성시키기 이전에는 절대로 바깥 세상으로 나가지 않겠다고 나 자신과 약속했어요."

"장한 생각이시군요."

나는 빈정거려주었다.

허기가 져서 말할 때마다 뱃속에서 헛바람이 새어 나오는 듯한 느낌이었다.

그는 아무래도 도둑질만은 하고 싶지 않다는 듯한 표정이었다. 의외였다.

나는 정말이지 화가 나서 그의 따귀라도 후려갈겨버리고 싶은 심정이었다. 이런 판국에 더 이상 자기 자신과의 약속을 반드시 지켜야겠다는 것은 얼마나 유치하고 비겁한 노릇인가. 나는 도둑질을 해서라도 글을 쓸 수 있다면 몇 번이고 도둑질을 할 것이다.

사실 나는 요즘 들어 그의 사회비판적이며 예술지상주의적인 이론 따위는 별로라는 생각이었다. 그의 이론들은 내게 있

어 어떤 치기까지 느껴지도록 만드는 것들이었다. 다만 내 의식을 잠시 반짝 빛나게 만들었던 '시간 거꾸로 돌리기'를 제외하고는 그의 모든 넋두리들이 전혀 나를 감동시키지 못하고 있었다.

나는 무엇보다도 그의 그림이 문제였다. 그의 그림만은 언제나 내 가슴을 움직이고 있었다. 그러나 그의 그림은 아직 완성되지 않았다.

그런데 이 남자는 완성되지도 않은 자기의 그림이 무슨 수정알처럼 투명한 것이고 그림을 그리는 동안 바깥세상에 발을 내디딘다는 사실은 그 수정에다 똥칠이라도 하는 것처럼 더러운 일로 착각하고 있는 모양이었다.

적어도 내 이론으로라면 그렇지는 않았다. 그림을 완성하기 위해서는 윤리나 도덕 따위 이런 경우 무시해 버려도 좋다는 생각이었다. 그건 그의 이론이지 내 이론은 아니었다. 그런데도 그는 내 제의를 받아들이지 않을 모양이었다.

"좋아요. 저 혼자라도 해보겠어요."

나는 결심하고 그의 작업실을 나와버렸다. 망가지더라도 둘 다 망가질 필요는 없다. 나 하나만 망가져버리자 하는 생각도 들었다.

계단을 내려오는데 몇 번 무릎이 맥없이 접질러지곤 했다. 전신에 맥이 하나도 없는 기분이었다.

저 얼간이 같은 남자는 사실 그림은 신통해도 다른 것은 도무지 신통한 게 없다는 생각이 들었다.

우산을 쓰고 걸어서 거리까지 나왔다.

내가 모르는 사이 크리스마스도 설날도 다 지나가 있었다. 남들은 크리스마스나 설날만은 그래도 밥을 굶지 않았을 것이다. 그러나 우리는 그 헐어빠진 건물에서 추위와 굶주림을 양식인 양 포식하며 살아왔었다.

훔치자…….

그러나 밥을 훔치는 것이 아니다. 그림을 그리기 위한 기름과 물감을 훔치는 것이다. 그것이 죄라면 우리에게 죄를 짓도록 만든 것은 누구인가 하나님인가, 악마인가, 사회인가, 가정인가.

다만 나는 아니다…….

나는 우선 화방을 찾아야 한다고 생각했다. 화방을 찾았을 때 화방 주인은 뚱뚱한 사십대의 비만형 남자여야 한다고 생각했다. 얼굴에 개기름이 번들거리고 웃을 때마다 싯누런 금니가 번쩍거리면 더욱 좋겠다는 생각을 했다.

눈이 한정 없이 쏟아져서 온통 거리가 희뿌옇게 흐려 있었다. 사람들은 저마다 축복받은 얼굴이었다. 아, 눈이 내린다는 사실은 배고픈 사람을 까닭 없이 눈물나게 한다는 생각을 했다.

어디서 화방을 보았더라.

나는 곧 쓰러져버릴 것 같은 몸을 가로수에 기대며 곰곰이 기억을 더듬어보았다. 곧 생각이 떠올라주었다.

그러나 훔치기 전에, 라고 순간적으로 나는 망설였다. 훔치기 전에 일단 다른 방향에서 노력해 보자.

어떤 방향이 있을 것인가. 나는 내가 알고 있는 사람들을 곰곰히 한번 떠올려보았다. 나와는 전혀 다른 세계에서 살고 있는 사람들이었다. 내가 어려움을 부탁했을 때 아무런 계산도 없이 선뜻 손을 내밀어줄 사람들은 아무도 없었다. 특히 술집에서 아르바이트를 할 때 만났던 사람들이 가장 많이 떠올랐는데 그것은 참으로 한심한 일이었다. 내가 알고 있는 사람들 중에서 내게 가장 은근하고 친절한 사람들은 바로 술 손님들이었고 그들의 은근하고 친절한 태도 이면에는 언제나 성욕의 냄새가 물씬거리고 있었다는 사실을 나는 잘 알고 있었다.

나는 의식적으로 그들을 술집 밖에서 만나는 것을 회피해왔었다. 혹시 마주치게 되더라도 내 쪽에서 전혀 모른 체하고 지나쳤었다. 쫓아와서 불러 세우기라도 하면 나는 노골적으로 싸늘한 태도를 취해 보였다.

"원 니기미. 홀순이 주제에 재기는 되게 재네."

구역질이 날 정도로 야비하게 나오는 사람들도 있었다. 그럴 때마다 가슴속에는 아픈 눈물이 삽시간에 가득 괴어왔지만 눈 속에서는 파란 불꽃이 튀었다.

"무섭다. 망신당하기 전에 돌아서야지."

대개는 기가 죽어 물러가곤 했었다.

아르바이트를 할 때는 이 세상 모든 남자들이 성기 하나만 가지고 사는 것 같았었다. 어떻게 해서든 나를 여관이나 호텔 방으로 데리고 가려고 갖은 수단과 방법을 가리지 않았다.

나는 가슴이 빛나는 남자가 아니면 절대로 함께 가주지 않았었다. 가슴이 빛나는 남자가 도대체 이 세상에 몇 명이나 되었던가.

모두가 모조품들뿐이었다.

나는 우산을 고쳐 잡으며 천천히 화방이 있는 쪽으로 걸음을 옮겨놓기 시작했다. 체인을 철걱거리며 자동차들이 느리게 도로를 기어 다니고 있었다. 가로수 가지에서 이따금 눈덩이가 하얀 솜처럼 풀풀 떨어져 내렸다.

자꾸만 허기진 몸이 허청거려 왔다. 이따금 현기증도 일었다.

그래, 다시 홀에 나갈 수도 있어. 홀뿐만이 아니야. 창녀촌, 다방, 대폿집, 어디든지 자신이 있어. 나는 걸으면서 마음속으로 그렇게 중얼거리고 있었다.

내가 글을 쓸 수 있는 계기가 와줄 때까지 나는 버티는 데까지 버티어볼 심산이었다. 그때까지 내 정신적인 지주는 그림일 수밖에 없을 것 같았다. 그것을 완성시키는 것을 보지 못하면 나도 영영 글을 쓸 수 없을 것 같았다. 어떻게 해서든 기름과 물감을 구해야만 할 것 같았다

"어서 오세요."

화방에 들어서자 내가 상상했던 것과는 정반대로 젊고 아름다운 여자가 나를 맞았다. 스물일곱 살쯤 되어 보였다.

"눈이 참 많이도 내리고 있죠?"

그녀는 살짝 웃어 보였다. 온화하고 교양 있어 보이는 표정이었다. 전혀 장사꾼 냄새가 나지 않았다.

그녀는 내게 의자를 권하며 우선 몸을 좀 녹이시라고 상냥하게 말했다. 나는 금방 난감해지고 말았다. 도저히 훔칠 마음이 생기지 않았다. 어떻게 훔쳐야겠다는 계획이라도 특별히 세워놓았던 것은 아니었다. 그저 기회를 보아 임기응변으로 적당히 해치워버릴 심산이었다. 그러나 내 생각과는 전혀 달랐다. 모든 것이 상상 밖이었다. 우선 화방은 붐비지 않았다. 헌책방에서 화집을 팔아먹을 때 그 헌책방 주인은 이렇게 말했었다.

"일 년 내내 두 권도 안 팔릴 겁니다. 이 도시에 그림 좋아하는 사람이 몇 명이나 되겠어요."

화방을 둘러보니 그 말에 어느 정도는 수긍이 가는 듯한 기분이었다. 어딘지 모르게 물건들이 빈약한 것 같았다.

"무엇을 사시려구요."

여자가 내게 물었다.

난로 위에 얹은 주전자 주둥이에서 끊임없이 김이 뿜어져 나오고 있었다.

"잘 팔리나요?"

나는 그녀의 질문과는 전혀 상관도 없는 말을 뱉어내고야 말았다.

"가게세가 석 달치나 밀렸어요."

그녀는 약간 어두운 표정을 짓고 있었다. 나는 구걸도 못할 것 같은 심정이었다. 웬만하면 사정 얘기를 하고 외상으로라도 얼마간 기름과 물감을 부탁해 볼 작정이었다. 그러나 도저히 입이 떨어지지 않았다. 진열장 안에는 여러 가지 화구들이 비치되어 있었고 층을 이룬 선반 위에도 많지는 않지만 물감이며 종이며 캔버스 따위들이 쌓여 있었다.

"커피 드시겠어요?"

그녀가 상냥하게 내게 말했다.

"아니에요. 아니에요."

나는 황급히 고개를 가로저었다.

어쨌든 이대로는 돌아갈 수 없다는 생각이 문득 머리를 스치고 지나갔다. 그리다 중단해 버린 대형 캔버스가 선명하게 내 망막 위로 떠오르고 있었다. 나는 용기를 내어야겠다고 생각했다. 자꾸만 혀와 입술이 마르는 것 같았다.

"저어 부탁이 있는데요."

마른침을 한 번 삼키고 나는 말문을 열었다.

따뜻한 난로 앞에 앉으니 오히려 더욱 맥이 없어지면서 자주 현기증이 피잉 미간을 스치고 지나갔다. 옆구리에서 이 한 마리가 곰실곰실 움직이고 있는 것이 느껴져 왔다. 자주 옷을 세탁해서 갈아입는데도 어쩔 수가 없는 모양이다. 목욕을 안 한 지가 너무 오래되었다는 생각이 들었다.

"무슨 부탁이신지 어디 한번 말씀해 보세요."

그녀는 맞은편 난롯가에 앉아 상체를 약간 내게로 기울이며 미소 짓고 있었다. 희고 가지런한 치아를 가지고 있었다. 어느 모로 보나 근심 하나 없이 살아온 듯한 얼굴이었다. 그래서 나는 사정 이야기를 한번 해보기로 마음먹었다.

"저어……."

그때였다. 그녀의 얼굴이 갑자기 활짝 개었다.

"어머나, 형부 이제야 나타나셨군요."

그녀의 시선이 던져진 출입문 쪽으로 방금 안으로 들어선 듯한 사내 하나가 발에 묻은 눈을 털며 우산을 접고 있었다.

"가게 보느라고 혼났지."

그 사내는 그러나 덤덤한 목소리였다.

"손님이 없어서 너무너무 심심했어요."

"그래."

상당히 무뚝뚝해 보이는 사내였다. 도무지 화방을 경영할 것 같지 않은 인상이었다. 저런 얼굴이라면 부식가게를 차리는 게 더 잘 어울릴 거라는 생각이 들었다.

"돈은 받으셨어요, 형부?"

"받았지. 내가 어떤 놈인데 제가 감히 내 돈을 떼어먹어. 아무리 물건을 많이 사도 덤으로 목탄 한 가치도 줘본 적이 없는 나야. 내가 그런 놈한테 돈을 떼일 것 같아?"

사내는 전혀 감정 없는 목소리로 그렇게 말했다. 나는 그만 일어서기로 마음먹었다.

"가시려구요?"

그녀가 물었다.

"사실은 아무런 볼일도 없이 들렀었어요. 그냥 벽에 붙어 있는 그림들이나 구경할까 해서요."

허기가 져서 말소리가 자꾸만 기어들고 있는 것 같았다.

"미안해요. 기분이 안 좋으셨다면 용서하세요."

그녀는 오히려 내가 미안할 정도로 상냥하고 친절한 목소리로 말했다.

"아니에요. 정말로 그런 건 아니에요."

나는 웃어 보이며 돌아섰다.

가게문을 열고 나오니 여전히 함박눈이 내리고 있었다. 조그만 아이 하나가 고개를 젖히고 혀를 내민 채 눈송이를 따라다니고 있었다. 맞은편 양장점 쇼윈도 속에서 마네킹 하나가 흐릿한 모습으로 눈 내리는 풍경을 내다보고 있었다.

나는 무작정 걷기 시작했다. 왜 이렇게 모든 일이 꼬이기만 하는 것일까. 하필이면 왜 그때 그 사내가 나타났을까.

그녀라면 내 부탁을 들어주었을는지도 모른다. 형부의 가게이긴 하지만 나중에 형부에게는 자기의 친구나 또 학교 후배에게 외상을 주었다고 변명하든가 아니면 아예 아무 말도 하지 않고 내 도둑질에 완벽한 공모자가 되어주었을는지도 모른다. 그런데 내가 도둑질을 하려고 그 가게에 들어왔다는 사실을 말하고 외상으로라도 기름과 물감을 좀 달라고 간곡히 부탁하려는 순간 부식가게 주인이나 해먹었으면 딱 좋을 성싶은 그 사내가 들어왔다.

왜 이렇게 모든 일이 막히기만 하는 것일까. 어떤 알 수 없는 힘이 자꾸만 나를 막다른 골목으로만 밀어붙이고 있는 듯한 느낌이었다.

나는 허청거리며 허청거리며 정처 없이 걷고 있었다. 발 밑으로 쌓이는 눈은 희고 푹신해 보였지만 내 얼굴과 무릎과 발은 꽁꽁 얼어 있었다. 먹은 게 없는 탓인지 자꾸만 온몸이 달달달 떨려오고 있었다. 지금도 나는 자의에 의해서 이렇게 무작정 걷고 있는 것이 아니라는 생각이 들었다. 역시 어떤 알 수 없는 힘이 나를 어딘가로 이끌어가고 있는 듯한 느낌이었다.

"금년에는 너무 많은 눈이……."

"정말로 멋진 겨울이에요."

"음악 감상실에는……."

내 나이 또래의 두 남녀가 아주 정답게 팔짱을 끼고 내 곁을 스쳐 가고 있었다. 그들의 나지막한 대화도 끄트머리를 감추며 내 곁을 스쳐 가고 있었다.

한참을 걷다가 이윽고 내가 걸음을 멈춘 곳은 어느 맥주홀 앞이었다. '마슈'라는 입간판이 내 눈높이쯤에서 눈을 맞고 있었다. 대학을 다닐 때 아르바이트를 하던 맥주홀이었다.

내가 다시 홀에 출입하기 시작하면서부터 우리들의 겨울은 그런대로 안정을 되찾았다. 물감이나 기름도 부족하지 않게 되었고 먹을 것도 떨어지지 않게 되었다. 누구든 나와 같은 상황에 처하게 되면 어쩔 수가 없을 것 같았다.

하지만 나는 밤마다 홀에 나가지는 않았다. 화요일, 목요일, 토요일, 일주일에 세 번만 그의 그림을 위해 나를 팽개쳐버리기로 약정되어 있었다.

이층에 있는 남자에게는 비밀로 해두었다. 그러나 말하지 않아도 곧 알게 될 것이다. 밤늦게 돌아오면 나는 언제나 이층으로 올라가 그의 이불 속으로 들어가 자곤 했었는데, 아무래도 그의 코가 완전히 고장나버리지 않는 한 내 입에서 나는 술냄새 정도는 금방 맡을 수가 있을 테니까.

밤늦게 돌아오면 아래층 복도에서 이층 복도에까지 그가 나를 위해 만들어놓은 어둠 속의 통로들이 보인다. 나는 만년필형의 작은 플래시가 있기는 했지만 언제나 그것을 사용하지는 않는다. 복도로 들어서면 플래시를 꺼버리는 것이다.

캄캄한 복도. 그러나 어둠 속에 푸르스름한 인광들이 점점이 두 줄로 길게 이어져 있다. 언젠가 운동장 어느 구석빼기에서 주웠다는 썩은 고목의 편린들인 것이다. 그가 나를 위해 만들어놓은 활주로인 셈이다.

그 활주로를 따라 나는 이층까지 무슨 영혼에 빨려가듯 빨려간다. 때로 그는 잠들어 있거나 또는 깨어서 나를 기다리고 있다. 우리는 아무 말도 하지 않는다. 그저 스산한 마음으로 서로를 으스러지게 껴안아볼 뿐이다. 누가 이러한 우리들의 생활을 알 수 있으랴.

아침에 잠에서 깨어나면 나는 우선 캔버스부터 바라본다. 거기에 우리들이 아직도 살아 있는 이유가 있는 것이다.

이제 그의 얼굴은 마치 한 마리의 짐승같이 변해 있었다. 머리는 자랄 대로 자라서 짚북데기처럼 헝클어져 있고 수염은 수염대로 무성해져서 형편없이 지저분해 보였다. 볼이며 목덜미에도 땟국물이 새까맣게 절어 붙어 있었다. 그림을 그리는 이외의 일들에 대해 그는 전혀 무관심한 것 같았다.

낮이면 그는 단 한순간이라도 그림에서 시선을 떼는 법이 없었다. 잠시 붓을 쉴 때라 하더라도 그의 시선은 언제나 캔버스를 향하고 있었다.

그가 그림을 그릴 때의 모습은 그야말로 언제나 몰아의 경지 그것이어서 아주 작은 공기의 미립자 하나까지도 모두 그의 동작에 따라 변화를 일으키는 것 같은 기분이었다. 원체 캔버스가 광대했기 때문에 그는 앉기도 하고 서기도 하고 의자에 올라서기도 했었는데, 그가 그런 식으로 동작을 바꿀 때마다 실내의 모든 사물들이 비로소 숨을 한번 마음 놓고 내쉬는 듯했을 뿐, 다시 그의 붓이 움직이기 시작하면 그것들도 이내 팽팽한 긴장감 속에서 함께 눈을 빛내며 그림을 주시하고 있는 것 같았다. 나 역시도 그것은 마찬가지였다. 온통 뼈와 살이 혼곤하게 녹아서 그의 캔버스에 적셔지고 있는 듯한 느낌이었다.

그의 그러한 모습을 보면서 나는 나도 모르게 한숨이 터져 나옴을 의식하지 않을 수 없었다. 나는 그가 행복해 보였다. 적어도 그림을 그리는 순간만은 일체의 고통과 잡념이 사라지고 그의 내부에는 투명한 영혼의 노래만이 괴어 흐르고 있는 것같이 보였다. 그러나 나는 무엇이란 말인가. 나는 언제쯤 다시 글을 쓸 수가 있단 말인가. 그런 생각을 하면 가슴이 답답해져 와서 견딜 수가 없었다.

그러던 어느 날 갑자기 그가 한 번 더 붓을 내동댕이쳐버리고 말았다.

"아니야! 이게 아니야!"

그는 고통스럽게 신음하고 있었다.

나는 한 번 더 가슴이 철렁 내려앉는 듯한 기분이었다.

"무슨 일이죠? 말씀해 보세요. 무슨 일인지 한번 말씀해 보세요."

"말해 줘도 모릅니다. 아무도 이해할 수 없을 겁니다."

"그래도 저는 이해할 수 있어요."

그러나 그는 설명해 주지 않았다.

그는 지친 듯 주저앉아버리고 말았다.

며칠 동안 그는 전혀 그림을 그리지 않았다. 그만 확 지워버리고 처음부터 다시 시작해 볼까, 그는 혼잣소리로 그렇게 중얼거렸다.

"안 돼요!"

나는 황급히 소리쳤다.

여기서 그가 그림을 중단하면 나는 정말로 미쳐버리든지 자살해 버리든지 둘 중의 하나를 선택하는 수밖에 없다는 생각이 들었다.

"무엇이든 다 들어드릴 테니까 어떻게 하면 그림을 계속할 수 있을 것인지 저한테 한번 말씀해 보세요. 정말이에요."

정말이에요. 정말이에요. 나는 진심으로 그에게 애원하듯 말했다.

"모르겠습니다. 어디가 잘못되었는지는 모르겠어요. 하지만 저 그림의 어딘가가 틀려 있습니다."

그는 아무래도 처음부터 다시 시작해야 할 것 같다고 말했다. 나는 그만 달려들려 그의 목이라도 졸라버리고 싶은 심정이었다. 알 수 없는 혐오감까지 치밀었다. 나는 그가 이제는 지쳐버렸다고 생각했었던 것이다.

그러나 나는 그를 달래야 한다고 생각했다. 며칠간 푹 쉬어 보면 또 달라질 수 있을 거라고 말해 주었다.

나는 술집에 나가서도 줄곧 그 그림에 대한 생각을 떨쳐버릴 수가 없었다. 하지만 그에게 억지로 그림을 그리게 할 수는 없었다. 그의 말에 따르면 그 그림이 한마디로 자기 마음에는 안 든다는 것이었는데, 내가 보기에 그 그림은 거의 완벽한 상태로 진행되어 가고 있는 것 같았다. 나도 평소 그림을 좋아해서 기본적인 상식 이상으로는 눈이 틔어 있다고 자부할 수 있었다. 어지간한 것이라면 솔직히 말해서 나는 안중에도 없었을 거였다. 그러나 그의 그림만은 완성만 되면 지금까지 내가 보아왔던 그 어떤 그림보다도 사람의 가슴을 흔들리게 만드는 힘이 있을 거라는 확신을 가지고 있었다.

"이봐, 미스 강. 정신을 어디다 팔구 있어. 팔 떨어지겠군. 빨리 이 잔 받아요."

손님들은 가끔 내가 잃어버린 애인이라도 생각하고 있는 모양이라고 치졸한 상상력을 동원하곤 했었지만 나는 어떻게 하면 다시 그가 붓을 잡을 수 있도록 만들 것인가에만 골몰해 있었다.

저녁 다섯 시가 되어 나의 은거지에서 맥주홀 '마슈'로 출근할 때면 나는 언제나 걱정스럽게 그에게 당부하곤 했었다.

"부탁이에요. 절대로 저 그림을 지우지 마세요. 지우려거든 차라리 다른 캔버스를 하나 더 짜서 처음부터 새로 시작해 보세요."

그러면 그는 입맛을 쩝쩝 다시며 아주 난감하다는 듯한 표정을 지어 보였다.

"저대로 끝까지 밀어붙여볼까."

혹 그가 그렇게라도 중얼거리면 나는 금방 활짝 가슴이 개어서 그래요, 제가 보기엔 이 그림 정말로 훌륭해요. 호들갑을 떨면서 붓과 팔레트라도 냉큼 집어다 주고 싶은 심정이었다.

"하지만 아무래도 안 될 것 같군."

다시 그가 그런 식으로 중얼거리면 나는 또 그에 대한 혐오감이 왈칵 치밀어 오름을 어찌할 수가 없었다.

나는 비록 술집에 나가고 있기는 하되 세상과 타협하고 있지는 않다고 자부할 수가 있었다. 적어도 그 그림이 있는 한 나의 자부심은 무너지지 않을 것 같았다. 그래서 항시 나는 오만하고 차디찬 모습으로 손님들에게 술을 따를 수가 있었다. 술잔을 받아 쥐는 손님이 사업가든 학자든 건달이든 나는 결코 마음에도 없이 상냥하게 굴거나 아양을 떨지 않았다.

그들 중에는 누가 폐허의 텅 빈 건물 속에서 잠을 자보았으며, 그들 중에 누가 사흘 이상을 굶어보았으며, 그들 중에 누가 쥐고기를 식사 대용으로 생식해 보았단 말인가. 전시(戰時)도 아닌 지금 좋아졌네 좋아졌어 몰라보게 좋아졌네, 라는 새마을 노래도 있지만 어쨌든 이제는 정말로 굶어 죽는 사람 따위는 상상할 수도 없고 사회 곳곳에 갖가지 형태의 복지시설이 갖추어져 있는 지금, 도대체 누가 나처럼 이렇게 비참한 생활을 끝까지 감수하며 살아갈 수가 있단 말인가.

하지만 내가 술집에 나와 술을 따르는 일은 결코 먹고살기 힘들어서가 아니라 그림을 완성시키도록 만들기 위해서이기 때문에 얼마든지 떳떳할 수가 있는 것이다. 그러니까 지금 나는 세상과 타협하고 있는 것이 아니라 그 그림을 배경으로 하고 세상과 정면으로 대치되어 있다고도 볼 수가 있었다. 나는

202

아직 삶에 패배하지 않았으므로 결코 세상에 순종할 수는 없었다.

"뭐 이렇게 건방진 애가 다 있어!"

더러는 얼굴에다 술을 끼얹는 남자들도 있었지만 더러는 더욱 몸이 달아서 간이라도 빼줄 듯이 덤벼드는 남자도 있었다.

하지만 나는 전혀 그 어느 쪽에도 마음이 흔들리지 않았다. 아직도 나는 돈에 연연해 할 정도로 타락해 버린 여자가 아니기 때문에 그들이 가진 상식만으로는 나를 마음대로 다룰 수가 없었으며, 내 쪽에서 싫으면 먼저 미련 없이 배정받은 테이블을 떠날 수도 있었다.

나는 얼마든지 내 얼굴에 술을 끼얹는 남자를 향해 싸늘한 경멸과 비웃음을 던질 수가 있었다. 나는 얼마든지 내게 몸이 달아서 덤벼드는 남자를 단 한순간에 묵살해 버릴 수가 있었다.

나는 급료를 받으면서 술을 따르는 여자는 아니었다. 팁만 받으면서 출퇴근을 하고 있는 처지였다. 그래도 내 단골은 언제나 많았다. 몇몇 테이블만 거치면 기름이나 물감이나 양식 정도를 살 돈 따위는 충분히 구할 수가 있었다. 다시 책도 사 모을 수가 있었다.

하지만 나는 결코 이런 일을 오래 계속할 생각은 추호도 없었다. 이 겨울만 지나면 미련 없이 그만둘 생각이었다.

"이제 며칠 쉬셨으니까 다시 기운이 날 거예요."

나는 그를 수시로 부추겼다.

"붓을 잡으세요. 캔버스에서 떨어져 있으면 더욱더 막힌 부분이 단단해져 버릴 거예요. 계속해서 뚫어보세요."

그러면 그는 다시 붓을 잡고는 혼신의 힘을 다해서 어디가 잘못되었는가를 찾아내려고 노력했다. 전체적인 색깔도 몇 번이나 바꾸어보고 부분부분 수정도 가해보았다.

"모르겠습니다. 도무지 어디가 잘못되어 있는지 모르겠어요. 어디서 개를 한 마리 구해왔으면 좋겠는데……."

어느 날 그는 그렇게 말했다.

나는 개가 아니라 개의 뿔이라도 구해오라면 구해와야 할 것 같은 심정이었으므로 그에게 조금도 걱정하지 말라고 말해주었다.

# 가죽 팔기

이 남자는 내게 원하는 것이 있는 한
나한테 생포되어 있는 것이다.

맥주홀 '마슈'로 와서 나를 찾는 남자 중에 홍사장이라는
사람이 있었다. 나이는 사십대 후반 정도였으나 그보다는 한
결 젊어 보였다.

"멋진 분이셔. 잘 모셔야 한다 알았지."

처음 내게 홍사장을 소개시켜 주던 날 오마담이 귓속말로
그렇게 다짐을 주었었다. 그녀는 아가씨들의 테이블 분배를 맡
고 있는 여자였다.

"대학생이에요. 홍사장님은 역시 여복이 있으셔."

오마담은 그렇게 거짓말을 하며 밀실에다 나를 떠밀어 넣고
는 대기실로 돌아갔다.

"허어 이렇게 악마적인 매력을 가진 아가씨가 이 집에 다 있

었나. 술맛 나겠군."

그는 쾌청한 얼굴로 호탕하게 웃었었다. 누가 보아도 호감이 가는 얼굴이었다.

"미스 강이에요. 잘 부탁합니다."

나는 사무적인 어투로 말하고는 그의 곁에 가서 앉았었다.

"나는 백정놈이야. 백정놈 중에서도 말석 백정놈이지. 가죽 공장을 차리고 있으니까."

그는 이 도시에서 작은 피혁회사를 경영하고 있다고 말했다. 행동이나 말투로 미루어서는 충분히 대학을 마쳤을 것으로 짐작되었다. 매너도 아주 점잖고 훌륭한 편이었다. 밀실인데도 전혀 엉큼한 기색이 엿보이지 않았다.

그러나 나는 그에게 전혀 호감을 보이지 않았다. 언제나처럼 오만하고 냉정한 태도를 잃지 않았다.

그날 밤 거의 술자리가 끝나갈 무렵, 오마담이 나를 대기실로 불렀었다. 호텔 방까지 모시라는 거였다. 나는 기겁을 하며 거절했었다.

"저 남자는 절대로 여자를 건드리는 법이 없어. 같이 자기는 해도 말이야."

"그래도 저는 싫어요. 다른 애를 보내주세요."

"얘 좀 봐. 다른 애들은 저 남자 못 물어서 사족을 못 써. 몸은 몸대로 성한 채 호텔 방에서 편안히 잠자고 팁은 몇 배로 두둑하게 받는단 말이야."

"언니."

"잔소리 말고 한 번만 모셔봐. 내가 언제 너 해로운 일 시킨 적 있어? 다 제 생각해서 이러는 줄은 모르고."

그건 사실이었다. 그녀는 언제나 각별히 나를 보살펴주었었다. 따라서 나는 그녀에게 사무 이상의 것을 느껴왔었다.

"만약 무슨 일이 일어나면 내가 책임지겠어. 이래도 내 말 못 믿겠니?"

오마담은 집요하게 나를 설득하려 들었다. 나는 하는 수 없이 단단한 각오를 굳힌 다음 간신히 그렇게 하겠노라고 고개를 끄덕여주었다.

밤이 늦어 나는 내키지 않는 마음으로 그의 차를 탔다. 어떠한 일이 있어도 허물어지지 않겠다는 결의와 함께였다.

"이놈 기가 팍 죽었군. 안심해라. 아무 일도 없을 테니까. 나는 언제든지 바라보는 것만으로 만족하는 놈이야. 내가 조금만 일찍 장가를 들었어도 너 같은 딸 하나는 있었을 나이 아니냐."

차 속에서 그는 말했었다. 왠지 그 말이 내게 어느 정도는 안도감을 주고 있었다.

그러나 그건 거짓말이었다.

그날 밤 그 사십대의 남자는 호텔방에 들어서자마자 체면도 나이도 모두 팽개쳐버렸다. 그리고 갑자기 야수로 돌변해서 나를 단숨에 집어삼킬 듯이 덤벼들었다. 나는 필사적으로 저항을 거듭했다.

독(毒)으로 덤빈다면 내 독이 오히려 더 맹독일걸? 나는 속으로 코웃음을 치고 있었다. 그 을씨년스럽고 음산한 건물에서도 나는 몇 날 몇 밤을 독하게 견뎌왔었다. 아무리 사람이 무섭다고는 하지만 이미 이 남자는 내게 원하는 것이 있는 한 나한테 생포되어 있는 것이다.

나는 얼마든지 그를 요리할 수 있었다. 이미 남자들의 수법을 나는 훤히 다 알고 있었기 때문에 힘으로도 감언이설로도 그는 나를 요리할 수가 없었다. 나는 순진한 척했다가 막돼먹은 여자처럼 굴기도 하고 쉽게 넘어가듯 하다가도 교활하게 발뺌을 했다. 그는 나를 위협하기 시작했다. 그러면 나는 바보처럼 굴어주었다. 도무지 그는 갈피를 잡을 수가 없는 모양이었다. 나중에는 제풀에 화가 나서 호주머니 속에 있는 지폐와 수표들을 마구 꺼내놓았다. 내 앞에는 삽시간에 거액의 돈이 늦가을 낙엽처럼 수북이 흩어져 쌓였다.

피혁공장을 경영한다더니 이 남자는 역시 가죽냄새를 버릴 수가 없는 모양이라는 생각이 들었다.

"알았어요. 목욕하고 나오세요."

나는 돈을 주워 모아 가지런히 챙기며 그에게 말했다. 그제서야 그는 회심의 미소를 지었다. 그러나 역시 돈이 좀 아까운 듯한 기색을 감출 수가 없는 것 같았다. 그 돈은 너무도 엄청난 금액이었던 것이다.

그는 목욕탕으로 들어갔다. 침대 머리맡에다 풀어놓은 그의 시계를 보니까 세 시가 조금 못 되어 있었다. 목욕탕에서는 물 끼얹는 소리가 계속해서 들리고 있었다.

나는 돈을 한푼도 건드리지 않고 고스란히 남겨둔 채 소리 안 나게 도어를 열고 그 방을 빠져나왔다. 그리고 나이트클럽 어두운 구석빼기에 숨어들어 기본 맥주 두 병을 시켜놓고 통금이 해제되기를 기다리기 시작했다.

그렇게 해서 그 남자는 더욱 몸살 나게 나를 만나러 다녔다. 마치 나를 가져보지 않고서는 도저히 가죽장사를 계속할 수 없다는 듯한 태도였다. 오마담까지 합세를 해서 이제는 노골적으로 흥정하려 들었다. 아파트를 한 채 사 주어도 좋다는 거였다. 나는 그 제의가 너무도 어이없어서 입맛이 다 떨어질 지경이었다.

그런데 오늘 나는 그 사십대의 사업가에게 전화를 걸어야겠다는 결심을 했다. 나는 개를 한 마리 사야 하는 것이다.

봄이 오려는 것일까. 거리는 제법 환한 햇빛에 젖어 있었다. 눈이 녹고 있었다. 가게들의 차양 끝에서 물방울이 뚝뚝뚝 떨어지고 있었다. 길들도 모두 젖어 있었다.

그러나 바람 속에는 아직도 매운기가 섞여 있었다.

봄이 오면…….

아, 봄이 오면 나도 무엇인가를 쓸 수 있을는지도 모르겠다는 생각을 했다. 쓸 수는 없다고 하더라도 마음만은 좀 밝아질는지도 모르겠다는 생각을 했다. 설마 이번 겨울처럼 암담한

계절이 또 내 앞에 닥쳐올라구, 또 닥쳐온다면 그때는 정말로 죽어버리고 말 것 같았다.

나는 공중전화 부스 앞에서 잠시 망설였다. 이것은 타협인 가 굴복인가. 나는 둘 중 그 어느 쪽도 아니라는 생각을 했다. 이것은 상대편에 대한 동정에 지나지 않는다는 생각을 했다. 사실은 동정이 아니라고 하더라도 지금 생각으로는 합당한 경 우가 떠오르지 않았다.

나는 우선 십 원짜리 동전을 전화기 속에 집어넣었다. 전화 기가 십 원짜리 뇌물을 먹고 내가 지시하는 곳으로 뇌파를 보 내는 소리가 생생하게 고막을 울리고 있었다. 덜거덕, 동전이 완전히 전화기의 뱃속에 떨어지는 소리, 이어 저쪽에서 여보 세요, 창진피혁입니다. 여자 목소리가 들려왔다.

"저어 죄송합니다만 홍사장님 계시나요."

"실례지만 누구시죠."

"미스 강이라면 아실 거예요."

잠시 전화기 속에서 시간이 공백으로 멍멍하게 떠 있었다.

"전화 바꿨습니다."

전화 속의 목소리이긴 하지만 귀에 익은 듯한 목소리였다.

"저 '마슈'에 나가는 미스 강이에요."

"뭐라고? 정말이야?"

목소리가 갑자기 활기를 띠었다.

나는 단도직입적으로 좀 만났으면 좋겠다는 용건을 말했다.

그리고 시간과 장소를 정해주었다.

그날 밤 나는 그 중년 남자에게 순순히 몸을 바쳤다. 물론 돈이 필요하다는 얘기를 잊지 않았다. 그는 처음부터 끝까지 싱글벙글이었다. 나는 이 남자가 측은하다는 생각까지 들었다.

"앞으로 어려운 일이 있으면 얼마든지 전화를 하라고."

단 한 번 나를 가지고 나더니 그는 마치 나를 완전히 함락시켜 버린 듯이 자신만만해 했다. 그는 나에게 놀라운 액수의 돈을 쥐어주며 곧 살림을 차리자는 식의 제의를 해왔다. 그러나 나는 이번이 그에게 처음이자 마지막이라는 확신을 가지고 있었다.

나를 그렇게 간절히 갈망하던 것에 비하면 그의 행위는 한 마디로 너무 싱겁게 끝나버린 것 같았다. 그래도 그는 전혀 돈이 아깝지 않다는 듯한 표정이었다. 나는 남자들이 이런 경우 너무 무모하게 돈을 써버린다는 생각이 들었다. 불과 십 분도 안 되는 한순간의 행위를 위해 그는 체면, 나이, 자존심도 가리지 않았었다.

도대체 무엇이 그토록 대수로운가. 그 한순간의 쾌락이라는 것이 과연 그만큼 값진 것인가. 나는 의구심을 가지지 않을 수 없다.

나는 다음 날 아침 홍사장과 헤어진 것을 계기로 맥주홀 '마슈'인지 '마시우'인지를 그만두기로 마음먹었다.

마음에 맞는 개를 고르느라고 나는 몇 번이나 보신탕집을 드나들었다.

특별히 개시장이라는 것이 이 도시에 있을 턱이 없고 애견센터 같은 곳에서 고른다 해도 그가 그리는 들개들과 닮은 개라곤 하나도 없을 것이기 때문에 보신탕 집에다 부탁해 놓았던 것이다. 물론 값을 좀 후하게 얹어준다는 조건으로였다.

제법 풀린다 싶던 날씨가 삼월 초입에 다다라 갑자기 한 번 더 드세게 추위를 몰아오고 있었다. 녹았던 땅바닥이 다시 얼어붙고 한 걸음 물러섰던 바람이 어느새 바싹 다가와 날카로운 이빨을 번득이고 있었다. 마치 겨울이 새로 시작되려는 듯한 기분이었다.

"거참 아가씨는 별나기도 허우. 하필이면 비쩍 마르고 털이 너저분한 개라니. 도대체 어디다 쓰시려고 그러슈."

간신히 내가 원하던 개와 흡사한 개 한 마리를 구해놓고 나를 기다리는 보신탕집 주인 남자는 돈을 받아 들며 세상엔 참 기묘한 일도 다 있다는 듯한 표정이었다.

그러나 나는 그냥 웃어 보였을 뿐 아무런 설명도 해주지 않았다. 설명을 해줘 봐야 조금도 이해할 수가 없을 것 같았기 때문이었다.

나는 그 개를 끌고 폐허의 건물까지 힘겹게 당도했다.

"비슷합니다. 바로 이런 갭니다."

그는 매우 흡족한 표정이었다.

"서로 닮았어요."

말해 놓고 나니 정말로 그와 개가 서로 닮아 있는 것 같은 기분이었다.

그의 모습은 처음 내가 어느 버스 정류장에서 만났던 때와는 영 딴판으로 변해 있었다. 그는 그대로 인간 짚북데기 같은 형상을 하고 있었다. 얼굴이 깡말라서 광대뼈가 유난히 불거져 있었다. 머리카락과 수염이 제멋대로 자라서 헝클어져 있었고 옷은 옷대로 물감투성이가 되어 있었다. 물감은 머리카락과 얼굴과 손발에도 묻어 있었다.

다른 것은 모두 걸레가 되어 있는데 눈만은 유난히 살아서 날카롭게 반짝거렸다.

"굉장히 구하기 힘들었어요."

"정말로 고맙습니다."

"오늘부터라도 그림을 다시 시작할 수 있으시겠죠."

"아직은 확실히 잘 모르겠습니다. 하지만 개를 직접 보니까 갑자기 의욕이 생깁니다. 바로 이런 기분을 얻고 싶었습니다. 뭔가 실감이 나는 그림을 그릴 수 있을 것 같은 기분."

"다행이에요."

"그런데 요즘 어디서 그렇게 쉽사리 돈을 구하시는지 모르겠습니다."

"더러운 돈은 아니에요. 적어도 나로서는 떳떳하게 벌었어요."

정말이었다.

나는 아직 나 자신이 창녀 같다고는 생각하지 않고 싶었다.
창녀들의 경우는 거래에 해당하지만 나의 경우는 악습에 해
당한다고 생각하고 싶었다.

"대충 짐작을 하고 있습니다."

"신경 쓰실 거 없어요."

"신경을 쓴다고 해도 지금의 나로서는 어쩔 수가 없습니다.
내 그림 하나만으로 모든 것을 덮어버릴 수 있을지."

"충분해요."

"그렇다면 정말로 고맙습니다. 결코 빚을 지고 싶지는 않습
니다. 줄 걸 못 주는 쪽보다 받을 걸 안 받는 쪽이 되고 싶습니
다. 호랑이는 죽어서 가죽을 남기고 사람은 죽어서 이름을 남
긴다지만 나는 그저 내 삶의 중심부에서 벗겨낸 저 내 영혼의
가죽 한 폭을 남겨놓을 수 있었으면 좋겠습니다."

그는 개의 모습을 이리저리 살펴보고 있었다. 매우 흡족한
얼굴이었다. 나는 공연히 기분이 좋아져서 아, 두 달 전만 해
도 이 개는 틀림없이 먹이로밖에는 보이지 않았을 거예요, 하
고 농담을 던지며 웃어주었다.

"담벼락의 비밀통로를 막아버리고 오십시오. 나는 이 개의
목걸이와 사슬을 풀어줄 테니까."

그날부터 그 개는 이 건물 속에서 생활하게 되었다. 우리는
그 개에게 먹이를 전혀 주지 않기로 마음먹었다. 사람에게 먹
이를 얻어먹을 수 있다면 그건 완전한 들개라고 할 수가 없기

때문이었다.

그는 이제 다시 구도자와 같은 모습으로 캔버스와 마주 서게 되었다.

어느 날 그가 말했다.

"아무래도 안 되겠습니다. 좀더 치열한 상황을 만들어보아야겠어요. 그림이 완성될 때까지 외부와의 통로를 모두 차단해 버려야겠습니다. 이 작업실에서 단 한 발자국도 움직이지 않을 작정이죠. 대소변까지도 여기서 해결하겠습니다. 그림 이외의 것에는 일체 신경을 쓰지 말아야겠어요."

그는 아무래도 내가 신경에 거슬리는 모양이었다. 언제부터인가는 모르지만 나는 줄곧 그의 곁에 붙어 있다시피 하고 있었던 것이다.

"그림을 보고 싶어서 여기 있곤 했었던 거예요."

"그건 저도 잘 압니다. 하지만 완성될 때까지만 참아주십시오."

나는 하는 수 없이 그의 의견에 따르기로 마음먹었다.

그날 그는 남아 있던 베니어판과 캔버스 따위로 완전히 복도쪽 창문을 모두 밀폐시켜 버렸다. 그리고 출입문에도 굵고 큰 대못을 박아버렸다.

물론 식량은 어느 정도로 확보되어 있었다. 무엇보다도 물이 문제였다. 모든 그릇이라는 그릇마다 물을 담아서 그의 작업실 안에다 비치해 놓았지만 상하지 않을는지 의문이었다.

"필요한 게 있으면 소리를 쳐서 구원을 요청하겠습니다."

그는 그렇게 말했다. 이상한 결의 같은 것이 그의 얼굴에 감돌고 있었다.

그로부터 그는 나와 격리되어 버렸다.

그러나 전혀 그의 얼굴을 볼 수가 없는 것은 아니었다. 운동장 쪽으로 나 있는 창문을 통해 가끔 얼굴을 내밀고 개를 관찰하곤 했었던 것이다.

개는 며칠을 굶더니 몰골이 형편없이 초라해져 있었다. 늑골이 앙상하게 불거져 나와 있었고 배가 홀쭉하게 들어가 있었다. 다리도 몹시 깡말라 있었다. 돌멩이라도 던져서 맞게 되면 그대로 똑깍 부러져버릴 것 같았다. 하도 불쌍해서 내가 빵이라도 한 개 던져준 날은 이층에서 귀신같이 알고 소리를 질렀다.

"아무것도 주지 말아요! 그건 들갭니다. 들개를 집개로 만들지 말아요! 그리고 도망가지 않도록 잘 좀 감시해 줘요. 정 배가 고프면 담 밑을 파고 도망쳐버릴는지도 모릅니다."

나는 하루 종일 개만 감시하면서 시간을 보냈다.

아침에 일어나면 개부터 찾았다. 개는 관리인실 부엌 아궁이를 잠자리로 정해놓고 있었다. 해가 중천에 떠오르면 그때야 비척비척 걸어나와 주둥이를 끌며 돌아다녔다. 돌아다니는 일, 그것이 그 개의 의무이자 권리인 것처럼 하루 종일 건물 안을 샅샅이 뒤지며 돌아다녔다.

나는 개에게 직접 먹이를 주지는 않았다. 그러나 가끔씩 내가 먹던 것을 여기저기다 버려놓았다. 한꺼번에 많이 먹으면 탄로가 날 것이므로 나는 아주 조금씩만 버려놓았다.

개는 그것만으로는 먹이가 부족한 모양이었다. 언제나 배가 홀쭉해 보였다. 그리고 언제나 먹이를 찾아 코를 끌며 이리저리 헤매 다녔다.

낮이면 하루 종일을 그렇게 헤매 다니다가 지친 듯 양지바른 곳에 자리를 잡고 다소곳이 낮잠을 자기도 했다.

낮잠에서 깨어나면 더욱 배가 고픈지 어슬렁어슬렁 연못 쪽으로 걸어갔다. 그리고 앞발을 버팅긴 채 길게 목을 늘이고 벌컥벌컥 연못물을 혀로 핥았다.

더러는 쓰레기장을 집요하게 몇 시간이고 파헤쳐보기도 하고 또 더러는 화장실 문짝을 미친 듯이 긁어대기도 했다.

밤이면 달빛에 그림자를 어른거리며 운동장을 혼자 배회해보기도 하고 또 더러는 건물 안으로 들어와 새파란 눈으로 이쪽을 노려보기도 했다.

나는 그러한 개의 모습을 관찰하면서 그 개가 어딘지 모르게 나와 흡사한 데가 있다는 생각을 했다.

# 봄을 기다리면서

거리에 나오니 모든 것이 낯설었다.
반가움보다는 서먹서먹함이 앞섰다.

새벽 잠결에 빗소리를 들었다. 봄이 오고 있었다. 겨울은 비로소 완전히 풀어지고 있었다.

오늘은 또 무엇을 해야 하나…….

자리에서 일어나 나는 그것부터 걱정하고 있었다.

이제 개를 감시할 필요는 없었다. 오래도록 관찰해 본 결과 도망갈 기미는 전혀 보이지 않았다. 그의 염려대로 담벼락 밑을 파지도 않았다. 그저 배가 고파서 쓰레기장 주변만 몇 군데 파놓았을 뿐이었다.

아침이 되니 비가 그치고 그 대신 냉랭한 바람이 불어왔다. 그러나 냉랭하기는 하더라도 그 바람 속에는 봄 냄새가 스며 있었다. 하늘은 회색으로 흐려 있었다. 흐려 있는 회색 하늘

저 끝에 닿아 있는 먼 산은 아직도 희끗희끗 눈이 남아 있는 것이 보였다.

언제나처럼 나는 아침식사를 생략해 버렸다.

며칠간 이층에서는 아무런 동태도 보이지 않았다. 얼마 전까지만 해도 거의 하루 종일을 운동장으로 향한 창문으로 얼굴을 내밀고 개의 행동거지를 관찰하고 있었는데 이제는 어지간히 개에 대한 파악이 끝난 모양이었다.

이층으로 올라가 베니어판으로 밀폐되어 있는 그의 작업실 창문을 두드려보았다.

"무슨 일입니까."

안에서 퉁명스런 목소리가 들려왔다.

"뭐 필요한 거 있으세요?"

"없습니다."

"앞으로 필요할 것으로 생각되어지는 게 있음 한번 말씀해 보세요."

"가급적이면 제가 부르기 전에는 그 창문을 두드리지 말 것. 그뿐입니다."

나는 약간 기분이 상해서 아래층으로 내려왔다. 하지만 그림에 너무 열중하다 보면 남의 기분 따위 전혀 신경 쓸 수도 없을 거야, 혼자 그렇게 위로했다.

오후에는 책을 읽었다. 술집에 나가는 동안 다시 책들을 몇 권 사 모았다는 것은 정말로 다행스런 일이 아닐 수 없었다.

가급적이면, 앞으로는 절대로 이 책들을 또 팔아먹어야 하는 비극이 도래하지 않기를 나는 빌었다.

해가 지면서 문득 사람이라는 것이 습관처럼 그리워져왔다. 그립다는 것도 일종의 본능이라는 생각이 들었다. 그것도 배고픔처럼 슬프다는 생각이 들었다. 이층으로 올라가보았다.

막힌 베니어판에다 귀를 대고 소리를 들어보았으나 잠잠했다. 나는 그가 지쳐서 자고 있을 거라고 생각했다.

어둠이 내리는 건물 주변을 잠시 서성거려보았다. 언제나 이런 시각이면 이 건물 안에서의 내 위치는 아주 선명하게 내 의식 속으로 부각되어 왔다. 나는 또다시 고립되고 있는 것이다. 이미 고립되어 있지만 한 번 더 고립되고 있는 것이다.

나는 외출을 생각했다. 외출해서 만날 사람이 있나 없나를 생각했다.

거짓말처럼 나는 혼자였다. 아무도 만날 사람이 없었다. 보고 싶은 사람도 없었다. 그냥 막연하게 사람만 그리워져왔다. 사람들 속에서 걷고 이야기하고 작별하면서 살고 싶었다. 그러나 사람들은 결코 나와 섞이지 않았다. 그것을 잘 알면서도 나는 왜 자꾸만 사람이 그립다는 생각을 하게 되는 것일까.

밤이 되니까 기온이 급격히 떨어져 내리고 날카로운 바람이 회초리처럼 생생한 소리로 불어닥치기 시작했다. 녹았던 땅바닥이 다시 딱딱하게 얼어붙어 있었다. 꽃샘바람치고는 너무 성깔이 사나운 느낌이었다.

나는 아무래도 외출해야 될 것 같았다. 혼자서 이 텅빈 폐허의 건물 속에 드러누워 바람소리를 듣고 있자니 가슴이 자꾸만 베어져 나가는 것 같아서 견딜 수가 없었다. 외출해서 그 젊은 시간강사님이라도 만나보아야 할 것 같았다.

거리에 나오니 모든 것이 낯설었다. 변한 것이라곤 전혀 없는데 몇십 년 만에 다시 돌아온 듯한 느낌이었다. 반가움보다는 서먹서먹함이 앞섰다.

봄을 앞두고 도시는 약간 야위어 있는 듯한 느낌이었다. 나는 그 젊은 시간강사님이 자주 드나드는 다방으로 들어섰다. 그는 와 있지 않았다. 바깥 풍경이 내다보이는 창가에 자리를 잡았다. 출입문이 정면으로 바라보였다. 거기서 나는 약 한 시간 가량이나 혼자 궁상스럽게 앉아 있었다. 그는 나타나지 않았다. 여덟 시 반이었다.

망설이다가 하숙집으로 전화를 걸어보았다. 그는 있었다. 다행스럽다는 생각이 들었다.


"겨울은 갔다……."
나를 만나자 그가 처음으로 던진 말이었다.

우리는 옛날처럼 그저 맹목적으로 다시 거리를 걷기 시작했다. 맹목적으로 거리를 걷는다는 것이 은연중 정해진 우리들의 약속인 것처럼 느껴졌다.

"겨울엔 무엇을 하셨어요."

내가 물었다.

"아무 일도 못했어."

그가 말했다.

집에 내려가 아이들하고 놀아주고 마누라 눈치 보며 술 마시고 말이 되지도 않는 시 몇 편을 끄적거려본 것이 고작이라고 그가 말했다.

"사는 것이 다 그러하지."

그가 한탄하듯 말했다.

"사는 것이 다 그러하다뇨?"

"아무것도 아닌 일만 하면서 사는 거야."

나는 정말 그럴지도 모른다는 생각이 들었다. 하지만 그렇게 살지 않을 수도 있다는 생각도 들었다.

'봄은 당신의 피부 속으로부터 온다.'

화장품 가게 유리문 위에 선전문구 하나가 푸득거리고 있었다.

작은 플래카드에 씌어진 선전문구였다. 나는 문득 아름다워지고 싶다는 충동을 느꼈다. 아름답다는 것은 행복하다는 것과 일맥상통한다는 생각도 들었다. 나는 그러나 그 생각이 곧 형이하학적인 생각이라는 결론을 얻었다. 역시 아직도 나는 속물근성을 버리지 못했다는 것을 자인하면서 '봄은 당신의 피부 속에서 죽는다'라는 문구를 다시 생각해 내었다.

"쥐고기 먹어보신 적 있으세요?"

나는 걸으면서 그의 얼굴을 쳐다보았다. 여전히 창백해 보였다.

"쥐고기?"

"네."

"그걸 왜 먹지."

"배가 고파서요."

"배가 고파서 쥐고기까지 먹어야 할 정도로 비참해진다면 나는 죽어버리고 싶다."

"하지만 죽는 일도 뜻대로는 안 되죠."

거울을 보면 나는 가슴이 아파서 견딜 수가 없었다. 피부에 윤기라곤 하나도 없고 두 볼은 핼쑥하게 줄어들어 있었다. 눈도 퀭하니 들어가 있었다. 빗질을 할 때마다 머리카락이 듬뿍 듬뿍 빠지곤 했다.

"제 얼굴 많이 망가졌죠."

"그래 정말로 많이 망가졌다."

작년 여름에는 예뻐졌는걸, 하고 말했었다. 그런데 지금은 정말로 많이 망가졌다, 라고 말했다. 그 목소리 속에는 깊은 동정심까지 서려 있다.

시집 따윈 영원히 안 가고도 살 수가 있다고 생각해 왔었지만 얼굴이 형편없이 망가져서 아무 남자도 거들떠보지 않는 나를 상상하고 싶지는 않았다. 유치하지만 어쩔 수가 없는 감정이었다.

"어디로 갈까……"

그가 버릇처럼 중얼거렸다.

"언제나 우리는 갈 곳이 없었잖아요."

"그랬었지."

우리는 다시 이 도시의 끝에 있는 다리 쪽으로 걸음을 옮겨 놓고 있었다.

모든 것이 마찬가지라는 생각이 들었다. 언제나 똑같은 일의 되풀이라는 생각이 들었다. 나는 무슨 틈 속엔가 갇혀 있는 것이 분명한 것 같았다. 그러나 그 틈의 정체를 도무지 분간해 낼 수가 없었다.

나는 미로상자(迷路箱子) 속에 갇혀 있는 한 마리 실험용 쥐처럼 끊임없는 시행착오를 되풀이하고 있었다.

이렇게 사는 것이 아닌데, 이렇게 사는 것이 아닌데, 속으로는 날마다 그렇게 중얼거리면서도 나는 상자 밖으로 뛰어나갈 방법을 전혀 찾아내지 못하고 엉뚱한 길로만 헤매 다니고 있었다.

다리에 당도해서 다시 옛날처럼 난간에 기대어 아래를 내려다보았다. 어느새 얼음이 다 녹아버렸을까. 강물은 흐린 수은등 불빛을 반사하며 느릿느릿 어디론가 흘러가고 있었다.

문득 뛰어내리고 싶다는 충동을 느꼈다.

"어쩌면 곧 다른 대학에 전임강사 자리를 하나 얻게 될 것 같다."

한참 동안 말없이 다리 아래를 내려다보고 있던 그가 그렇게 입을 열었다.

나는 그 말을 처음엔 건성으로 들어 넘겼다. 그러나 잠깐 사이 그 말은 다시 선명하게 내 머릿속으로 되살아나서 갑자기 어떤 슬픔의 그림자로 조금씩 펄럭거리기 시작했다.

"그러면 어떻게 되는 거지요. 떠나시게 되는 건가요."

"떠나야 되는 거겠지. 환경이 바뀌면 살아가는 게 좀 달라질는지."

그러나 나는 그가 떠난다는 사실에 벌써부터 가슴이 허전해져서 아, 안 돼요, 떠나지 마세요, 라고 소리치고 싶은 심정이었다.

아베크족들이 팔짱을 끼고 아주 느린 걸음걸이로 우리들 곁을 스쳐가고 있었다. 나도 그의 팔에다 내 팔을 감았다. 바람이 계속해서 불고 있었다. 머리카락이 어수선하게 헝클어져서 자꾸만 시야를 어지럽히고 있었다.

나는 그것을 이따금 손가락으로 걷어내면서 오늘밤엔 이 남자를 어떻게 해서든 하숙집으로 들여보내지 말아야겠다는 생각을 하고 있었다.

하루 종일 노트들을 뒤적거려보았다.

내 노트 속에서 수없는 소설 나부랭이들이 꿈틀거리다가는 기진해서 나자빠지는 모습이 보였다. 봄이 되면 무엇을 좀 끄적거릴 수 있을지도 모르겠다고 생각했었는데 잘 되어질는지.

저 어둡던 겨울, 전에 없이 잦은 눈이 내리고, 나는 그 눈 속에서 굶주림을 견디는 일 하나로만 살아왔었다. 때로는 혹한의 바람이 불고, 밤이면 무시로 내 살 속을 파고드는 자살에의 충동. 눈물겨워라. 나는 아직도 살아 있구나.

그러나 내 삶 속의 그 무엇이 기대할 만하여 나는 자살하지 않고 아직까지 살아 있는가.

노트 속에 있는 글자들을 읽으면 한결같이 치기만 가득하고 이것이야말로 진정한 문학에의 씨앗이다, 라고 느껴지는 것은 단 한 줄도 없다. 나는 그것들을 모두 양지바른 곳에다 내다 놓고 잘게 찢었다. 그리고 성냥을 그어서는 조금씩 조금씩 태워 나갔다.

노트는 라면상자 하나가 꽉 찰 정도였는데 다 태워도 재는 라면 열 그릇의 분량밖에 안 되는 것 같았다.

그동안 저 아니꼬운 세상과는 타협하지 않고 살겠다는 생각이었지만 나는 벌써 몇 번이나 타협을 했다. 내 딴에는 타협이 아니라고 변명해 보지만 엄밀한 의미에서는 모두가 타협이었다. '마슈'엘 나갔었던 것도, 가죽공장 사장과 동침했던 것도 분명히 타협에 해당하는 것들이었다.

나는 이층 남자가 그리는 그림을 빙자해서 그 타협을 합리화시키고 내 패망의 겨울을 가까스로 헤어나는 데 성공했던 것이다.

나는 이제 바깥세상으로 나가 얼마든지 다른 일을 계속할 수가 있으리라는 생각이었다. 도둑질도 두렵지가 않다는 생각이었다. 하지만 글이 써지리라는 확신이 서지 않는 한 나는 이 건물을 떠나지 않을 작정을 하고 있었다.

연못가로 가보았다.

개나리가 몇 점 피어 있었다. 아직도 가느다란 바람 속에는 스산한 기운이 여리게 스며 있지만 이제 더 이상은 추워질 턱이 없다는 생각이었다.

운동장을 가로질러 개 한 마리가 이리로 오고 있었다. 개는 이제 형편없이 야위어 있었다. 털도 지저분하기 짝이 없었다. 나를 보자 우뚝 걸음을 멈추고는 물끄러미 시선을 풀어놓았다가는 이내 뒤돌아서더니 총총히 건물 뒷편으로 사라져버렸다.

나는 그림이 어느 정도나 진척되었는지 궁금했다. 그림 생각을 하면 눈으로 직접 확인해 보고 싶어서 견딜 수가 없었다. 그러나 이층은 언제나 조용했다. 궁금해서 올라가 문을 두드려보면 아직도 살아 있습니다. 그림이 도무지 제대로 그려지지가 않아요. 낮고 기력 없는 목소리가 들리곤 했다. 정말로 그는 그림을 완성시키기 이전에는 절대 밖으로 나오지 않을 결심인 모양이었다.

그동안 단 한 번 운동장 쪽으로 향한 창문을 통해 양동이에 철사 줄을 매달아서 물을 갈아놓은 적이 있을 뿐 그 후로는 줄곧 단절상태만 계속되어 왔다.

나는 그의 그림이 어떻게 진척되어 가고 있는가 궁금해서 견딜 수가 없을 지경이었지만, 왠지 그의 그림이 완성되기 이전에 내 눈때를 묻히는 것이 이제는 부정 타는 일인 것 같아서, 그저 모든 것을 그가 하는 대로 방치해 두기로 마음먹었다.

봄은 아주 조금씩 육감으로 가까이에 다가오고 있는 듯한 느낌이었다. 밤이면 모든 사물들이, 눈을 뜨고 이봐, 이제는 봄이야, 겨울은 갔어, 낮은 목소리로 속삭이는 소리들을 들을 수가 있었다.

나는 되도록이면 그 참담했던 겨울을 기억하지 않으려고 노력했다. 겨울에 내가 만났던 그 모든 거지 같음이 다시는 내 앞에 나타나지 않으리라고 굳게 믿었다.

나는 배가 고프면 그저 빵이나 사과 따위를 씹고 무료하면 새로 구입한 책들이나 뒤적거리면서 맛대가리 없는 시간들을 하루하루 죽여나가고 있었다. 그러면서도 죽어 있던 내 의식이 조금씩 소생하고 이제부터는 좀 새로운 기분으로 다시 글을 시작할 수 있을지도 모른다는 기대감을 버리지는 않았다.

개는 날마다 건물 주변을 어슬렁거리면서 역시 나처럼 무료하게 시간을 보내고 있었다. 몹시 야윈 모습이었다. 언제나 배가 홀쭉해 보였으며 늑골들이 앙상하게 드러나 있었다. 보신탕을 만들어 먹는다고 해도 이제 먹을 거라곤 가죽밖에 없을 것 같았다. 그것도 썰어놓으면 몇 접시 되지도 않을 것 같았다.

그런데 한 가지 이상한 일은 내가 여기저기 던져놓은 빵 조각들에 대해 개가 신경을 전혀 쓰지 않게 되었다는 점이었다. 처음엔 병이라도 났는가 싶었는데 자세히 관찰해 보니 그렇지는 않은 것 같았다. 오히려 전보다는 몸놀림이 민첩하고 눈동자도 한결 영롱해져 있는 것 같았다. 때로는 무엇인가를 뒤쫓듯 쏜살같이 내닫기도 했고 또 때로는 쓰레기장 콘크리트 담 위로 훌쩍 뛰어올라 나를 무섭도록 날카롭게 쏘아보기도 했다. 도무지 병든 기색이라곤 찾아볼 수가 없었다.

빵에 진력이 나서 그러는가 싶어 시내에 나가 꽁치 통조림을 사다가 쓰레기장 옆에다 부어놓아 보았다. 그러나 이틀이 지났는데도 전혀 입을 대어본 흔적조차 없었다.

몸은 꼬챙이처럼 말랐는데 무슨 일일까. 정말로 이상한 현상이 아닐 수가 없었다. 전에는 언제나 코를 땅에 쑤셔 박고는 허기진 듯 먹을 것만 찾아 헤매는 것 같았다. 그러다가 내가 던져놓은 빵조각이라도 만나면 허겁지겁 그것을 한입에 먹어 치워버리곤 했었다.

그런데 이젠 왜 아무것도 먹지 않는 것일까. 저러다 혹시 굶어 죽어버리는 것이나 아닐까. 은근히 걱정스러워졌다.

어느 날 나는 이층으로 올라가 베니어판으로 막힌 창문을 두드리며 그에게 말했다.

"개가 이상해졌어요. 아무것도 먹지 않아요. 저러다 굶어 죽고 말 거예요."

그러나 그는 전혀 무관심한 어투로 내게 말했다.

"굶어 죽더라도 그냥 내버려두십시오."

그러나 왠지 불안했다.

"밖으로 내보내든지, 누굴 주어버리든지 하는 게 낫지 않을 까요."

그러자 안에서 다시 그의 목소리가 나지막하게 새어 나왔다.

"나는 지금 정신력으로 그 개와 은밀히 교신하고 있어요. 개를 내보내면 이 그림은 끝장입니다. 아무 상관 말고 그대로 내버려두십시오."

이해하기 곤란한 내용이었다.

"무슨 말씀이시죠?"

"자세히 알려고 애쓸 필요는 없어요. 이제 그 개조차도 내 영혼 속에 들어와 있으니까."

그의 목소리는 메말라 있었다. 물이라도 한 모금 마셔야만 할 것 같았다.

"그림은 잘 되시나요."

"최선을 다하고 있어요. 마치 도를 닦는 듯한 기분으로."

"뭐 필요하신 게 있으면 말씀해 주세요."

"더 이상 말 시키지 말아달라는 것뿐입니다."

나는 하는 수 없이 입을 다물어버리고 아래층으로 내려오고야 말았다.

무슨 소리였을까. 정신력으로 은밀히 그 개와 교신하고 있다니. 돌아버린 것은 아닐까.

그러나 나는 더 이상 깊이 생각하지는 않았다. 그림에 몰두해 있는데 내가 말을 거니까 신경이 거슬려서 되는대로 대답해 버렸을지도 모른다. 개와 사람이 교신을 하다니 만화 같은 얘기다, 라고 대수롭지 않게 흘려 넘겼다.

봄은 아직도 완전하지가 않은 상태였다. 많은 도구들, 이를테면 꽃과 나비와 햇빛과 훈풍들을 준비하면서 몇 발자국 건너편에서 망설이고 있는 듯한 느낌이었다. 한꺼번에 쉽사리 봄의 막이 오를 기세는 아니었다. 연못가에 피어 있는 몇 잎의 샛노란 개나리는 바람이 불면 오스스 추운 듯 몸을 떨고 있었다.

그러나 자세히 살펴보면 햇빛 잘 드는 바위 옆이나 비탈진 곳에는 연두색 여린 싹들이 아주 쬐그맣게 머리를 내밀고 있었고 노간주나무 이파리들도 어딘지 모르게 빛깔이 약간은 달라져 있는 듯한 느낌이었다.

봄이 보면…….

봄이 오면 정말로 나는 본격적으로 한번 글을 시작해 보리라 마음먹고 있었다. 그러면서도 이층에서는 어떻게 생활하고 있을까, 만약 그림이 실패로 돌아간다면 어떻게 되는 것일까, 문득문득 불안해지기도 했었다.

나는 그가 한번 더 앓아눕게 되면 다시는 일어나지 못할 거라는 생각도 했다. 제발 음식만이라도 제때에 배불리 먹어주었으면 하는 생각도 했다. 도대체 그는 어떤 모습으로 캔버스와 마주 서서 어떤 색깔의 물감들을 녹여내어 어떤 형태의 공간을 만들어나가고 있는 것일까. 모두 지워버리고 새로 시작한 것은 아닐까. 오늘밤 갑자기 생각이 달라져서 그만 붓을 내

던지고 포기해 버리는 것은 아닐까. 도무지 궁금해서 견딜 수가 없었다. 부디 그림이 모두 끝날 때까지 아무런 사고도 생기지 말았으면 싶었다.

나는 그가 적어도 겨울처럼 그렇게 배가 고프지는 않으리라는 생각이었다. 그를 위해 내가 넣어준 음식들이 아직도 충분하리라는 생각이었다.

그러나 아니었다.

어느 날 나는 그의 작업실 창문 바로 밑 자갈밭에 앉아 책을 읽고 있었다. 햇빛 속에 제법 봄기운이 어른거리고 있었다.

점심때가 한결 지나서 나는 약간 배고픔을 의식하고 있었다. 그래서 몇 줄만 더 읽고 빵이라도 한조각 썹어야겠다는 생각을 했었다. 그때였다.

톡!

머리 위로 무엇인가가 떨어져 내리더니 무릎 밑으로 숨어드는 것이 느껴졌다. 나는 무심코 위를 쳐다보았다. 아무것도 보이지 않았다. 창틀 밑부분만 보였다. 다 쓴 물감 튜브라도 집어던진 것일까.

나는 무릎을 들고 아래를 살펴보았다. 적자색의 손가락만한 물체 하나가 눈에 띄었다.

아!

나는 속으로 낮게 신음하지 않을 수 없었다. 자갈과 자갈 사이에 살점 같은 것 한 토막이 끼워져 있었던 것이다.

232

쥐고기.

나는 직감적으로 그것이 쥐고기임을 알아차릴 수가 있었다. 일어서서 위를 자세히 살펴보니 옛날처럼 창틀 위에 몇 점의 쥐고기들이 말려지고 있는 것이 보였다.

그렇다면 그는 벌써 내가 넣어주었던 빵이며 라면이며 사과며 고구마 따위들을 벌써 다 먹어버렸던 말인가. 그러나 그것은 믿어지지 않는 사실이었다. 나는 적어도 여름까지의 양식을 충분히 계산해서 그의 작업실에다 준비해 놓았었던 것이다. 그는 아무래도 일부러 쥐고기를 계속 먹어왔었던 것임이 분명한 것 같았다.

진정한 예술가란 작품을 위해 자신의 생활에다 일부러 상처를 내는 사람들이라고 언젠가 그는 내게 말해 주었었다. 나는 그 쥐고기가 마치 그의 살점들을 베어낸 것 같은 느낌이 들어 순간적으로 온몸을 전율했다.

나는 지금 내가 다시 쥐고기를 스스로 먹을 수 있을 것인가를 곰곰이 한번 생각해 보았다. 자신이 없었다. 아무래도 토해버리고 말 것 같았다.


　　겨울에 얼어 죽은 가래나무 빈 가지에
　　겨울에 얼어 죽은 가래나무 새 한 마리
　　날아와 울 때까지
　　봄밤에도 몇 번이나 눈이 내리고

더러는 언 빨래들 살을 부비며

새도록 잠을 설치는 소리…….

# 우리는 별에서 왔다

인간은 태어난 곳으로 되돌아가고자 하는
귀소본능을 가지고 있음에 틀림이 없다.

화창한 날씨였다.

햇빛이 맑고 화사하게 퍼져 있었다. 이제는 완전한 봄이었다.

운동장 여기저기에 연초록빛 여린 풀들이 한줌씩 돋아나
있는 것이 보였다. 연못가에 피어 있던 개나리는 어느새 모두
져버리고 대신 파릇파릇한 이파리들이 가지마다 돋아나 있었
다. 양지바른 바위 곁에 노오란 민들레 몇 송이가 햇빛에 눈부
시게 빛나고 있었다. 나는 읽던 시집을 덮었다.

문득 시론을 강의하던 젊은 시간강사님의 창백한 얼굴이 떠
올랐다. 참, 그는 전임강사 자리가 생겨 다른 곳으로 떠날지도
모른다고 했었는데, 라는 생각이 들면서 나는 갑자기 보고 싶
다는 충동에 사로잡혔다. 어쩌면 이미 떠나버렸을지도 모른다

는 생각도 들었다.

불현듯 가슴이 허전해져 왔다. 갑자기 도시 전체가 텅 비어 있는 듯한 느낌이었다.

나는 외출을 서둘렀다.

그를 이대로 떠나보낼 수는 없다는 생각이 들었다. 밤새도록 기나긴 이야기라도 나누든지 아니면 술이라도 실컷 나누어 마셔야만 할 것 같았다. 서로 악수라도 한번 나누어보지 못하고 서로의 얼굴이라도 한번 대면하지 못한 채 헤어져버린다면 섭섭해서 한동안 아무 일도 못할 것만 같은 기분이었다.

왜 그런 생각이 드는지 알 수가 없었다. 우리는 만나도 언제나 별 볼일 없이 맹목적으로 함께 거리나 쏘다니고 그러다 이윽고는 이 도시의 끝 기나긴 다리까지 당도하고 그 다음엔 난간에 기대어 잠시 강물이나 내려다보다가 부질없는 내용의 대화 몇 마디나 나누다가 헤어지는 게 고작이었다.

우리는 아무 관계도 없는 사이였다. 우리는 확실히 타인이었다. 그런데 막상 그가 이 도시를 떠나버렸다는 생각이 들자 갑자기 왜 이렇게 가슴이 안타까워지는 것일까.

나는 임박해 오는 열차 시간에 쫓기는 여자처럼 서둘러 옷을 갈아입고 핸드백을 챙겨 들었다. 아까 읽던 시집도 한 권 손에 끼었다.

그런데 복도를 마악 나서려 했을 때였다. 나는 뜻하지 않게 개와 정면으로 마주치게 되었다. 개는 나를 보자 흠칫 몸을

도사렸다. 그리고,

으르르렁…….

목털을 곤추세우며 낮은 소리로 그렇게 도전적인 신음소리를 뱉었다. 나는 순간적으로 짧게 비명을 질렀다. 개의 도전적인 태도 때문이 아니었다. 개가 물고 있는 먹이 때문이었다.

쥐!

커다란 쥐 한 마리가 개의 입에 물려 있었던 것이다. 아직도 살아 있는지 쥐는 꼬리와 다리를 조금씩 뒤척이고 있었다. 나는 그만 온몸이 꼿꼿하게 얼어붙은 채 한 발자국도 떼어놓지 못하고 그 자리에 가만히 서서 개의 다음 행동만을 기다리고 있었다. 덤벼들지도 모른다는 생각이 들었다. 만약 덤벼든다면 속수무책이라는 생각이 들었다. 식은땀이 솟았다.

그러나 개는 이내 자세를 바꾸어 관리인실 쪽으로 어슬렁거리며 걸어나갔다.

짧은 순간에 생긴 일이었지만 내 가슴은 오래도록 메슥거려 왔다. 못 볼 것을 보게 된 듯한 느낌이었다. 그렇게 비실거리기만 하던 개가 어떻게 쥐를 잡을 수 있게 되었을까. 그리고 그 날카로운 눈빛. 어디선가 본 듯한 느낌이었다. 그렇다. 바로 그림 속에서 보았었다.

나는 그림 속에 있는 아흔아홉 마리의 들개 중 한 마리가 돌연히 현실 속에 나타나서 내 앞을 가로막는 환시(幻視)에 사로잡혀 있었던 것 같은 느낌을 떨쳐버릴 수가 없었다.

언덕을 내려오면서 아무래도 심상치 않은 듯한 기분이 들었다. 어쩌면 그 개는 미쳐버리는 것이나 아닐까. 어쩌면 그 개에게 물려 나도 광견병에 걸리는 것이나 아닐까.

그러나 시내로 들어서면서 나는 개에 대한 것을 곧 잊어버릴 수 있게 되었다. 그 창백한 시간강사님의 얼굴이 떠오르면서 자꾸만 마음이 초조해져 왔던 것이다.

아무래도 그는 이 도시를 떠나버렸을 것 같았다.

나는 우선 그의 하숙집에다 전화를 걸어보았다.

"일주일쯤 뒤에나 떠나신다고 했어요. 헌데 뉘신가요?"

주인 여자의 목소리였다. 비교적 교양 있게 느껴지는 말투였다. 나는 그냥 제자라고 대답해 주고 저녁때 다시 전화를 하겠노라고 일러두었다.

아, 그는 아직 떠나지 않았다. 공중전화 부스를 나서며 나는 안도감에 전신이 모두 포근해져 오는 듯한 느낌이었다.

나는 저녁때까지 어떻게 시간을 보내야 할지를 곰곰이 생각하며 무작정 공원 쪽으로 걸음을 옮겨놓고 있었다.

거리는 봄 햇빛 속에서 화사하게 되살아나고 있는 듯한 느낌이었다. 지난 겨울의 궁상맞고 을씨년스럽던 표정은 그 어디에서고 찾아볼 수가 없었다.

도로변의 쓰레기통들은 새로 초록색 페인트가 칠해져 있었고 거기 순백의 반듯반듯한 글씨체로 '깨끗한 거리 아름다운 시민'이라는 표어들이 선명하게 아로새겨져 있었다. 가게들의 유리문 앞에는 더러 신장개업을 알리는 꽃다발들이 즐비하게 놓이고 새봄을 위한 신제품들의 선전포스터들도 활기들을 띠고 있었다.

거리엔 간헐적으로 봄바람이 불고 있었다. 그 봄바람 속에 싱그러운 풀냄새 같은 것이 섞여 있어서 숨을 한 번씩 크게 들이쉴 때마다 비강과 숨관과 허파와 허파꽈리들이 한꺼번에 깨끗하게 세척되는 듯한 느낌이었다. 거리를 활보해 다니는 내 나이 또래나 그 아래 나이의 여자애들은 더욱 하얗고 싱싱하게 잘 피어나서 무슨 고뇌니 절망이니 하는 것 따위와는 아주 거리가 먼 듯한 모습이었다. 대개 그 곁에는 또 그만한 나이 또래의 남자애들이 붙어 다니고 있었는데 모두들 어떻게 하면 이 좋은 봄날을 처음부터 끝까지 즐거움 하나로만 보낼 수가 있을 것인가에 골몰해 있는 듯한 표정이었다.

나는 몹시 따분해져 있었다. 거리의 모든 것들이 나와는 전혀 어울리지 않는 듯한 느낌이었다. 모든 것은 피어나고 있는데 나만이 시들어가고 있는 듯한 느낌이었다.

오늘 같은 날은 차라리 모든 것을 팽개쳐버리고 나도 그만 천박할 대로 천박해져 버렸으면 좋겠다는 생각까지 들었다. 아무 생각도 하지 말고 그저 백치 같은 웃음이나 해죽해죽 날리면서, 봄 햇빛에 들뜬 마음으로 남자들에게 새들새들 눈웃음이나 던지면서, 모래밭에 서고 풀밭 위에서고 깔깔깔 화냥년처럼 나뒹굴면서 온 하루를 복사꽃처럼 붉게 물들이고 싶었다.

그러나 나는 이미 틀린 여자였다. 그러기에는 너무 많은 어둠의 찌꺼기들이 내 가슴속에 누적되어 있었다. 지금까지 혼자 살아오는 동안 내가 배워온 것들은 적어도 이러한 봄의 밝음 속에 도저히 섞일 수 없는 것들이었다. 한결같이 침울하고 무거운 것들뿐이었다. 일평생 몇십 번의 봄이 내 앞가슴을 스치고 지나간다 하더라도 나는 결코 가슴이 울렁거리지는 않을 것 같았다. 나는 더욱 철저하게 소외되어 갈 것만 같았다.

그러나 나는 되도록이면 스스로 그들 속에 섞이지 않을 작정이었다. 비록 다시 한 번 쥐고기를 먹어야 하고 다시 한 번 몸을 팔아 원고지를 사야 하는 한이 있더라도 마음만은 언제나 그들 밖에서 엉겅퀴처럼 살아갈 작정이었다. 나는 다만 기다리고 있을 뿐 절대로 쓰러져 있는 상태는 아니라고, 언젠가 다시 나의 의식이 빛나기 시작하고 글에 대한 열정이 살아 오르기 시작하면 나는 미친 듯 원고지 속에다 나를 파묻고 뼈와 살을 깎을 수가 있을 거라고, 나는 아직 완전히 망가진 여자는 아니라고, 환경만이라도 조금 바뀌어지면 얼마든지 다시 시작할 수 있다고 나는 스스로를 격려해 주고 있었다.

봄 햇빛 속을 천천히 걸어서 공원 입구까지 당도했다. 공원도 모든 것이 새로 단장되어 있었다.

우선 입구에 세워져 있는 입간판부터 달라져 있었다.

전에는 나무로 만들어져 있었다. 그리고 군데군데 페인트도 벗겨져 있었다. 그런데 지금은 철판으로 바뀌어 있었다. 녹색 바탕에 하얀 글씨로 대림공원이라는 글씨가 아주 선명하고 깨끗하게 씌어져 있었다.

공원 안으로 들어서니 의자들도 새것으로 모두 바뀌어져 있었다. 샛노란 페인트가 금방 칠한 것처럼 산뜻해 보였다. 사람들도 한결 늘어나 있는 것 같았다. 더러는 카메라를 들고 기념 촬영을 하는 사람들도 있었고 또 더러는 여럿이 둥글게 둘러앉아서 점심을 먹고 있는 사람들도 있었다. 곳곳에서 햇빛이 눈부시게 번쩍이고 있었다. 철 이른 꽃나무들이 탐스러운 꽃들을 피워 햇빛 속에서 하늘거리고 있는 것도 보였으며, 나비도 한 쌍 높게 또는 낮게 팔랑거리며 공원 빈터를 가로질러 가고 있는 것도 보였다.

참 햇빛도 좋구나…….

나는 혼자 입 속으로 그렇게 중얼거리고는 천천히 공원 주변을 배회하기 시작했다. 그림자만 보아도 나는 이 공원 안에서 제일 처량한 여자라는 생각이 들었다. 아무것도 나와 섞여줄 만한 것이 없었다. 언제나 그러했지만 나는 지금도 혼자였다.

어떻게 시간을 보낸다지…….

생각하지 않으려고 해도 다시 그런 쓸데없는 생각이 가슴 속을 어둡게 만들었다. 시간을 보내기가 언제나 나는 고역이었다. 그것을 의식하기만 하면 갑자기 시간이 딱 정지해 버리는 듯한 느낌이었다. 나는 정말이지 연애라는 것이라도 한번 해

보고 싶은 심정이었다. 다른 여자애들처럼 만날 날을 손꼽아 기다리기도 하고 토라져서 다시는 만나주나 봐라, 오만하게 콧대를 세워보기도 하면서 유치하게나마 그런대로 시간을 좀 변화 있게 경영해 보고 싶은 심정이었다. 학원 다닐 때 어떤 여자애는 연애하는 남자애 때문에 한 달이 거짓말 안 보태고 사흘처럼 후딱후딱 지나가더라는 얘기를 했었다. 하루라도 그 남자애를 못 만나면 몸살이 날 지경이라고 익살을 떨곤 했었다. 그 남자애와 함께 있으면 어느새 날이 저물고 어느새 통금이 지나버리는지 도대체 의식할 수가 없더라는 얘기였는데 아마도 얼굴 표정으로 보아 그 말이 거짓말이었던 것만은 아닌 것 같았었다.

친구애들은 그 애가 그 남자애와 반드시 결혼하게 되리라고 믿었었다. 그러나 훗날 들리는 소문에 의하면 그 남자애는 대학에 낙방해 버리고 여자애만 합격을 한 모양이었다. 애초 친구애들의 예상은 그와는 정반대였었는데 운명의 여신이 장난이라도 쳤는지 그만 일이 그렇게 되어버리고 말았다는 거였다.

"웃기는 기집애지 뭐니. 대학 들어간 지 채 두 달도 못 되어서 그 남자애를 지가 먼저 차버렸다는 거야. 대학생이 자존심이 있지. 어떻게 재돌이도 아닌 삼돌이하고 같이 다닐 수가 있느냐는 거야."

"어마나. 그래서, 그래서, 그 남자앤 순순히 물러나주었대니?"

"쇼크 먹고 군대 갔다더라. 그 기집앤 요즘 다른 남자애하고 사귀는 모양이야. 대학 떨어지면 이중으로 피 보는 거지 뭐."

"그 기집앤 예비고사도 커닝으로 무난히 통과했었는데, 참 안됐다 얘, 그 남자애. 같이 다닐 때 커닝하는 방법이라도 좀 배워두잖고."

후일담은 그것으로 마무리를 지었지만 어딘지 모두들 개운치가 않다는 듯한 표정들이었다. 아무래도 실리적으로 살아간다는 것은 조잡하다. 하지만 이제 그것을 당연하게 생각하고 있는 사람들이 너무도 많다. 말들이야 모두 번드르르 하지만 속셈은 그렇지가 않은 것이다. 너 죽고 나 살자는 식인 것이다.

지금도 그러한 생각들을 하면 나는 언제나 의식이 피로해지는 듯한 기분이었다. 나는 빈 의자 하나를 차지하고 앉아 아까 읽다 만 시집을 다시 펼쳐 들었다. 시집이라도 한 권 손에 들고 나왔다는 것은 정말로 다행스러운 일이 아닐 수 없었다. 만약 이것이라도 없었다면 무엇으로 이 무료한 봄날 하루를 해질 무렵까지 메꾸어 나갈 수가 있을 것인가. 나는 집히는 대로 아무 페이지나 뒤적거려 두서없이 시들을 읽어나가기 시작했다. '악보적기'라는 제목의 시가 눈에 잡혀 들고 있었다.

베토벤을 사랑하는 사람은
베토벤을 위하여 울지 말 것
베토벤을 사랑하는 사람은
베토벤을 위하여 말하지 말 것

높은음자리표가 없는

푸른 오선지

제일 윗줄에 어둠의 새 삼백 마리

가운데 줄에 어둠의 새 삼백 마리

날이 저물면

일제히 새들도 날려보내고

소나기 소리만 남도록 할 것

흩어지는 새떼를 따라

그대의 시간도 해체되고

공허하리라

그러한 날마다

새벽까지

반은 잠들고 반은 깨어서

베토벤을 사랑하는 사람은

이 악보대로 연주할 것

베토벤을 사랑하는 사람은 새벽까지

베토벤을 사랑하는 사람은 새벽까지.


"겨울에 오천 원 꾼 돈이 있어요. 봄이 되면 갚아드리겠다고
했어요."

나는 그에게 오천 원권 한 장을 건네주었다.

"받고 싶지 않은데."

"그래도 받으세요."

날이 어두워져 있었다.

"그럼 이 돈으로 우리 술을 마시기로 할까."

"그래요. 오천 원 한도 내에서 우리는 돈을 물 쓰듯이 쓸 수가 있어요."

"오늘은 왠지 많이 마실 수 있을 것 같군. 모든 일이 어긋난단 말씀야. 정말로 치사하고 더러운 세상이지. 자존심이 상해서 견딜 수가 없어."

그는 별로 기분이 좋지 않은 듯한 표정이었다.

"일이 잘 안 된 모양이야. 불과 사흘 전만 해도 일주일 후면 확정적으로 이 도시를 떠날 수가 있을 것 같았는데."

술집으로 가는 도중 그가 말했다. 역시 무슨 일이 있었던 모양이었다.

"은사님이 힘을 써주시기로 했었는데 다른 사람이 그 자리를 탐내고 있는 것 같았어. 좀 묵직한 백으로 나를 밀어낸 모양이야. 오후에 장거리 전화로 일단 보류해 두고 다른 자리를 알아보시겠다고 연락이 왔지. 어물어물하면 하루 사이에도 수없이 자기 몫을 잃어버리는 세상이니까."

그는 실의에 빠져버린 듯한 태도였다.

"잘 될 거예요. 용기를 내세요. 전화위복이라는 말도 있으니까요."

나는 그런 식으로밖에는 말해 줄 수가 없었다.

밤이 되니 자주 바람이 불어와서는 훈훈한 봄기운을 얼굴에 적셔주곤 했다. 겨울이 자취도 없이 사라져버린 것이 꿈만 같았다. 아까 연못가에서 읽은 시가 생각났다.

겨울에 얼어 죽은 가래나무 빈 가지에
겨울에 얼어 죽은 가래나무 새 한 마리
날아와 울 때까지
봄밤에도 몇 번이나 눈이 내리고
더러는 언 빨래들 살을 부비며
새도록 잠을 설치는 소리……

그래, 나도 그 시인처럼 그렇게 간절히 봄을 기다렸었다. 하지만 그렇게 간절히 기다렸던 봄이 당도했어도 내게는 아무런 변화도 오지 않았다. 여전히 이 좁은 도시 안에 갇힌 채로 날마다 비슷한 일상들만 되풀이되고 있을 뿐, 굳이 달라진 것을 찾으라면 겨울내복을 벗었다는 사실 하나뿐, 아무런 변화도 오지 않았다.

"조용해서 좋기는 한데 너무 어둡구나."

가까운 맥줏집 하나를 찾아들어 자리를 잡고 앉으면서 그는 그렇게 중얼거렸다. 힘이 하나도 없는 목소리였다.

이 남자는 결국 좀더 오래 이 도시에 머물러 있게 되었구나. 만나고 싶으면 가끔 이렇게 만날 수가 있게 되었구나. 나는 그런 생각을 하면서도 왠지 마음이 자꾸만 언짢아왔다. 그의 모습이 너무도 패배감에 젖어 있는 것 같아 보였다.

그러나 막상 그를 어떻게 위로해야 좋을지 몰라 나는 무작정 술만 열심히 따라주고 있었다.

"아, 정말이지 말단 시간강사 노릇 힘들어서 못 해먹겠다. 하루에도 몇 번씩이나 때려치우고 싶어."

"때려치우시면 안 되나요."

"당장 어떻게 먹고살지?"

"죽어버리면 되잖아요."

"그럴까. 죽어버릴까."

그는 연거푸 맥주 몇 잔을 숨도 안 쉬고 들이켜고 있었다.

"죽으면 마누라와 자식새끼들은 어떻게 사나."

"자기 먹을 것은 타고난대요."

"그럴까. 그렇다면 정말로 좋겠는데."

그는 천장을 물끄러미 쳐다보고 있었다. 천장에 달려 있는 샹들리에가 흐린 불빛 속에서 자디잔 장식용 유리조각들을 은은히 빛내면서 아주 느릿느릿 흔들리고 있었다. 스피커에서는 폴모리 악단의 〈그리운 시냇가〉라는 칸초네가 경음악으로 낮게 흘러나오고 있었으며, 이따금 손님들이 먼 과거 속에서 돌아오는 사람들처럼 침침한 모습으로 들어와서는 하나 둘 그리운 시냇가의 빈 의자들을 채워나가고 있었다.

"나는 시를 쓰고 싶다. 하지만 이제는 괴발개발이야. 치사한 시론 나부랭이로 밥을 구걸해 먹고살다 보니 나도 모르는 사이에 물이 들어서 그 아니꼬운 이론에다 내 시를 맞추어 넣게 되더란 말이지, 그건 사실 진실이 못 되는 줄 알면서도 말이야."

그는 조금씩 취해가고 있는 것 같았다. 취해가면서 마음도 흔들리기 시작하는 것 같았다.

"솔직히 말해서 나는 아무것도 아는 것이 없다. 강의실에서는 그럴듯하게 떠벌리지. 한국의 시인들은 귀소본능의 문제에 있어서 대체로 두 가지 유형의 예를 들 수가 있다. 하나는 바다 지향적인 시인이고 하나는 하늘 지향적인 시인이다. 진화론적 입장에서 보면 인간은 바다에서 태어난 것이 되고 종교적인 입장에서 보면 인간은 하늘에서 태어난 것이 되는데 어쨌든 우리 인간은 우리가 태어난 곳으로 되돌아가고자 하는 귀소본능을 가지고 있음에 틀림이 없다. 우선 바다 지향적인 시인의 시를 몇 가지 유형으로 다시 나누어보면⋯⋯."

그는 여기서 잠시 말을 끊었다가 술 한 잔을 비우고는 계속해서 말을 이어나가기 시작했다.

"나누어보면⋯⋯. 나누어보면⋯⋯. 그만두기로 하자. 나누어본다고 하더라도 별 볼일이 없으니까, 내 이론은 모두 거짓말에 불과하니까. 몇 달 전 나는 다섯 살 정도 되는 아이들의 그림을 우연한 기회에 접할 수가 있었는데, 그 자리에서 대번에 내 이론이 틀려먹었다는 것을 알게 되었다. 그 아이들은 어른들의 간섭을 일절 받지 않고 꾸밈없이 자기들의 생각대로 사람의 얼굴을 그렸다고 내 친구는 말해 주었어. 그 친구는 바로 아동 미술을 연구하는 자식이었다. 그런데 그 그림들을 보니까 한결같이 사람의 얼굴이라는 것이 우주인을 닮았더라. 내 친구의 말대로 정말 아이들의 그림이 순수하다면 인간은 바다에서도 하늘에서도 태어나지 않았다. 인간은 외계로부터 이 지구로까지 오게 된 거야. 어른들의 이론 따위는 모두 조작이야. 이제부터 나는 백지다. 지금까지 공부한 것은 전부 귀신이나 물어가라. 아이들의 그림을 나는 믿기로 했으니까, 인간은 외계로부터 이 지구로 온 거야. 아이들의 머릿속엔 그 기억이 잠재해 있어."

언젠가도 그러했듯이 그는 취하니까 더욱 얼굴이 창백해져 갔다. 흐린 조명등 아래서도 마치 질식사를 당하고 있는 듯 창백해 보였다.

그는 공허한 모양이었다. 전에 없이 많은 이야기들을 탁자 위에다 수북하게 쌓아놓고 있었다.

늦은 시간까지 우리는 함께 술을 마셨다.

밖으로 나오니 거리는 매우 잠잠하게 가라앉아 있었다. 가라앉은 거리로 훈훈한 봄바람만 넘나들고 있었다.

"어디로 갈까……."

그가 말했다.

"아, 이제 어디로 갈까……."

그는 몹시 취해 있는 것 같았다. 비틀거리고 있었다.

나는 아무래도 좋았다. 그의 하숙집에다 택시로 그를 데려다주고 나의 은거지로 돌아갈 수도 있었고 그와 함께 여관으로 들어가 술을 마시며 밤을 새워줄 수도 있었다.

"바다로 가자!"

그러나 느닷없이 그는 부르짖듯 말했다.

"인간의 기원은 어디냐, 하늘이냐, 바다냐, 아니면 외계냐. 하늘도 외계도 너무 멀어 갈 수가 없고 바다라면 나도 갈 수가 있다. 내일은 목요일. 내일은 바로 개교기념일이야. 금요일까지 개교기념 체육대회를 연다. 토요일의 강의를 빼먹겠다는 결심만 하면 내리닫이로 나흘 동안 연휴다. 바다로 가자. 택시를 잡아."

그는 서두르기 시작했다.

"바다는 너무 멀리 있어요. 지금 바다로 갈 택시는 없어요."

"일단 이 도시만이라도 벗어나자구. 조금이라도 바다 가까이로 가는 거야, 그리고 내일 아침에 다시 떠나는 거야."

그는 나를 우악스럽게 한 팔로 감아 안고는 허겁지겁 택시를 부르기 시작했다. 때마침 빈 택시 한 대가 그의 손짓을 발견하고 미끄러지듯 우리 앞으로 빨려들고 있었다.

"타라."

미처 만류할 틈도 주지 않고 그는 나를 구겨 넣듯 택시에 태우고는 이 도시를 벗어나기 시작했다.

정말로 어이없는 노릇이었다.

"나흘만이라도 직장을 벗어난다고 생각하니까 완전히 출감하는 것 같은 기분이로군."

그는 갑자기 명랑해져서 콧노래까지 흥얼거릴 정도였다.

"선생님, 돌으셨나 봐."

"그래 나는 돌았다."

그러나 나는 차츰 마음이 차분히 가라앉아가고 있었다. 몇 년 동안을 나는 이 도시 안에서 똑같은 생활만 반복하면서 살아왔었고, 마치 최면술에라도 걸린 것처럼 도무지 어떤 궤도 밖으로 이탈해 볼 수가 없었는데 이건 정말로 예기치 않았던 일이었다.

우리는 만나면 약속이나 한 듯이 무작정 거리를 헤매기만 했었다. 무작정 헤매다가 이윽고는 이 도시의 끝 기나긴 다리 아래까지 당도했었다. 거기서 잠시 강물을 내려다보다가 그저 무의미한 이야기나 한두 마디 나누고는 다시 왔던 길을 되돌아오곤 했었다. 그랬는데 오늘 비로소 이만큼이나 도시 밖으로 벗어날 수가 있게 되었다니 비록 바다까지는 가지 않는다 하더라도 얼마나 놀라운 변화인가.

차창 밖으로 보이는 봄밤의 하늘에는 달빛 머금은 구름이 무더기로 흩어져 있고 더러는 그 사이사이로 하늘도 검게 드러나 있었는데 거기 영롱한 별들이 반짝반짝 돋아나서 보석알처럼 아름답고 신비하게 빛나고 있었다.

나는 그 하늘을 쳐다보면서 아까 술집에서 그가 하던 말을 곰곰이 한번 생각해 보았다. 우리나라 시인들은 귀소본능의 문제에 있어 대체로 바다 지향적인 시인과 하늘 지향적인 시인으로 크게 나눌 수가 있다는 말, 어느 정도는 수긍이 가는 것 같았다. 너무도 많은 시인들이 너무도 많이 하늘을 노래했었다. 너무도 많은 시인들이 너무도 많이 바다를 그리워했었다.

그런데 외계라는 것에 대해서 시인들은 별로 노래하지 않았었다. 은하계 밖의 다른 어느 혹성으로부터 우리가 지구로 오게 되었다는 것, 그리고 그것을 다섯 살쯤 된 아이들이 그린 사람의 모습으로 증명하려 든다는 것, 좀 엉뚱하면서도 재미있다는 생각이 들었다.

정말로 어른들의 생각에 물들지 않은 아이들의 인물화를 보면 처음 시작할 때는 한결같이 우주인을 연상케 하는 것 같았다.

종교적인 입장에서 인간의 기원을 생각해 보면 죄와 벌이라는 것이 대두되어 자연히 마음이 어두워지고 진화론적 입장에서 인간의 기원을 생각해 보면 시간을 거슬러 올라갈수록 우리의 조상이 결국은 바닷속의 미생물 따위로 변해가기 때문에 아무래도 약간 자존심이 상하는 기분이었다. 외계인이라면 어느 정도 그러한 결점에서는 벗어날 수가 있을 것 같았다.

그러나 나는 그 어디에도 해당되지 않는다는 생각이 들었다. 나는 하나님이 인간을 만들었다는 것도 믿을 수가 없었고 바닷속의 미생물 같은 것이 수억만 년 동안 진화해서 인간으로 변했다는 것도 믿을 수가 없었다. 외계인에 대해서도 믿을 수가 없었다.

그렇다고 나대로 주장할 만한 학설을 가지고 있는 것도 아니었다. 다만 한 가지 분명한 것은 태어나지 않는 편이 더 나았을 것이라는 생각 하나뿐이었다.

택시는 우리가 살고 있는 도시에서 아주 멀리 벗어나 어느 작은 마을의 여인숙 앞에서 정차했다.

"여기서 하룻밤을 묵고 내일 새벽에 곧장 바다로 떠난다. 이 마을에 있는 간이역으로 가서 열차를 타는 거야."

그가 말했다.

나는 그러자고 건성으로 대답해 주고는 부축을 하듯 그의 팔짱을 끼고 여인숙 안으로 들어섰다.

아주 불친절하고 무식해 보이는 사십대의 여자 하나가 우리를 침침하게 비좁은 방으로 안내하더니 이내 숙박계를 가지고 와서 퉁명스럽게 말했다.

"숙박비부터 지불하셔야 하는데요."

입술이 유난히 앞으로 튀어나와서 태어날 때부터 화가 나 있는 것이 아직도 풀리지 않았다는 듯한 표정이었다.

"어딜 가나 돈이 우선이지. 사람은 그저 돈에 묻어 다니는 고깃덩어리에 불과해. 먹을 수도 없는 고깃덩어리니까 별로 반갑지도 않지, 가능하면 고깃덩어리는 말고 돈만 방 안에서 잠을 자주었으면 하는 표정이로군."

다 쓴 숙박계를 들고 그 여자가 사라져버리자 그는 윗도리를 벗어 벽에 걸며 혼잣소리로 투덜거렸다.

형편없이 남루한 방이었다. 벽지들은 누우렇게 색이 바래 있었고 천장은 쥐오줌이 얼룩진 채로 처져 있었다. 벽 위쪽에 네모나게 구멍을 뚫고 형광등을 가로질러서 옆방과 함께 쓰도록 만들어놓은 것을 보며, 정말 여러 가지로구나 싶은 생각이 절로 났다.

이렇게 악착같이 돈을 벌어서 어디다 쓰겠다는 것일까. 어이가 없어서 절로 웃음이 나올 지경이었다.

고등학교 다닐 때 친구 언니의 결혼식장에 구경을 갔던 적이 있었다. 겨울이었다. 함박눈이 펑펑 쏟아지던 날이었다.

"결혼식날 함박눈이 내리면 잘 산답니다."

"그려. 그런 말이 있기는 하더만."

하객들은 잡담들을 나누며 밖에서 눈을 맞고 서 있었다. 예식장은 그날따라 여러 쌍 예약이 되어 있는 모양이었다. 안에서는 내 친구의 언니가 아닌 다른 여자의 결혼식이 진행되고 있는 중이었다.

"저 여자가 또 왔군."

"하여튼 못 당한다니까."

나와는 얼마 떨어져 있지 않은 거리에서 젊은 사람들 몇 명이 한 곳을 힐끔거리며 누군가를 흉보고 있는 소리가 들렸다.

"얼굴에 철판을 깔고 대드는 여자야."

"예식장의 명물이지."

"저런 여잔 붙잡아 가지도 않나?"

"경사스러운 날 경찰을 부르기도 뭣하고 그저 몇 푼 쥐어주는 걸로 달래 보내는 게 상책이지."

"몇 푼이라고? 이천 원 이상이라야 순순히 물러난다구."

"옷도 수수하게 차려입고 제법 품위도 있어 보이는데. 저런 모습으로 예식장마다 돌아다니면서 구걸을 하다니. 너무 부티가 나서 영업이 잘 안 될걸."

"구걸이 아니지. 공공연하게 갈취하는 거지."

"하여튼 저 욕쟁이의 욕은 정말로 악질적이야."

"한마디라도 더 쏟아져 나오기 전에 몇 푼 쥐어 주고 입을 틀어막는 게 좋아."

"몇 푼이 아니라니까. 이천 원 이상이라니까. 신랑측에서 이천 원 신부측에서 이천 원 도합 사천 원이야."

"그렇다면 하루벌이가 상당할걸. 하루에도 몇 쌍씩 결혼을 하니까."

"이 도시에는 예식장이 무려 여섯 군데나 있지. 택시 타고 왔다 갔다 하면서 뜯어낸다는 거야."

"봄 가을에 버는 것만으로도 곗돈 붓고 적금 들고 쌀밥에 고기반찬 먹으면서 일 년 동안 편히 지낼 수 있을 거야."

"염병."

그들이 힐끗거리는 곳에는 뚱뚱하고 심술궂어 보이는 중년 여자 하나가 부리부리한 눈을 하고 예식장 쪽을 노려보고 있었다. 어딘지 모르게 중국인 거리에서 만두장사나 했으면 안성맞춤일 듯한 분위기를 느끼게 해주는 여자였다. 그녀는 이따금 시계를 들여다보고 있었다.

"다 끝난 모양이로군."

잠시 후 사람들이 우루루 몰려나오기 시작했다. 그러자 갑자기 그녀의 눈이 생기를 되찾았다.

"이번에 짝을 맺은 신랑각시 집안 사람들, 인심이 얼마나 후한가 어디 한번 시험해 보자. 보소. 이 사람들아, 왜 흘끔흘끔 쳐다보고는 나를 피해 가요. 돈이 아까와서 피해 가요, 내 인물이 못나서 피해 가요. 옳지, 내가 바로 욕쟁이년인 줄 알아보고 욕먹기 싫어서 피해 가는구만. 어디 보자 신랑각시는 어디 있냐. 이 씨팔놈의 세상 경사났네 경사났네 해도 나한테 몇 푼 적선해 줄 사람은 그저 신랑각시밖에 없는 모양이구만. 가만 있자. 지금은 사진 박을 시간이지. 사진부터 박지 말고 ㅈ부터 박으라고나 해줄까. 여봐라아 여봐라아. 게 아무도 없느냐."

그녀는 우락부락한 걸음걸이로 사람들을 헤집고 식장을 향해 돌진해 들어가면서 무조건 고래고래 목청을 돋우어 입에도 못 담을 욕들을 내깔겨대기 시작했다.

나이 먹은 남자들은 실실실 웃음을 흘리면서, 저 여편네가 또 시작을 하는구만, 하고 빙글거리며 그녀가 내깔겨대는 욕들을 즐기고 있는 듯한 표정이었다.

"돈을 안 주면 신랑 멱살까지 움켜잡는다는구만. 이놈이 내 딸년 후려먹고 뺑소니를 치더니 오늘은 또 어느 년 신세를 조지려고 결혼식까지 올렸느냐면서 개망신을 준다는 거야."

"하여간 명물은 명물이지."

그런 소리들이 들려오고 있었다.

그러나 나는 대번에 치밀어 오르는 혐오감을 금할 수가 없었다. 도무지 사람 같아 보이지가 않는 것 같았다. 여자가 어떻게 저런 짓을 할 수가 있을까. 그것도 돈 때문에. 너무 뻔뻔스럽고 야비한 것 같아서 나는 얼굴이 다 화끈거릴 지경이었다.

그러나 지금까지 살아오는 동안 나는 이제 그녀보다 더한 사람들을 너무나 많이 보아왔으므로 차라리 그녀 정도는 애교로 봐줄 수도 있다는 생각까지 들 정도였다. 돈에 관계된 일이라면 대다수의 인간들이 너무도 비굴하고 치사해서 차라리 거지들이 다 동정심을 발동할 것 같은 느낌이었다.

"물론 바다엘 가본 적은 있겠지."

때 묻은 이불을 펼치며 그가 말했다.

나는 곧 혼자만의 상념에서 벗어났다.

"영화에서만 봤어요."

"아직 바다에도 한번 못 가봤다니, 지금까지 그럼 넌 땅만 보고 살았겠구나."

"중학교 때와 고등학교 때 버스를 타고 수학여행을 가는 도

중 아주 멀리서 잠깐 바다를 본 적이 있어요."

"수학여행은 어디로 갔었는데."

"산으로 갔었어요."

"바다는 굉장히 좋아, 돈 많은 사람들이 피서나 다니는 바다 말고 그냥 바다만의 바다를 말하는 거야."

그런 데를 내가 어떻게 가보았을라구. 솔직히 말해서 나는 너무도 가난하게 살아왔기 때문에 바다에로의 여행 같은 건 너무 사치스럽게만 생각해 왔었다. 그리고 여행을 다닐 만한 시간적 여유도 없었고 정신적 여유도 없었던 형편이었다.

"정말로 바다엘 가시겠다는 건가요."

"물론이야. 나도 이제 더 이상은 견딜 자신이 없어. 며칠 동안만이라도 자유롭고 싶어."

그는 진심인 것 같았다.

우리는 바다에 대해서 조금 더 이야기를 나누었다.

"불 끄고 주무세요."

주인 여자가 방마다 돌아다니면서 손님들에게 당부하는 소리가 들리고 있었다.

그러나 우리 방은 우리 마음대로 불을 끄거나 켤 수 없는 상태였다. 벽에다 구멍을 뚫어 형광등 하나를 두 방에서 함께 사용토록 만들어놓았기 때문이었다.

"불 끄고 주무세요."

주인여자의 목소리는 이윽고 옆방 문 앞에서까지 들려왔고 옆방 사람들은 우리에게 아무런 양해나 통보도 없이 곧 형광등을 꺼버렸다.

"태어나서 단 한 가지도 내 마음대로 할 수 있는 걸 못 가져보았다는 생각이 드는군."

그는 투덜거리며 어둠 속에서 이불을 뒤적거리고 있었다.

잠시 후 옆방에서 남자의 두런거리는 소리와 여자의 간드러진 웃음소리가 몇 번 들려오는가 싶더니 이내 조용해졌다. 그리고 조금씩 거친 숨소리가 고조를 더해가기 시작했다. 그 숨소리 속에 섞여 여자가 이따금 신음처럼 낮게 고성을 발하는 소리도 들려오고 있었다. 나는 문득 내 몸이 갑자기 어떤 불결한 것으로 더럽혀져 가고 있는 듯한 느낌에 사로잡혀 있었다.

그는 어느새 내 곁에서 낮게 코를 골며 잠들어 있었다. 나는 도무지 잠을 이룰 수가 없었다. 여러 가지 상념만 내 의식을 괴롭히며 어수선하게 떠오르고 있었다.

# 바다여 바다여

바다에서는 무엇이든지 용서되고
무엇이든지 깨끗해져 버릴 것만 같았다.

새벽에 열차를 탔다.

지난밤에는 그가 술김에 바다로 가겠다고 말한 것으로 잘
못 알았었다. 그러나 의외로 그는 단호했다. 내가 함께 가주지
않으면 혼자서라도 가겠다는 얘기였다. 이젠 그 잘난 놈의 대
학과 학문과 권위와 명예와 엄숙 따위에 신물이 나버렸다는
얘기였다. 바다엘 다녀와서 만사를 정리하고 엿장사나 해보아
야겠다고 그는 웃지도 않고 농담처럼 말했지만, 나는 그의 창
백한 얼굴이 아무래도 엿장사와는 상당히 거리가 먼 것처럼
생각되어 그렇게 말하는 그에 대해 짙은 연민의 정을 느끼지
않을 수 없었다.

열차가 몇 개의 간이역을 지날 때까지도 나는 도무지 현실

에 대해 실감할 수가 없었다. 어쩌면 이게 꿈일는지도 모른다는 생각이 들었다. 언젠가 꿈속에서 이와 똑같은 체험을 했었던 것 같다는 생각도 들었다.

열차 안은 비교적 한산한 편이었다. 그는 말없이 창밖을 내다보며 무슨 상념엔가 깊이 젖어 있는 듯한 표정이었다. 창밖 풍경들은 끊임없이 뒤로 뒤로 떠내려가고 있었다.

하늘이 잔뜩 흐려 있었다. 비라도 내릴 것 같은 기분이었다.

지난밤 나는 한잠도 자지 못했었기 때문에 몹시 피곤해져 있었다.

"여기 머리 좀 기대고 잠들어도 괜찮아요?"

나는 그의 어깨를 손가락으로 누르며 그렇게 물어보았다. 그가 상의를 벗어 내 등을 감싸주었다. 포근한 느낌이었다.

잠시 눈을 붙였다가 고개를 드니 밖에는 비가 내리고 있었다. 먼 풍경들이 뿌얀 비안개에 젖어 있었다. 그는 혼자 맥주를 사서 종이컵에 따라 마시고 있다가 좀 마시겠느냐고 내게 물었다. 나는 고개를 저어 싫다고 대답해 주었다.

지난밤과는 달리 그는 좀처럼 입을 열지 않았다. 몹시 침울한 표정이었다.

열차는 아주 일정한 속도로 덜컥거리는 소음을 끌며 빗속을 내달리고 있었다. 열차 안의 시간은 깊이깊이 가라앉아 있는 것 같았다. 사람들은 모두 몇십만 년 동안이나 줄곧 이 열차를 타고 나와 함께 여행하고 있었던 것처럼 느껴졌다.

우리는 각자 어딘가에 흩어져서 자기 나름대로 그만큼의 삶을 살다가 이제 떠날 때가 되어 우리가 왔던 먼 과거 속으로 함께 되돌아가고 있는 것이 아닐까 하는 생각도 들었다.

현실은 모두 꿈이지 싶었다. 어느 날 문득 꿈에서 깨어나면 우리가 생각했던 현실은 진짜 현실이 아니고 그저 잠시만의 꿈, 진짜 현실은 따로 있을지도 모른다는 생각도 들었다.

아무것도 아닌 잠시만의 꿈속에서 서로 싸우고 죽이고 헐뜯고 빼앗다가 막상 꿈을 깨어 진짜 현실에서 얼굴을 마주 대하게 되면, 그때는 부끄러우리라, 꿈속에서 행하였던 그 많은 일들이 얼마나 치기 무쌍했었던가를 알게 되리라.

우리들의 진짜 현실은 좀더 아름다운 곳, 사시사철 꽃과 과일들이 풍성하고 춤과 노래가 흐드러져 있는 곳, 일체의 고통과 어둠이 없는 곳, 오직 사랑만이 충만한 곳. 잠시만의 꿈속에서 우리가 만났던 자신들의 삶에 대하여 부끄러워지리라.

나는 지난밤 그의 귀소본능에 대한 말들을 다시 한 번 생각하며 정말로 내가 태어났던 장소로 되돌아가고 있는 듯한 착각에 오래도록 사로잡혀 있었다.

나는 모든 아름다운 것들의 과거 속에 있다는 생각이 들었다. 현재는 비참하고 미래는 더욱 비참하리라는 생각이 들었다.

노스트라다무스의 대예언이 없다고 하더라도 나는 우리들의 미래가 마침내는 우리들 스스로에 의해 철저하게 멸망하리라는 것을 믿고 있었다. 오염되어 있는 것은 자연뿐만이 아니라 인간의 정신까지라고, 그러면서도 우리는 계속해서 인간을 상실해 가는 것을 상관하고 있었다고 벌써 오래전부터 나는 생각하고 있었다. 나는 이왕 멸망해 버릴 바에야 좀더 빨리 멸망해 주었으면 좋겠다는 생각을 했다.

열차는 어느 작은 간이역에서 잠시 머물렀다가 다시 서행하기 시작했다. 그는 시종일관 맥주만 들이켜고 있었다. 그의 발밑에는 대여섯 개의 맥주병들이 춥니? 안 추워, 나지막한 소리로 달그락거리면서 알몸으로 나뒹굴고 있었다. 나는 그가 사준 귤을 먹지는 않고 그냥 쥐고만 있었다.

"이제 그만 마시세요."

내가 말했다.

"그럴까."

그는 이것만 마시고 그만 마시겠다며 들고 있던 병을 종이컵에다 기울였다.

"배고프지?"

"아뇨."

"그래도 뭘 좀 먹어둬야지."

그는 지나가는 판매원을 불러 김밥과 사이다를 주문했다.

아직도 바다는 먼 모양이었다. 밖에는 산과 들판들만 자꾸 지나쳐 갈 뿐 바다를 생각나게 하는 것은 아무것도 나타나주지 않았다.

"그 친구 어떻게 됐지?"

"누구 말인가요."

"그림을 그린다는 친구 말이야."

"아직도 작업중이에요."

다시 우리 사이에는 침묵이 계속되었다.

일 년 가까이 내가 은거하고 있던 그 건물이 지금은 까마득히 먼 과거 속에 놓여 있는 듯한 느낌이었다. 몇만 리나 멀리 떠나와서 이제는 영영 돌아갈 수 없는 장소에 놓여 있는 듯한 느낌도 들었다.

아직도 이층에서는 한 남자가 피골이 상접해진 얼굴로 골똘히 그림을 그리고 있을까. 어쩌면 벌써 완성해 버리고 어디론가 떠나버렸는지도 몰라.

그러나 불과 어제까지만 해도 나는 그 건물 안에 있었다. 모처럼 이렇게 기나긴 여행을 하게 되니까 모든 것이 생경하게 느껴지고 시간조차도 성질이 완전히 달라져 있는 것 같았다.

차창 유리에 빗물이 부딪혀서 바깥 풍경들이 조금씩 일그러지거나 흐릿하게 지워지면서 뒤로 뒤로 밀려나가고 있었다.

"그 남자 요즘 약간 이상해졌어요."

"어떻게?"

나는 개를 한 마리 사다가 놓아 기르게 된 경위를 그에게 설명해 주었다.

"그리고 요즘은 마음으로 그 개와 교신을 하면서 그림을 그린대요. 우습죠?"

그러나 그는 웃지 않았다. 의외로 심각한 표정을 지었다.

"우습지 않으세요?"

"우습지 않아."

"그럼 그런 일이 가능하다고 생각하세요."

"물론이야. 이야기 하나 해줄까. 내 친구 녀석 중에는 진짜 시를 쓰는 녀석이 있어. 시골에서 움막 하나를 지어놓고 마치 은자처럼 사는 녀석이야. 그 녀석은 시를 쓰는 것이 아니라 다른 사물의 혼을 부르는 것 같지. 어느 여름에 반딧불에 대해서 닷새 동안 꼬박 식음을 전폐하고 시를 쓰는데 그 시가 완성되는 날 밤 반딧불이 녀석의 움막에만 수천 마리가 모여들어 아름답게 난무하는 것을 나는 본 적이 있어. 정말이야. 절대로 그것은 우연이 아니야. 나는 녀석이 뱀에 대한 시를 쓰면 섬돌 밑으로 뱀이 기어들고 늑대에 대한 시를 쓰면 뒷산에서 늑대가 우는 소리가 들린다는 사실을 내 눈과 귀로 직접 확인했어. 도저히 믿기지 않았지만 정말인 걸 어떻게 하지. 나는 이 이야기를 좀처럼 남에게 해주지 않았다. 남들은 절대로 믿지 않거든."

"아직도 살아 있어요, 그 사람?"

"살아 있지. 겉모습은 마치 걸레 뭉치 같지. 하지만 감히 똑바로 녀석의 눈을 바라볼 수 있는 사람은 아무도 없을 거야. 아주 맑고 깨끗하거든. 아무도 그 눈앞에서는 거짓말을 할 수가 없을 거야."

"발표된 시가 있어요?"

"없다. 다 쓰고 나면 태워버린다. 썼다는 사실 이상의 의미를 가지지 않는다는 거지."

적어도 진정한 예술가라면 그 마음이 인간에게뿐만이 아니라 다른 사물에게까지도 전달되어 감동을 줄 수 있어야 한다고 그는 말했다.

나는 그가 왜 아직까지도 시간강사 정도로밖에는 대우받지 못하는가를 어렴풋이나마 이해할 수 있을 것 같았다. 이 시대의 모든 사람들은 시적(詩的)인 사고방식보다는 과학적인 사고방식을 가진 사람을 더 필요로 하고 있는 것이다. 그는 믿을 수 없는 것을 믿고 있는 것이다.

하지만 나는 믿을 수가 있을까. 조금 전에 그가 말한 것들을 정말로 현실 속에서 일어날 수 있는 현상이라고 믿을 수가 있을까.

나도 자신이 없었다. 다만 어떤 사람이 그런 현상을 예술을 통해 인위적으로 만들어낼 수만 있다면 그는 그야말로 예술가라는 칭호를 부여받기에 부족함이 없는 사람이라는 생각이 들었다.

"김밥이나 먹자."

그는 잠시 혼자만의 생각에 잠겼다가 한숨을 쉬듯 내게 말했다. 아마도 그 자신이 시에 깊이 몰두할 수 없다는 사실에 상심하고 있는 모양이었다.

"그래요. 김밥이나 먹어요."

나는 김밥 상자를 풀었다.

밖을 내다보니 어느새 비가 그쳐 있었다. 어쩌면 비가 그쳐 있는 것이 아니라 열차가 비의 영역에서 벗어나 있는지도 모를 일이었다. 이 지방은 오늘 한 번도 비가 내린 것 같지 않은 듯한 분위기였다. 청명한 햇빛이 철로변에 늘어서 있는 작은 마을의 지붕마다에 화사하게 내리비치고 있었다. 더러는 어느 집 울타리를 넘어 복사꽃이 몇 점 환하게 피어 있는 것도 보였다. 여기는 다른 곳보다 한결 봄이 먼저 와 있는 것 같은 느낌이 들었다.

내가 사는 도시보다는 기온이 따뜻한 지방인 모양이었다.

"참으로 조잡스럽게 살아왔었다는 생각이 드는군."

김밥을 먹으며 그가 말했다.

"무슨 뜻이에요?"

"도무지 자유스러워질 수가 없었어."

"이제부터라도 자유스러워지심 되잖아요."

"때가 늦었다. 결혼하고 나니까 너무 많은 것에게 묶여버리게 되더란 말야."

"그 남자도 그와 비슷한 얘기를 했었어요."

"나는 지금 그 친구가 몹시도 부럽다는 생각이 든다. 인간은 결국 완전한 혼자가 되기 위해 살아가고 있는 것에 불과하거든. 그 친구는 오래전에 그 사실을 알고 있었는지도 모르지."

그런 것일까. 인간은 결국 완전한 혼자가 되기 위해 살아가고 있는 것일까.

　그럴는지도 모르겠다. 아무리 혼자가 되지 않으려고 발버둥을 쳐보아도 결국은 혼자가 될 뿐 그 어떤 것으로도 사람과 사람은 완벽하게 혼합될 수가 없다. 마치 물방울이 서로 합쳐져서 하나의 물방울이 되듯이 그렇게 아무런 구분도 없이 합쳐져서 하나가 될 수는 없다. 쌍둥이조차도 타인은 타인인 것이다. 비록 얼굴은 같을 수가 있을는지 몰라도 마음은 같을 수가 없는 것이다.

　목사님도 도둑놈도, 스님도 깡패도, 교수도 학생도, 장관도 실직자도, 운동선수도 간질병 환자도, 할머니도 갓난애도, 살아 있는 한은 그 완전한 혼자라는 것 쪽으로 조금씩 발을 내디디고 있을 뿐이다. 어쩌면 살아 있는 동안 자신이 완전한 혼자라는 것을 느끼게 되고 그것으로 모든 것을 다 이루었다고 생각되는 사람이 있을는지도 모르지만 그러나 거의 전부가 사실은 혼자가 아니려고 애를 쓰는 것 하나로 부질없이 한평생을 다 보내어버리고 마는 것 같기도 했다.

　"정말이지 근사한 말이에요. 세계 명언집에 수록해 놓아도 전혀 손색이 없어요. 인간은 결국 완전한 혼자가 되기 위해 살고 있을 뿐이다. 얼마나 기막힌 명언이에요."

　"그런가."

　그는 약간 웃어 보였다.

기차는 이제 큰 강을 끼고 곧장 하류 쪽으로 내달리고 있었다. 눈 아래로 강물이 자디잔 물비늘을 반짝이면서 흐르고 있었다. 건너편으로는 논밭들이 봄 햇볕에 생살을 드러내고 종횡으로 펼쳐져 있었으며 멀리 제법 많은 호수의 집들이 즐비하게 널려 있는 것이 보였다. 거기에도 봄은 먼저 당도해서 여기저기 복사꽃들이 햇빛 속에 화사하게 피어 있었다.

우리는 무려 여섯 시간 동안이나 기차 여행을 한 끝에 바다가 있는 작은 항구 도시에 도착했다. 그리고 깨끗한 여관에다 방을 정했다.

"도시에서 보는 바다는 멋대가리가 없지. 택시를 타고 이 도시를 조금 벗어나면 집들도 없고 사람들의 왕래도 없는 바다가 있어. 거기서 바다를 구경하다가 지루하면 완행버스를 타고 돌아오면 되는 거야. 밤에는 좀 곤란하지. 간첩으로 오인받을 수도 있으니까. 집들은 없지만 군데군데 초소는 있거든."

그는 얼굴 분위기가 많이 달라져 있었다. 처음에 내가 보았던 그 창백한 지성은 이제 어디에서고 찾아볼 수가 없었다. 그는 몹시 지쳐 있는 것 같았다. 한갓 평범한 월급쟁이 가슴속에는 삶에 대한 회의만 가득 차 있는 것 같았다.

내가 좀 밝은 표정을 지을 수 없느냐고 물으니까,

"바다를 보면 좀 나아지겠지."

라고 말하며 그는 억지로 한번 웃어 보였다.

내가 처음으로 가까이에서 본 바다를 어떻게 표현해야 할까.

여관에서 잠시 피로를 풀고 저녁을 먹고 나니 시간이 너무 늦어져서 우리는 바다로 나가지 못했다. 도시에서라도 좋으니 바다로 나가보자고 나는 졸랐지만 그는 말렸다. 도시에 인접해 있는 바다는 썩은 바다라는 거였다.

우리는 저녁을 먹은 다음 거리를 산책했다. 이따금 바람이 불어왔고 바람 속에는 야릇한 갯내음 같은 게 섞여 있었다. 그 것이 이 부근에 바다가 있다, 라는 흥분으로 내 세포들을 자꾸만 술렁거리게 만들었다. 그러나 나는 그의 말대로 진짜 바다를 보기 위해 참기로 했다.

"부둣가에서 바다를 본다는 것은 부두를 본다는 의미 이상을 가질 수 없어."

"그럼 이 도시를 벗어나서 바다를 보면 되잖아요."

"초소가 있다니까. 밤엔 일절 출입금지야. 무조건 발포해 버린다구. 알겠어?"

우리는 일찍 여관으로 돌아와 잠시 이야기를 나누다가 고단해서 곧 잠들어버렸다.

새벽이 되어 그는 나를 깨웠다.

지금 떠나야만 일출을 볼 수 있다고 그가 말했다. 밖으로 나오니 더욱 갯내음이 생생하게 코끝에 스며들었다.

거리로 나와 택시를 타고 우리는 이 도시를 벗어났다.

"아무 데나 호젓하게 바다를 볼 수 있는 곳으로 갑시다."

운전수에게 그렇게 말했을 때 그의 목소리는 어제보다 한결 생기를 되찾고 있었다.

도시를 벗어나니 곧 차창 밖으로 바다가 내다보였다.

"아!"

하고 감탄하면서 나는 크게 숨을 들이쉬었다. 그것은 일찍이 눈으로 직접 본 적이 한번도 없는 거대하고 충격적인 괴물이었다. 시커먼 등비늘을 번들거리며 새벽 미명 속에 가로누워 꿈틀거리고 있었는데 도대체 어디가 머리이고 어디가 꼬리인지 분간할 수조차 없을 정도였다.

서서히 날이 밝아오면서 그 괴물은 차츰 형태를 자세히 드러내기 시작했고 나는 그야말로 광대무변이라는 것을 피부로 직접 실감하고 있는 듯한 느낌이었다.

우리는 택시에서 내려 신작로 옆 작은 동산으로 올라간다. 바다는 아주 가까이에 내려다보이고 있었다. 멀리 군인들 몇 명이 총을 들고 하얀 백사장 위를 천천히 걸어 다니고 있는 것이 보였다.

"발자국을 조사하고 있는 모양이지."

그것을 보며 그는 혼잣소리로 중얼거리고 있었다. 바다는 허연 거품을 게우며 백사장 쪽으로 떼를 지어 몰려오고 있었다.

"좋은 날씨로군. 이만하면 일출을 보기에 안성맞춤인 날씨야. 곧 저 군인들도 점검을 끝내고 돌아가겠지. 그러면 바다만 고스란히 남는 거야."

그러나 나는 일출이고 뭐고 우선 생전 처음 보는 바다의 모습에 매료되어 숨도 제대로 못 쉴 지경이었다. 이게 바다로구나, 이게 바다로구나, 마음속으로 자꾸 그렇게만 되뇌고 있었다.

"여기의 공기는 아주 새 거예요. 아직 한번도 사용되어진 적이 없는 것 같아요."

"내가 알고 있는 이론 따윈 이런 자연 속에다 갖다 놓으면 금세 부질없는 것으로 변해버리지."

"누구의 이론이든지 마찬가지일 거예요."

"곧 해가 뜨겠군."

하늘이 서서히 붉어지고 있었다.

하늘의 빛깔에 따라 바다의 빛깔도 서서히 살아나고 있었다. 갑자기 천지가 새로 시작되어지고 있는 듯한 느낌이 들었다. 그러다가 찬란한 주황의 광채가 차츰 절정을 이루더니 바다가 끓는 듯 붉게 출렁거리기 시작했다. 용광로의 바다였다. 무엇이든지 집어넣기만 하면 대번에 녹아 없어져버릴 것 같았다. 삽시간에 천지는 눈부신 광채로 번뜩거리기 시작했다. 머릿속에서 수없는 현기증이 짜릿짜릿한 전류처럼 퍼져나가고 있었다.

수천만 개의 칼날들이 새빨갛게 달구어져 바다 가득히 널려 있는 것 같았다. 그 칼날들은 어떤 거대한 힘에 의하여 백사장 쪽으로 한꺼번에 붉게 번뜩거리며 밀려들고 있는 것 같았다. 때로는 붉고 거대한 뱀이 되어 허리를 뒤척이며 잠겨들고 있는 것 같기도 했다.

이윽고 그러한 바다의 끝부분에서 약간 흐늘거리는 듯한 느낌이 아지랑이처럼 번지는가 싶더니 붉게 이글거리는 해가 비쭉이 머리를 내밀기 시작했다. 온 천지가 주홍 물감에 홍건하게 젖어들면서 자지러질 듯한 황홀감이 충만하게 내 몸속에 치솟아 오르기 시작했다. 나는 숨을 죽이며 그 광경을 바라보고 있었다. 해는 약간 일그러지는 듯한 느낌으로 너울거리면서 조금씩조금씩 바다 밖으로 치솟아 오르고 있었다. 아주 느린 동작 같았으나 의외로 그것은 빠르게 진행되어서 어느새 거의 둥근 모습을 갖추고 있었다.

형언할 수 없는 생명력이 온 바다에 경건한 합창처럼 내리쌓이고 있었다. 일체의 주검이 다시 부활하고 일체의 더러움이 파묻혀지는 듯한 느낌이었다.

나는 완전히 넋을 잃은 상태로 오래도록 그 광경을 바라보고 있었다. 뼈들이 혼곤하게 녹아 없어져버리는 것 같았다. 영혼조차도 붉게 물들어져 그 바다 위에 한 개 비늘로 떨어져 내리고 그래서 함께 출렁거리고 있는 듯한 느낌이었다.

"바다에 오기를 잘했다는 생각이 들지?"

여관방으로 돌아와 아침을 먹으며 그가 말했다.

"이 지구 위에도 그런 일이 일어난다는 사실이 전혀 믿기지가 않을 정도예요."

나는 가능하면 평생을 바닷가에서만 살고 싶은 심정이었다.

낮에는 둘이 호젓한 바닷가로 나가 함께 백사장을 걸었다. 바다에서는 무엇이든지 용서되고 무엇이든지 깨끗해져 버릴 것만 같았다.

싱그러운 바람이 끊임없이 불어와서는 내 머리카락을 흩날리게 하고 내 가슴속을 흩날리게 하고, 내 지난날의 모든 기억도 흩날리게 했다.

파도는 파도대로 허옇게 몰려와 내 발 앞에 엎어지며 몸살을 앓고 있었다. 깃털 같은 물보라가 바다 표면에서 끊임없이 흩어지고 있는 광경도 보였다.

하얀 조개껍질들, 나무 조각들, 그리고 모래알들, 모두가 깨끗해 보였다. 내 육신만 아직 덜 깨끗해진 채로 거기 놓여 있는 것 같았다. 그러나 나는 죽어 있던 내 의식들이 다시금 눈을 뜨고 신선한 바람 속에서 새롭게 술렁거리는 것을 확실히 느낄 수가 있었다.

이 기분을 오래도록 간직할 수가 있다면. 나는 곧 글을 쓸 수 있을지도 모른다는 생각이 들었다.

사흘 동안 나는 줄곧 바다에 홀려서 밥만 먹으면 미친 듯이 백사장으로 향했다.

바다는 모든 것의 시작이요 끝이었다. 바다는 완성 바로 그것이었으며 신(神) 바로 그것이었다. 인간은 틀림없이 바다로부터 왔을 거라고 나는 몇 번이나 확신해 보았었다. 바다는 내가 알고 있는 것들 중의 전부였으며 내가 모르는 것들 중의 전부였다. 적어도 이 지구 위에는 바다 이상의 것이 없을 것 같았다.

"나도 잘 왔다는 생각이 든다. 삼 년 만에 와보는 거야. 시 한 줄이라도 건질 수 있을까 싶었는데 기대 이상이야."

"아예 한 작품을 다 건지신 모양이죠?"

"아니야. 지금까지 살아온 나를 모조리 팽개쳐버리기로 했을 뿐이야."

나흘 동안의 여행을 끝내고 돌아오면서 그는 약간 사는 일에 자신감을 얻은 듯한 태도였다.

"배추장사라도 해볼까. 역시 지식 따윈 허영에 불과했어."

농담처럼 말하면서 그는 웃었다.

열차를 타고 돌아오는 길에 보니까 그 나흘 사이에 봄은 완전히 산천을 점령해 버린 듯한 느낌이었다. 곳곳에 꽃들이 환하게 피어서 봄 햇빛 속에 축제처럼 술렁거리고 있었다.

# 들개 병들다

주인과 개가 팀을 짜서 복식으로 앓는구나,
정말 별꼴이다, 하는 생각을 했다.

"물이 떨어졌습니다."

연못가에서 책을 읽다가 돌아오는데 이층 남자가 창으로 얼굴을 내밀고 내게 말했다. 기진한 목소리였다. 입술이 허옇게 부르터 있었다.

머리카락이 길게 드리워져 어깨를 덮고 있었다. 얼굴과 손과 옷은 온통 물감투성이였다. 물감은 머리카락에도 더러 묻어 있었다.

그는 전깃줄 끝에 양동이를 매달아 내게로 내려보냈다. 거기에 물을 가득 채웠으나 그는 도저히 끌어올릴 수가 없는 것 같았다.

몇 번이나 시도해 보았으나 허사였다. 그는 너무도 허약해져 있는 것 같았다.

하는 수 없이 반만 담아서 올려 보내는 수밖에 없었다.

"그림은 잘 되나요?"

"쉽지가 않습니다."

"며칠 쉬었다가 하시는 게 어때요. 너무 허약해지신 것 같은데."

"그럴 필요 없습니다."

"개는 어떻게 할까요. 저러다 굶어 죽어버릴 것 같아요. 뭣 하면 보신탕 집에 갖다주고 고기나 몇 근 얻어다 드렸으면 좋겠어요."

"참, 개 얘긴데 말입니다. 이젠 비밀통로를 열어놓아도 좋아요. 아마 도망가진 않을 겁니다."

"어떻게 그걸 장담하실 수 있으세요."

"느낌이 그렇습니다. 그 개에 관한 한 나는 자신이 있습니다. 정말 이상한 일입니다. 마치 서로 마음이 닿아 있는 듯한 기분까지 듭니다."

모처럼 길게 서로 대화를 나누는 것 같았다.

"뭐 불편하신 것 없으세요?"

"없습니다. 다만 시력이 급격히 나빠진 것 같아서 약간 불안합니다. 혓바늘도 돋아서 따끔거리고."

"이는 어떠세요. 이 약 좀 사다 드릴까요."

"상관없어요. 이젠 차라리 친근감까지 듭니다."

그는 태연하게 말했다.

나는 문득 그가 초연해져 있는 것 같다는 생각을 했다. 갑자기 그를 껴안고 싶다는 충동을 느꼈다. 이상한 감정이었다. 저 남자가 그림을 다 끝내고 나면 연애를 한번 해보고 싶다는 생각을 했다. 저 남자라면 사랑하게 될는지도 모르겠다는 생각을 했다. 이상하게 가슴이 설레어왔다.

"좋은 글 많이 쓰십시오. 나는 또 시작해 봐야겠습니다."

그는 야윈 손을 내게 한 번 들어 보이고는 창문 뒤로 사라져 버렸다. 몹시 서운한 느낌이었다. 처음으로 일말의 사랑 같은 감정이 순간적으로 내 가슴을 스치고 지나가는 것 같았다. 나는 까닭도 없이 그를 불러 얼굴을 한 번 더 보고 싶다는 생각을 했다.

바다엘 갔다 온 후로 줄곧 나는 무엇인가를 끄적거려보았었다. 될 듯 될 듯 하면서도 좀처럼 생각했던 것만큼의 글은 만들어지지 않았다. 점차로 바다에서 느꼈던 감동은 희미해져 가고 있었다. 선명한 현실이 자꾸만 내 가슴으로 부각되어 왔다. 나는 또다시 갇혀 있을 뿐이었다. 결국은 헤어나지 못하고 제자리로 되돌아왔을 뿐이었다.

한 번 더 바다를 다녀오고 싶었다. 그러나 숫제 바닷가에서 살지 않는 한 결과는 마찬가지일 것 같았다.

나는 그의 말대로 비밀통로를 막고 있던 베니어판과 무거운 돌들을 제거해 버렸다. 개는 역시 도망가지 않았다.

며칠 후 이층에서 망치질하는 소리가 들려 올라가보니 그가 무슨 일로인가 창문에 막힌 베니어판을 뜯고 밖으로 나왔다가 다시 들어가 못질을 하고 있는 것 같았다.

"무슨 일이죠?"

나는 물었다.

"아실 필요 없습니다."

그의 대답은 간단했다.

나는 밖에서 몇 마디를 더 물어보았으나 그는 계속 묵묵부답이었다.

나중에 알고 보니 복도로 나 있는 창문 밑에다 그동안 변기 속에 쌓인 대변을 버린 모양이었다. 한 무더기의 대변이 창문 밑에 질펀하게 깔려 있었다. 무슨 놈의 개가 빵이나 꽁치 통조림은 거들떠보지도 않고 대변이나 쩝쩝거리고 있는 것일까. 정말로 모를 노릇이었다.

이제 운동장 주변에는 풀들이 시퍼렇게 자라나 있었다. 자세히 보면 더러는 그 풀들 사이에 쌀을 씻다가 버려놓은 싸라기같이 자디잔 꽃들이 하얗게 뿌려져 있기도 했다. 날씨가 차츰 더워져가고 있었다. 또다시 권태와 무위의 복병들이 서서히 고개를 쳐드는 듯한 느낌이었다. 어느 날 나는 무료함을 달래기 위해 외출했다.

하루 종일 거리를 거닐어보아도 여전히 변화는 생겨주지 않았다. 나는 하는 수 없이 또 공중전화 부스에 매달렸다. 나와 함께 바다엘 다녀왔던 그 남자라도 한번 만나보아야겠다는 생각에서였다.

"안 계신데요."

전화를 거니 하숙집 주인 여자가 그렇게 말했다.

"아직 퇴근 안 하신 모양이죠?"

"아니에요. 아주 그만두셨어요."

"어디 다른 직장으로 가신 건가요?"

"그렇지는 않은가 봐요. 고향에 내려가서 땅이나 파면서 살아야겠다고 했으니까요."

"언제쯤 가셨는데요."

"벌써 두 주일 전이에요."

나는 갑자기 허탈감에 빠져들면서 송수화기를 놓고 말았다. 마침내 그만두었구나. 그는 이제 지식이라는 것에 염증을 느꼈는지도 모른다. 그의 친구처럼 고향에 내려가 움막이나 짓고 땅이나 파며 시를 쓰더라도 혼을 부르듯이 쓰겠다고 단단히 결심해 버렸는지도 모른다. 나는 몹시 가슴이 허전해져 왔다. 우리들 사이에 가까스로 연결되어 있던 끈 하나가 툭하고 끊어져 나가버린 듯한 느낌이었다. 이제는 정말이지 시내로 나와 봤자 안부 전화 한 통화라도 변변히 걸어볼 데가 없는 신세가 되고 만 셈이었다. 게다가 우리는 서로 주소조차 모르고 있는 실정이었으므로 엽서 한 장도 부칠 수가 없는 형편이었다. 사람과 사람 사이의 인연이라는 것이 이렇게 부질없이 한순간에 걷혀버리는 것인가 싶어 약간 허무하다는 생각까지 들었다.

그러나 인간은 결국 완전히 혼자가 되기 위해서 살아가고 있을 뿐이라는 그의 말만은 더욱 선명하게 내 머릿속에 살아 오르고 있었다.

그가 바다로 가는 열차 안에서 내게 들려주었던 자기 친구에 관한 이야기, 혼을 부르듯이 시를 쓴다는 얘기, 반딧불에 대해서 시를 쓰면 반딧불이 날아들고, 뱀에 대해서 시를 쓰면 뱀이 기어드는 것을 두 눈으로 똑똑히 보았다는 얘기, 사실은 그가 꾸며낸 동화(童話)였을 것이다. 실지로 그런 사람이 이 세상에 살고 있는 것이 아니라 바로 자기가 그렇게 살아보고 싶다는 얘기였을 것이다. 좀더 나은 일자리가 생겼는데 다른 사람이 부당하게 그 자리를 차지해 버렸기 때문에 생겨난 실의, 그리고 바다를 보고 나서 새로이 생성된 시심 같은 것이 그로 하여금 이 도시를 쉽게 떠날 수 있도록 만들어주었겠지.

나는 그가 가능하면 다시는 취직 따위 하지 말고 쓰고 싶은 거나 열심히 쓰면서 살아가주기를 빌며 천천히 이 도시의 끝에 있는 다리까지 당도했다.

난간에 기대어 잠시 강물을 내려다보았다. 강물은 여전한데 여기 오면 언제나 곁에 있었던 한 남자의 자리가 비어 있었다.

나는 오래도록 그를 생각했다.

좋은 사람이었다는 생각이 들었다. 우리는 서로를 이해할 수가 있었다. 다는 아니었지만 그래도 어느 정도는 이해할 수가 있었다. 사는 게 참혹하다는 사실을 이해할 수가 있었다.

사는 게 무의미하다는 사실을 이해할 수가 있었다. 사는 게 외롭다는 사실을 이해할 수가 있었다.

그리고 사는 게 무엇인지 우리는 줄곧 마땅한 대답을 얻어 내지 못하고 있었다. 언제나 의식이 하얗게 재가 되고 있는 듯한 그 남자의 분위기, 조잡한 세상살이와 그 남자의 지성 사이에서 질식당하고 있는 듯하던 그 남자의 얼굴. 떠나고 나니까 더욱 선명하게 내 가슴속에서 되살아났다.

그러나 이제 우리는 아무런 상관도 없는 사이가 되어 있었다. 처음부터 그랬다. 우리는 역시 타인이었다. 타인이었으나 같은 늪 속에 빠져 있었다. 그는 스스로 그 늪을 빠져나갔다. 이제 나만 남아 있었다.

돌아오는 길에 바다가 내 의식 속에 되살아나서 허연 파도를 게우며 몰려들고 있었다. 그것이 그가 내게 주고 떠난 마지막 선물이었다.

나는 쉽사리 나의 은거지로 돌아가고 싶은 생각이 들지 않았다. 돌아가봐야 아무런 낙이 없을 것 같아서였다. 그림을 그리는 광경이라도 곁에서 지켜볼 수 있으면 좋으련만 그것조차도 이제는 거부되고 있었다. 나는 무조건 맹목적인 방황만 계속하라는 팔자인 것 같았다.

번화가로 접어들어 형광등이 켜져 있는 진열장에다 한눈을 팔면서 이리저리 헤매어보는 것으로 한 삼십 분, 서점에 들러 사지도 않을 책들을 이것저것 집어 들고는 무심히 책장을 넘겨보는 것으로 한 삼십 분, 나중에는 하도 무료하고 답답해서 역시 일찌감치 나의 은거지로 돌아가 잠이나 자는 게 상책이라는 생각 속에 빠져들지 않을 수 없었다.

도대체 생활이라는 것이 매일매일 이 모양이니 보람이 있을 것인가. 나는 벽 없는 감옥에 갇혀 있는 여자처럼 느껴졌다. 사방이 틔어 있으면서 또한 사방이 막혀 있었다.

번화가를 흘러 다니는 사람들은 전혀 그런 것을 의식하지 못하는 모양이었다. 그런대로 활기찬 모습이었다.

돌아오는 길에 장님 여자 하나를 보았다. 길바닥에 앉아 작은 바구니 하나를 앞에 놓고 노래를 부르고 있었다. 마이크를 들고 있었다. 그녀의 등뒤에는 뗏국물에 졸아붙은 헝겊인형 같은 아이 하나가 죽은 닭처럼 모가지를 맥없이 늘이고 잠들어 있었다.

아, 으악새 슬피 우는 가을인가요.

그녀는 그런 가사의 노래를 부르고 있었는데, 아무것도 맞아떨어지는 것이 없었다. 지금은 늦은 봄이고 그 노래의 분위기는 본래의 그 처량한 센티멘털리즘을 전혀 불러일으켜주지 못하고 있었다. 곡조도 엉망이었다. 앰프에서 흘러나오는 기타 반주만이 제대로였다.

지나간 그 추억이 나를 울립니다.

그러나 그녀에게 무슨 추억이 있었을 것인가. 그녀는 차라리 하나의 눈먼 인조인간 같았다. 아무런 감정도 없고 아무런 표정도 없었다. 완전히 무감각해 보였다. 그녀의 작은 바구니 속에는 겨우 백 원짜리 동전 두 개가 달랑 들어앉아 있었다.

그것을 벌기 위해 그녀는 초저녁부터 이 거리에 나와 가사는 틀리지만 곡조는 똑같은 노래들을 자기의 창법으로 감정 없이 되풀이하며 땟국물에 졸아붙은 헝겊인형 같은 아이와 함께 길바닥에 퍼대고 앉아 있었을 것이다.

하지만 사람들은 그녀를 전혀 거들떠보지도 않고 있었다. 나는 그녀를 보자 갑자기 가슴이 답답해져 왔다. 마치 나 자신의 모습을 보고 있는 듯한 느낌이었다. 황급히 걸음을 옮겨 놓았다. 그러나 계속해서 그녀의 조잡한 노랫소리가 내 고막을 따라오고 있었다.

여울에 아롱 젖은 이지러진 조각달
강물도 출렁출렁 목이 메입니다.

다시 한 번 글을 써보자고 볼펜을 잡고 밤마다 안간힘을 써보기 시작했다. 그러나 도저히 씌어지지가 않았다. 다섯 줄 이상을 넘길 수가 없었다. 나는 나 자신에 대한 환멸만 거듭하고 있었다.

나는 너무 욕심을 부리고 있는 것이나 아닐까. 가령 단 한 번에 불후의 명작을 낳고 싶다는 욕심, 그 누구도 써낼 수 없는 것을 내가 써내고 말겠다는 욕심, 지금까지의 모든 소설의 형태와 방법에서 과감하게 벗어나보겠다는 욕심, 그런 욕심들이 너무 많이 작용하고 있는 것은 아닐까.

하지만 아무리 써보아도 나의 언어들은 살아나지 않는다. 모두가 사어에 불과하다. 결국 나는 아무런 능력도 갖추지 못한 여자인 것이다.

바람막이를 해놓아도 촛불은 자주 펄럭거리다가 꺼져버리곤 했다. 글을 쓰다가 촛불이 꺼지면 순간적으로 참담해져 와서 나는 서둘러 성냥을 그어대곤 했다. 때때로 바다에 대한 그리움 같은 것이 되살아나서 가슴이 낮게 술렁거리곤 했지만 바다는 이제 너무 멀리 있는 것 같은 느낌이었다.

플래시를 들고 이층으로 올라가보면 이층에서는 아무 소리도 들리지 않았다. 마치 건물은 내가 처음 들어와 살 때처럼 텅 비어 있는 듯한 느낌이었다. 아침부터 저녁까지 붓을 움직이다가 피곤해져서 깊은 잠에 떨어져 있음이 분명했다. 그렇게 허약해진 몸으로 먹을 것도 제대로 먹지 못하고 전혀 운동도 하지 못하는 상태로 한정된 공간 속에 갇혀 혼신을 다해 그림을 그리자면 잠만이라도 충분히 자두어야 할 것 같았다.

계절은 어느새 초여름으로 접어들고 있었다.

낮이면 따가운 햇빛이 내리쪼이고 어디선가 매미 울음소리도 들리곤 했다. 벌써 여름인가, 하는 생각 속에서 문득문득 까닭도 없이 초조감이 고개를 쳐들곤 했다. 어느 날은 내 나이가 몇 살인가를 생각하다가 나이를 정확히 알 수가 없어 한동안 당황해 있었던 적도 있었다. 날짜와 요일 따위는 숫제 관심도 없었다. 살아 있다는 것이 정말로 아무런 의미도 없는 것 같았다.

이층 남자는 참으로 끈질긴 것 같았다. 몇 번 창문을 통해 물을 갈아 넣으면서 얼굴을 마주 대할 수 있었을 뿐, 그 외에는 이 건물 안에 있는지 없는지조차도 모를 정도였다. 언제나 조용했다.

나는 그가 그리는 그림을 보고 싶어 안달이 날 지경이었지만 그의 작업에 조금이라도 방해가 될까 싶어 참기로 했다.

이상하게도 봄이 끝나고부터 비가 전혀 내리지 않고 있는 것 같았다. 운동장에는 잡초들이 불쑥불쑥 자라 올라 있었지만 여기저기 버짐처럼 드러나 있는 땅바닥은 딱딱하게 굳은 채 하얗게 햇빛을 반사하고 있었다.

무슨 까닭인지 대낮에도 쥐들은 천장에서 자주 극성을 피우고 있었다. 때로는 운동장까지 두세 마리가 달려나와 풀숲으로 숨어드는 광경도 보였다.

가끔 개는 그러한 쥐라도 찾아 헤매고 있는지 천천히 운동장 주변을 어슬렁거리다가 돌연히 몸을 날려 풀숲 속으로 사라져버리기도 했다.

그러다가 어느 날 갑자기 하루 종일 개가 보이지 않았다.

나는 이상한 생각이 들어 건물 주변을 이리저리 둘러보았다. 건물은 작년보다 한결 많이 망가져 있는 것 같았다. 곳곳에 보이는 틈들도 눈에 띄게 많이 벌어져 있었다. 이러다 가까운 시일 안에 와그르르 무너져버릴지도 모른다는 생각이 들면서 섬뜩한 느낌이 가슴을 찔러왔다.

그러나 그것은 본능적인 것일 뿐, 죽는다는 사실이 그리 두렵게는 생각되지 않았다. 차라리 고통스러운 것은 두렵다는 생각이 들어도 죽음 같은 건 얼마든지 초연한 상태로 맞이할 수가 있을 것 같았다.

처마 밑에는 기왓장이 저절로 떨어져 깨진 잔해가 여기저기 흩어져 있기도 했다. 이층 그의 작업실 앞 복도로 통하는 창문 밑에는 그가 겨울에 버렸던 쥐 껍질이 몇 개 흙과 함께 말라붙어 있었다. 개는 건물 주변의 그 아무 곳에도 보이지 않았다.

이놈의 개가 어디로 갔을까. 더 이상 배고픔을 참지 못하고 뒤편 담벼락 밑에 뚫려 있는 비밀통로를 빠져나가 자진해서 보신탕 집으로 직행한 것이나 아닐까. 나는 당치도 않은 생각을 하며 관리인실 쪽으로 가고 있었다.

그런데 갑자기 어디선가 사람의 말소리가 들려왔다. 얼핏 발소리 나는 쪽으로 고개를 돌려보니 남자 두 명이 정문 안으로 들어서고 있는 것이 보였다. 그들은 미처 나를 발견하지 못한 모양이었다.

나는 재빨리 관리인실 부엌 안으로 뛰어들었다.

살그머니 고개를 내밀고 밖을 내다보니 그들은 운동장 쪽으로 가고 있었다. 한 명은 바로 이 학원을 경영하던 원장이었다. 곧 그들의 뒷모습은 건물에 가리어 보이지 않게 되었다.

나는 가슴이 뛰기 시작했다.

저 사람들이 왜 나타났을까. 혹시 우리가 전기를 겨우내 썼기 때문에 한전 직원들이 조사를 해서 연락을 했던 것은 아닐까.

그러나 가만히 생각해 보니 전기 때문은 아닌 것 같았다. 봄이 되면서부터 우리는 전혀 전기를 쓰지 않고 있었다. 이제 와서 그것 때문에 문제가 생길 턱이 없었다. 그렇다면 왜 왔을까. 혹시 우리가 여기 살고 있다는 것을 누군가 눈치 채기라도 했다는 것일까. 아마 그럴는지도 모르겠다. 드디어 쫓겨나게 생겼구나, 하는 생각이 들면서 갑자기 앞으로의 생활이 막막해져 왔다.

잠시 후 그들의 말소리는 내가 숨어 있는 곳까지 두런두런 다가오기 시작했다.

"넓기는 제법 넓군요. 하지만 우리 사장님께서 원하시는 터는 못 되는 것 같습니다. 위치도 별로 적당치 못하고."

"하지만 아까 말씀드린 금액 이하의 선으로는 저도 떨어뜨릴 수가 없는 실정입니다."

나는 아주 가까이에서 들려오는 그들의 말소리에 자꾸만 전신이 오그라들고 있는 듯한 느낌이었다.

"글쎄 저도 제 마음대로 할 수야 없죠. 사장님의 명령에 따라 우선 터를 한번 구경하는 것뿐입니다."

"언젠가는 마땅한 임자가 나타나겠죠. 그때까지 기다리는 수밖에 없을 것 같군요. 허허."

"그렇겠죠. 무엇이든 임자는 따로 있는 법이니까요."

그들의 말소리는 다시 멀어져가고 있었다. 이야기를 들어보니 아마 터를 사고 파는 문제에 대한 내용인 것 같았다. 일단 안도감을 느끼며 조심스럽게 밖을 내다보니 그들은 정문을 향해 걸어나가고 있었다. 휴우, 하고 나는 긴장을 풀었다.

개는 관리인실 아궁이 속에도 없었고 화장실에도 없었다. 도망친 것이 틀림없구나, 하는 생각이 들면서 일말의 서운한 마음도 없지 않았다.

이층에 올라가 그에게 알려줄 생각으로 다시 밖으로 나왔다. 문득 현기증이 일었다. 햇빛이 너무 강렬한 것 같았다. 건물이 강렬한 햇빛 속에서 나처럼 빈혈을 느끼며 한쪽으로 불현듯 기울어지고 있는 듯한 느낌이었다.

이층 계단을 다 올라서서 복도로 한 걸음을 떼어놓다가 문득 나는 반가움에 사로잡혔다. 개는 바로 그의 작업실 문 앞에 웅크리고 앉아 있었던 것이다.

그런데 어딘지 모르지 전에보다는 기력이 없어 보였다. 내가 가까이 다가가도 전혀 미동도 하지 않았다. 눈곱이 많이 끼어 있고 눈동자에도 전혀 생기가 보이지 않았다. 차마 눈뜨고는 똑바로 바라볼 수 없을 지경으로 피골이 상접해진 몰골이었다. 어디가 아픈지 조금씩 끙끙거리며 신음소리도 발하고 있었다. 그렇다. 개는 틀림없이 병이 난 것 같았다. 정말로 난처한 노릇이었다. 내가 알고 있는 사람들 중에 혹시 동물을 무조건 좋아해 주고 얼마든지 좋은 음식을 먹여줄 수 있는 사람이 있다면 지금 당장이라도 데려다주고 싶은 심정이었다. 너무나 가 엾어 보여서 콧날이 다 시큰해질 지경이었다.

하지만 이 도시에는 이제 내가 제대로 안다고 말할 만한 사 람이 단 한 명도 존재하지 않고 있었다.

속수무책이었다. 가축병원 신세를 지는 수밖에 없다는 생각 이 들었다. 나는 그와 의논해 볼 생각으로 베니어판으로 막아 놓은 그의 작업실 창문을 두드리기 시작했다.

"개가 아픈가 봐요. 가축 병원에라도 데리고 가야겠어요. 측 은해서 못 보겠어요."

그러나 안에서는 아무 소리도 들리지 않았다.

"제 말이 안 들리세요? 개가 아프다니까요. 이러다 죽어버리 고 말 거예요. 목에다 줄이라도 매어주세요. 제가 끌고 나가서 수의사에게 보여야겠어요."

그제서야 안에서 가느다란 목소리가 새어 나왔다.

"그냥 내버려두세요."

어쩐지 매우 힘들여서 말을 뱉어내고 있는 듯한 느낌이었다. 기력이라곤 전혀 남아 있지 않은 듯한 목소리였다.

"어디가 편찮으세요?"

나는 걱정스럽게 물어보았다.

"곧 나을 겁니다. 염려하지 마세요."

그는 정말로 몹시 아픈 모양이었다. 목소리만 들어도 대번에 그렇다는 것을 느낄 수가 있었다.

"어떻게 아프신지 말씀해 보세요. 제가 약을 지어다 드릴께요."

"끝까지 제 의지로 버티어볼 생각입니다."

"고집 부리지 마세요. 그러다 죽는 수가 있어요."

그러나 안에서는 더 이상 대답 소리가 들리지 않았다. 말하기 피곤하니 그만 내려가서 볼일이나 보라는 뜻인 것 같았다. 나는 아래층으로 내려오면서 주인과 개가 팀을 짜서 복식으로 앓는구나. 정말 별꼴이다, 라는 생각을 했다. 그의 고집에 약간 마음이 상하는 듯한 기분이 들어서였다.

아래층으로 내려와 나는 비록 글이 안 되기는 하더라도 끄적거리는 것을 멈출 수는 없다는 생각을 했다. 너무 오랫동안 손을 쉬고 있으니까 점차로 의식이 둔화되면서 글이 좀처럼 피부 가까이에 있는 것으로 느껴지지 않는 것 같았다.

나는 얼마 전 글을 시작해 볼 생각으로 노트 몇 권을 준비해 놓았었다. 그중 한 권을 뽑아내어 겉장에다 '말더듬기'라는 제목을 붙였다. 심심풀이 낙서라도 끄적거려볼 생각이었다.


아무런 죄도 없는 문맹의 어느 촌부 하나가 살인죄로 누명을 쓰고 재판에 회부되었다. 판사는 그에게 준엄한 목소리로 사형을 언도했다. 그러자 그는 대단히 죄송스럽다는 표정을 지으며 판사를 향해 걱정스런 어투로 이렇게 물어보았다.

"판사님, 그라믄 지는 몇 년이나 사형을 살아야 되는가유?"

사랑을 하라, 그리스도는 말했다. 그러나 그가 그 말을 하고 떠난 지 이천 년이 거의 다 되어가는 지금까지도 사랑이 무슨 뜻인지 확실히 알고 있는 사람은 단 한 명도 없다.

인간은 과연 존엄한가.
존엄하고 싶을 뿐인가.

좋은 환경 속에서만 살아간다는 것은 그리 자랑스러울 것이 못된다. 촌충을 보라. 촌충은 사람의 소장에서 기생하는 동물이다. 사람의 몸속에서 항시 생활하기 때문에 전혀 적의 공격을 받을 염려가 없다. 또한 적을 공격할 필요도 없다. 사시사철 주위 온도도 일정하게 살기 좋은 상태로 유지되고 있다. 완전히 소화된 음식물이 언제나 손쉽게 공급된다. 따라서 다른 동물처럼 심하게 운동을 할 필요도 없다. 그러니까 자연히 운동 근육이나 감각기관이 퇴화해 버리고 말았다. 몸의 길이는 무려 5, 6미터 정도나 되지만 구조는 지극히 간단하다. 눈, 코, 입, 귀조차도 없다. 오직 생식기관만이 남아 있을 뿐이다. 그 긴 몸은 수백 개의 마디들로 이루어져 있는데 각 마디마다 정소와 난소만 남아 있을 뿐이다. 그러니까 온몸이 생식기관으로 이루어진 아주 환멸스러운 동물인 셈이다.

하지만 인간들 중에는 촌충과 흡사한 부류가 반드시 있다.

무엇보다도 중요한 것은 예술이다. 그것은 인간의 정서를 아름답게 만들어주기 때문이다.

그러나 대개의 예술가들이 외롭고 어두운 생애를 살다 간 이유는 무엇일까. 그것은 아마도 사람들이 예술품은 자기의 생활에 필요할는지도 모르지만 예술가는 전혀 필요하지 않은 것으로 착각하며 살아가고 있기 때문일 것이다.


말을 물가에까지 끌고 갈 수는 있어도 물까지 먹여줄 수는 없다.

아니다. 말을 물가에까지 끌고 갈 수도 있고 또 물까지 먹여줄 수도 있다. 다만 오줌만은 누어줄 수가 없을 뿐이다.


흔히 여자들은 자신의 실수에 의해 잘못을 저지르고 난 후에도 그 책임을 남자들에게 전가시키기를 좋아한다.

"결국 여자를 그렇게 하도록 만든 게 누구죠?"

하는 식으로.

하지만 그런 식으로 말하는 것은 정말로 어리석다. 남자들은 곧 이렇게 응수해 올 것이기 때문이다.

"결국 여자를 그렇게 하도록 만들게 만든 게 누구죠?"


과학은 수시로 경이로운 것을 만들어내기는 하지만 보다 소중한 것을 소멸시켜 버리기도 한다.

예를 들자면 전화기의 발명 때문에 차츰 연애편지가 소멸되어 가는 것 따위가 그것이다. 그러나 무엇보다도 두려운 것은 과학이 마침내 모든 인간을 소멸시켜 버릴는지도 모른다는 추측이다. 언젠가는 인간이 과학의 발달을 최대한으로 억제시키느라고 허둥지둥 정신을 못 차리게 될 날이 반드시 올 것이다. 그러나 양식을 갖추지 못한 어느 정서 불안정의 집권자가 있어 단추 하나만 잘못 눌러버리면 세계는 끝장이다.

흔히 경제개발에 관련한 포스터 속에 공장 굴뚝에서 검은 연기가 하늘로 힘차게 치솟아 오르는 광경을 번영의 상징으로 삼았던 시절이 있었다. 그리고 그것을 보면서 행복한 미래를 상상하고 흐뭇한 미소를 띠우는 사람들도 있었다. 얼마나 우매한 일인가. 한 켤레의 나일론 양말을 신기 위해 한 바가지의 오염된 물과 공기를 마셔야 할 날이 온다는 사실을 모르는 것이다.

차라리 맨발로 다니더라도 맑은 물 맑은 공기를 마시면서 사는 것이 우리에게는 한결 이롭다.

하나님은 단 한 분뿐이라고 언제나 주장하고 있는 기독교가 어째서 그토록 많은 종파를 가지고 있는 것일까. 그것은 그들이 새로운 하나님을 창작해 내었기 때문인지도 모른다.

앞으로 또 얼마나 돈이 필요한 경우가 자주 찾아오게 될는지!

적당한 도둑질을 할 수 있는 기술. 자살에 필요한 몇 가지의
극약. 이런 것들을 준비해 놓고 싶다. 좀더 광적일 수는 없는 것
일까.

아무래도 교과서에게 너무 많이 속아왔다는 생각.
처음부터 잘못되어 있었다는 생각.
앞으로 계속 잘못되어지리라는 생각.
인간에의 상실.
오직 돈벌이만을 위한 몸부림. 비열성. 파렴치. 기타.

모순이라는 것은 절대로 이 세상에 존재하지 않는다. 어떻게
모든 방패를 다 뚫어버릴 수 있는 창과 모든 창을 다 막아낼
수 있는 방패가 동시에 공존할 수가 있단 말인가. 현실적으로
그것은 도저히 불가능하다.

그런데도 사람들은 흔히 모순이라는 것을 실지 일어날 수 있
는 현상으로 착각하고 있다. 그리고 모순이야말로 어쩔 수 없는
것이라고 수긍하고 있는 듯한 태도를 보인다. 그러나 그들이 말
하는 모순은 엄밀한 의미에서 인간이 조작해 놓은 부조리나 불
합리에 지나지 않는다. 얼마든지 개선해 나갈 수가 있는 것이다.

연쇄법(連鎖法)에 관한 일장(一章)

원숭이 똥구멍은 빨개. 빨가면 사과. 사과는 맛있어. 맛있으면 바나나. 바나나는 길어. 길으면 기차. 기차는 빨라. 빠른 건 비행기. 비행기는 높아. 높은 건 백두산. 백두산은 높아. 높은 건 비행기. 비행기는 빨라. 빠른 건 기차. 기차는 길어. 길면 바나나. 바나나는 맛있어. 맛있으면 사과. 사과는 빨개. 빨가면 원숭이 똥구멍—사는 건 언제나 이런 식으로 무의미한 일상들을 연쇄시켜 되풀이하는 것에 불과하다. 변화라고 해봐야 고작 앞과 뒤가 조금씩 틀릴 뿐, 본래의 상태에서 크게 벗어날 수가 없다. 원숭이 똥구멍이 빨가면 어떻고, 백두산이 높으면 또 어떻다는 것인가. 다 부질없는 것이다.

# 꿈속에서도 눈은 내리고

역시 인간은 완전한 혼자가 되기 위해
살아가고 있다는 말이 가슴속을 파고드는 것 같았다.

개는 며칠이 지났는데도 도무지 기운을 차리지 못하고 있는
상태였다. 관리인실 부엌에 웅크리고 앉아 동공이 흐려진 두
눈만 맥없이 껌벅거리고 있었다. 음식을 갖다 주어도 전혀 입
에 댈 생각을 하지 않았다. 아주 가끔 제 스스로 비척거리면
서 연못가로 걸어가서 겨우 몇 모금 물이나 핥다가 돌아올 정
도였다.

아픈 것은 이층 남자도 마찬가지였다.

하루에도 몇 번씩 나는 이층과 아래층을 오르내리곤 했는
데 마음이 불안해서 도무지 견딜 수가 없을 지경이었다. 신음
소리로 미루어 여간 중병이 아닌 모양이었다. 저러다 죽는 것
이나 아닐까 싶어 나는 더럭 겁을 집어먹지 않을 수 없었다.

아무 일도 손에 잡히지 않았다. 병원엘 가보자고 간곡히 권유해 보았으나 막무가내였다. 이대로 죽었으면 죽었지 병원 신세는 지고 싶지 않다는 거였다.

"그러면 제 간호라도 받도록 하세요."

"완성시키기 이전에는 그림을 아무에게도 보여주고 싶지 않아요. 미안합니다. 이건 제 터부입니다."

"아래층으로 내려오시면 되잖아요. 작업실은 지금처럼 출입구를 모두 폐쇄시켜 버리고 말이에요."

그제서야 그는 생각해 보겠노라고 대답했다.

오후에 이층에서 망치질하는 소리가 들려 다시 올라가보니 그가 밖으로 나와 창문 베니어판에다 못질을 하고 있는 중이었다. 나는 그에게서 망치를 빼앗아 대신 못질을 해주었다. 아무래도 쓰러져버릴 것처럼 불안정해 보였던 것이다.

"이제 내려가세요. 부축해 드릴까요."

나는 그가 내다 놓은 베개와 담요를 집어 들며 물어보았다.

"아닙니다. 혼자서도 내려갈 수 있어요."

그는 억지로 웃어 보이려 했다.

그의 몸에서는 심한 악취가 풍기고 있었다. 대소변을 줄곧 작업실에서 보아왔기 때문에 악취가 몸에 배어 있는 모양이었다.

"그림은 어느 정도나 진전되었나요."

"이제 세 마리만 더 손질하면 됩니다. 그런데 여기서 이 모양으로 주저앉게 되다니 정말 한심한 일입니다."

"좀 쉬었다가 만지세요."

"그래야겠습니다. 저도 이젠 어쩔 수가 없어요. 탈진했습니다."

그는 아래층으로 내려와서 내가 깔아준 담요 위로 짚단이 쓰러지듯 풀썩 쓰러져버렸다.

"어떻게 아프세요. 증세를 한번 말씀해 보세요. 전에처럼 그렇게 아프세요?"

"아닙니다."

"자세히 한번 말씀해 보세요."

"두통이 심합니다. 어지럽기도 하고, 때로는 심하게 뼈마디가 쑤시기도 합니다. 몇 가지는 전에하고 비슷하지만 또 몇 가지는 아주 틀립니다. 가끔 구역질이 나기도 해요."

나는 전혀 의학에 대한 상식이 없었으므로 도대체 그런 증세가 어떤 병에서 비롯되는 것인지 전혀 짐작조차 할 수가 없었다.

"잠깐 동안만 붓을 움직여도 금방 머릿속이 욱신거려옵니다. 눈앞이 샛노래지면서 어지러움이 일렁일렁 일곤 합니다."

그는 숨을 쉬기조차도 힘들다는 듯한 모습이었다. 아마도 과로 때문인 것 같았다. 얼굴이 처참할 정도로 망가져 있었다. 도무지 나 혼자서 어떻게 이 사태를 수습해야 좋을는지 막막하기만 했다.

의사에게 왕진이라도 부탁해 볼까 하는 의견을 비쳐보았더니 그는 기겁을 하듯 거부반응을 보였다. 그림이 완성되기 이

전에는 절대로 바깥 사람들하고 상면하지 않겠다는 거였다.

"몸이 조금만 나아지면 그리 오랜 시일이 걸릴 것은 없습니다. 이제 세 마리만 더 손질하면 됩니다. 내 정신력으로만 회복할 수 있도록 해주십시오. 저 그림을 완성하기 이전에는 절대로 죽지 않아요."

약을 사다 주어도 그는 도무지 먹을 생각을 하지 않았다.

"비록 육체는 고통스럽지만 정신은 아직도 투명합니다. 눈을 감으면 아주 미세한 붓자국 하나라도 선명하게 기억해 낼 수가 있습니다."

도대체 그림이라는 것이 무엇이길래 철두철미하게 이 남자를 사로잡고 있는 것일까. 부럽다는 생각이 들었다. 그의 모든 시간이 열정으로 불타고 있는 것 같았다. 지금 그는 연소되고 있다는 생각이 들었다.

나는 그의 요구대로 그를 그냥 내버려두기로 마음먹었다. 그는 정말 그의 정신력으로 다시 그림을 그릴 수 있는 기력을 회복할 수가 있을 것 같았다. 나는 될 수 있는 대로 그에게 영양가 있는 음식들을 만들어주어야겠다고 생각했다. 전기곤로라도 하나 구입해서 내 손으로 직접 만들어주고 싶었지만 그럴 수는 없었다. 겨우내 전기를 도둑질해 쓰면서도 나는 너무 마음이 조마조마했었던 것이다. 아무래도 한전에 체크될 것 같아서였다. 곤로를 쓰면 계량기가 돌아가는 것이 육안으로도 확실하게 보일 정도로 전기 소모가 크다는 것을 나는 잘 알고

있었다. 그래서 우리는 겨울에도 곤로를 쓰지 않기로 합의를
보았었다.

나는 시내에다 단골 음식점 하나를 정했다. 후덕해 보이는
아주머니 한 분이 조그만 여자애 하나와 함께 운영해 나가는
라면집이었다. 나는 좀 돈을 여유 있게 지불해 주고 그녀에게
잣죽이나 야채스프 또는 흰죽 따위를 끓여 달라고 부탁했다.
그리고 하루 세 번씩 시내로 나가 그것들을 날라다 그에게 먹
였다.

그는 처음엔 그것들을 극구 사양했다. 그냥 풀이나 뜯어 먹
으면서 버티겠다는 거였다. 나는 성의를 생각해서라도 제발
좀 먹어달라고 간곡히 부탁했다.

"그림을 위해서예요. 결코 건강을 위해서가 아니에요."

그제서야 그는 마지못해서 숟갈을 들었다.

그러나 처음 며칠 동안은 그 음식들이 결코 순조롭게 그의
위 속으로 들어가 소화되어 주지를 않았다. 첫날은 다섯 숟갈
도 못 넘기고 구역질을 시작했을 정도였다.

나도 언젠가 그와 흡사한 경험을 했던 적이 있었다. 며칠을
굶고 떡라면 한 그릇을 먹었다가 속이 메슥거려와서 화장실로
달려가 모조리 토해버리고 말았던 것이다.

줄곧 굶거나, 소량의 쥐고기 따위로 근근이 연명을 해오던
그로서는 익힌 음식이라면 냄새만 맡고도 우선 구토감을 느
끼게 되는 모양이었다.

"마음속으로는 얼마든지 먹을 수 있을 것 같았는데 몸이 받아주지를 않습니다. 차라리 쥐고기가 더 나을 것 같은 생각이 듭니다."

그는 숟갈을 놓으며 힘없는 목소리로 말했다.

"그래도 자꾸만 먹어 버릇을 해야 돼요. 자, 세 숟갈만 다시 떠 넣어보세요."

나는 날마다 그를 달래어야 했다.

"도대체 누가 아파서 끼니때마다 맨날 이런 걸 끓여다 날라야 하우."

어느 날 라면집 아주머니가 내게 물었다.

"친구예요."

나는 태연한 표정으로 그렇게 대답해 주었다.

"혼자 사는 친구인 모양이지?"

"그래요."

"그 집 부엌에서 직접 끓이시잖구?"

"그럴 처지가 못 되어서요."

"저런, 아궁이가 망가진 모양이로구만."

"네."

대답해 주고 나서 나는 웃었다.

"아무튼 대단한 정성이우. 이렇게 더운 날씨에."

하지만 겨우 몇 숟갈을 뒤적거리다가 그것을 밀어놓고 마는 그를 보면 짜증이 나서 견딜 수가 없었다.

"성의를 봐서라도 몇 숟갈만 더 뜨세요."

"정말로 미안합니다."

"어젠 열두 숟갈이었어요. 오늘은 열일곱 숟갈만 드세요."

그러면 그는 또 마지못해서 그릇을 다시 잡아당기곤 했다.

그런데 참으로 이상한 것은 개의 태도였다.

전에는 내가 주는 음식을 전혀 거들떠보지도 않았었다. 그런데 요즘은 그가 먹다 남은 음식을 갖다 주면 그래도 몇 모금씩은 홀짝홀짝 혓바닥으로 핥아 먹곤 했다. 기특한 일이 아닐 수 없었다. 저러다 죽으면 어떻게 하나, 개에 대한 생각만 떠오르면 언제나 마음이 개운치가 못했었다. 그러나 제 스스로 음식에다 고개를 들이미는 것을 보니 아직 죽을 팔자는 아닌 모양이었다.

"저 개는 정말 우습지도 않아요. 마치 누구 흉내라도 내고 있는 것 같아요."

"누구라뇨."

"시침 떼지 마세요. 다 알면서."

"그럼 내 흉내를 내고 있다는 얘깁니까."

"그래요."

"난 내가 개의 흉내를 내고 있는 줄 알았는데."

"생긴 것까지 똑같아요."

정말이었다. 요즘은 얼굴까지도 흡사해져 있는 것 같았다. 만약 그가 두 발로 걷지 않고 네 발로 기어만 준다면 서로 형제지

간이라고 해도 아니라고 우길 사람이 별로 없을 것 같았다.

"옛날에 창문을 통해 저 개를 관찰하면서 지독하게 외로운 개라는 생각을 자주 했었습니다. 우리는 가끔 얼굴을 마주치곤 했었는데 마치 서로의 마음을 잘 알고 있는 듯한 표정으로 한참 동안 상대편을 물끄러미 바라보곤 했었습니다. 그러면서 우리는 차츰 애정 같은 걸 느끼기 시작했습니다. 서로 마음과 마음이 전달되고 있는 듯한 기분이 들었어요. 정말입니다."

"동화를 쓰면 성공하겠어요. 소질이 있는 것 같아요."

우리는 가끔 그런 얘기들을 나누곤 했다.

그는 몇 마디만 주고받으면 곧 피곤한 표정을 지었다. 말하는 것도 몹시 힘이 드는 모양이었다.

그는 하루 종일을 누워만 있었다. 날씨가 너무 더워 나는 자주 그에게 노트로 부채질을 해주곤 했다. 창 밖에는 모든 사물들을 질식시켜 버릴 듯 햇빛이 극렬하게 내리비치고 있었으며 모든 풀들이 시들어 생기라곤 하나도 찾아볼 수가 없었다.

벌써 몇 달째 가뭄이 계속되고 있었다. 여름이 시작되고 겨우 두세 번 비가 내리기는 했지만 그건 아주 잠깐 동안만 내리다 마는 비였다. 오히려 그런 비는 감질만 더해주는 것 같았다.

날마다 바람 한 점 없었다. 모든 것은 정지상태 그대로였다. 가끔 어디선가 들려오는 매미소리도 햇빛에 반사되어져 더욱 날카롭게 고막을 찌르고 들려오는 것 같았다. 땅바닥은 딱딱하게 말라 있었다. 연못물도 눈에 띄게 줄어들어 있었다. 그런데도 펌프 물만은 여전히 잘 나와준다는 사실이 고맙고도 다행스럽게 생각되었다.

시내에 나가 보면 사람들은 모두가 축 늘어져 있었다. 축 늘어져서 땀을 뻘뻘 흘리고 있었다.

라디오에서는 연일 가뭄에 대해서 극성스러울 정도로 열을 올리고 있었다.

삼십 년 만에 다시 맹위를 떨치기 시작한 불볕더위, 농어촌에 양수기를 보내자는 캠페인, 이런 것들이 온통 라디오 속에 꽉 들어차 있었다.

밤이 되어도 후텁지근함은 가시지 않았다. 역시 바람도 전혀 불지 않았다.

모기들만 밤마다 극성을 떨었다. 어느 일류 요리집에서는 모기 눈알을 요리해서 아주 비싼 값으로 판다는데 제발 이 건물 주변에 있는 모기들이나 모조리 잡아가 요리해 팔았으면 좋겠다는 생각이 들었다. 도무지 쉽게 잠을 이룰 수 없었다. 너무 더웠으므로 닭털침낭 속으로 들어가 잘 수도 없었다.

어느 책에선가 모기의 습성에 대해 읽은 적이 있는데 그 책에 의하면 모기는 암놈이 알을 낳기 위해서 동물의 피를 빨아 먹는다.

모기의 숫놈은 암놈에 비해 체구도 빈약하고 용맹성도 없어 보인다. 게다가 혼자서 암놈을 유인할 만한 능력도 없다. 그래서 떼를 지어 수십 또는 수만 마리가 일제히 날아올라 앵앵거림으로써 암놈을 유인한다. 이 앵앵거리는 소리는 모기에게는 대단히 중요하다. 모기의 청각기관은 더듬이 표면에 있는 아주 미세한 털인데 모기는 그것으로써 일정한 높이의 소리를 들을 수 있다. 암모기는 자유분방하게 날아다니다 숫놈들이 앵앵거리는 소리를 듣고 비로소 그 무리 속으로 날아든다. 그러면 숫놈들은 갑자기 어지럽게 난무하면서 암모기를 차지하려고 필사의 노력을 기울인다. 그러나 언제 어느 숫놈이 채가는지도 모르게 그 암모기는 아주 잠깐 사이에 정조를 빼앗겨버리게 된다. 그리고 그 숫놈들 속을 빠져 달아나버린다.

암모기가 행여 다른 종류의 숫모기 집단에 뛰어들지 않는 이유는 앵앵거리는 진동수의 차이 때문이다. 집모기는 집모기대로 또 풀모기는 풀모기대로 일정한 진동수를 가지고 있다. 그래서 언제나 같은 종류끼리의 교미가 용이한 것이다.

그런데 교미가 끝난 암모기가 수정란을 키워서 알을 낳으려면 반드시 동물의 피가 필요하다. 그리고 암놈은 동물의 몸에서 나오는 이산화탄소를 탐지하는 특수 감각기관으로써 동물의 존재를 쉽게 파악할 수가 있다.

따끔!

피를 빠는 모기는 이미 처녀모기가 아니다. 만약 모기 눈알을 요리해서 파는 요리집에서 그 사실을 알면 판매전술이 또 약간 달라질 것이다. 돈을 버는 일이라면 최대한 머리를 비틀

어서 기발한 것을 짜내고야 마니까. 이를테면,

| | | |
|---|---|---|
| 처녀모기 눈알 | 한 접시 | 삼만 원 |
| 비처녀모기 눈알 | 한 접시 | 이만 오천 원 |
| 숫모기 눈알 | 한 접시 | 이만 원 |

하는 식의 메뉴가 등장하게 될는지도 모른다.

날씨가 다른 해보다 더워서 그런지 모기 또한 다른 해보다 한결 영악스러운 것 같았다. 우리는 모기가 무서워서 좀처럼 촛불을 켜놓지 않았다. 그래도 달이 밝아서 행동하기에는 그리 불편한 점이 없었다.

"왜 이렇게 두통이 심할까. 날마다 이렇게 누워만 있어서는 안 되는데."

그는 앓으면서도 가끔 그렇게 중얼거리곤 했다. 앓다가 가까스로 잠이 들면 이따금 끙끙 신음소리로 말하곤 했다. 몹시 고통스러운 모양이었다.

"저 그림을 다 그리고 나면 자살해 버려야겠습니다. 다시 바깥세상에 나가 다른 사람들과 타협할 용기도 없고, 혼자서 이런 식으로 다른 그림을 또 시작할 자신도 없어요. 지금 그리고 있는 그림으로 모두 끝내고 싶습니다."

어느 날 그는 아주 심각한 목소리로 내게 말했다. 그의 눈동자는 왠지 물기에 젖어 있는 것처럼 보였다.

그러나 그보다 먼저 내가 죽을 뻔한 일을 당했다.

점심때 관리인실 부엌에 웅크리고 있을 개를 위해 그가 먹다 남긴 죽을 들고 본관 모퉁이를 돌아서서 몇 발자국을 옮겨 놓았을 때였다. 갑자기 바로 등 뒤에서 무엇인가가 둔탁한 소리로 세차게 떨어져 내리는 소리가 들렸다. 깜짝 놀라서 돌아다보니 벽돌무더기였다. 산산조각이 나 있었다. 벽 일부가 무너져 내렸던 것이다. 등줄이 서늘해지는 듯한 느낌이었다. 한 걸음만 늦었어도 나는 머리가 박살난 채로 그 자리에서 즉사해 버렸을 거였다. 죽그릇을 들고 있는 손에 맥이 쭉 빠지면서 다리가 후들후들 떨려왔다.

개에게 죽그릇을 갖다 주고 돌아오면서 하마터면 내가 죽을 뻔했다는 생각을 하니까 이상하게 마음이 슬퍼져왔다. 이런 데서 아무도 모르게 죽는 건 싫어. 특히 자살도 아니고 그런 식으로 끔찍하게 죽는다니, 생각만 해도 온몸이 오그라드는 듯한 느낌이었다. 하늘을 쳐다보았다. 거기 하나님의 얼굴은 보이지 않고 뜨거운 태양볕 속에 구름만 부글부글 끓고 있었다.

그날 밤 나는 꿈을 꾸었다.

홀에서 술을 팔고 있는데 한 청년이 나를 찾아왔다. 술을 마시러 온 것이 아니었다. 숙부님의 심부름으로 나를 데리러 왔다는 거였다.

"숙부님은 이민을 가셨는데요."

그렇게 말하면서도 나는 그 청년을 따라나서고 있었다.

숙부님이 나를 나무라지는 않으실까. 걱정스러웠다.

숙부님은 이미 내가 홀에 나간다는 사실을 다 알고 계시는 것 같았다. 어느새 눈이 내리고 있었다. 청년이 코트를 벗어서 나를 덮어주는데 얼굴을 쳐다보니 아주 잘생긴 얼굴이었다. 그는 숙부님 주선으로 나와 약혼을 하기로 되어 있는 것처럼 내게 말했다.

우리는 눈을 맞으면서 한정 없이 걷고 있었다. 전혀 낯선 도시였다. 자세히 보니 상점의 간판들이 모두 알파벳으로 씌어 있었다. 나는 외국의 어느 거리까지 흘러 들어와 있었던 것이다. 숙부님을 만나게 되었으니 이제 외롭게 살지는 않게 되었지, 하는 생각을 하니 그동안의 일들이 몹시 슬프게 느껴져 왔다.

"숙부님은 어디 계시나요."

나는 걸으면서 청년에게 물어보았다.

우리는 오래전부터 잘 알고 있던 사이처럼 생각되었다.

그래서 빨리 데려다 달라고 떼라도 쓰고 싶은 심정이었다.

"숙부님은 집에 계십니다. 파티를 준비해 놓았습니다."

숙부님은 상당히 부자라고 그는 말했다.

"아가씨를 찾으려고 여간 애를 쓰신 게 아닙니다. 보고 싶어서 날마다 고국에 계실 때 함께 찍은 가족사진을 꺼내 보시곤 했었습니다."

그는 호주머니에서 신문지 한 장을 꺼내 보였다. 거기엔 나를 찾는다는 기사가 실려 있었다. 내 사진도 있었고 숙부님의 사진도 실려 있었다. 나는 그것을 보고는 갑자기 눈물이 날 것 같았다.

"택시 타고 가요."

내가 말했다.

그러자 청년이 눈발 속에서 쉽게 택시 한 대를 잡았다. 그리고 정중하게 나를 안으로 밀어 넣었다. 택시가 움직이자 거리들이 뒤로 뒤로 밀려나고 있었다.

"여기가 어디죠?"

"북구입니다."

어디론가 한정 없이 택시를 타고 가다가 나는 잠을 깨었다. 몹시 서운했다. 곁에서 이따금 그의 신음소리가 들리곤 했다. 달은 완전히 서편으로 기울어져 있었다. 공기도 제법 서늘하게 식어 있었다.

나는 더 이상 잠이 올 것 같지 않았다.

왜 그런 꿈을 꾸게 되었을까. 숙부님에 대한 그리움이 내 의식 속에 강하게 잠재해 있었기 때문일까.

그 도시는 어디였을까. 청년은 그냥 북구라고만 대답했었는데, 숙부님이 북구에 가 있다니, 그리고 내가 거기까지 흘러들어가 홀에서 술을 팔고 있었다니, 역시 꿈은 터무니없는 환각에 지나지 않는 것일까.

어쩌면 나도 숙부님과 함께 이민을 떠나고 싶었는지도 모른다. 아니다. 어쩌면이라는 표현은 적합하지 않다. 확실히 나는 함께 떠나고 싶었다. 겉으로는 극구 반대했었지만 속으로는 혼자 남는다는 사실이 두려웠었다.

내가 하도 맹렬히 반대를 하니까 숙부님도 나중에는 포기해 버리고 말았다. 함께 떠나지 않는다는 사실이 확정되었을 때 나는 혼자 이불 속에서 밤새도록 울었다. 갑자기 혼자 남은 나의 실체가 확연히 드러나 보였기 때문이었다.

"역시 같이 가는 건데 그랬나 보다."

며칠 동안 숙부님은 자꾸만 그 말을 되풀이했지만,

"이젠 아무렇지도 않아요."

처음과는 달리 나는 차츰 태연해져 가고 있었다.

숙부님은 자리를 잡으면 반드시 데리러 오겠노라고 몇 번이나 말하면서 내게 얼마간의 돈과 취직자리를 마련해 주셨다.

그러나 그 회사는 내가 입사한 지 두 달 만에 홀랑 망해 버리고 말았다. 돈도 그럭저럭 생활비로 다 써버리고 말았다…….

걷잡을 수 없는 상념들이 꼬리를 물고 머릿속을 어지럽히고 있었다. 창가로 걸어가서 밖을 내다보았다. 날이 새려면 아직도 상당히 오래 기다려야만 될 것 같았다. 아직도 모기들이 희미한 소리로 허공을 떠다니고 있었다.

나는 아침이 되자 서둘러 외출했다. 그리고 조간신문을 뒤적거려보았다. 혹시 정말로 숙부님이 귀국해서 나를 찾고 있는 광고가 나 있을지도 모른다는 생각에서였다. 그러나 그런 것은 눈을 씻고 찾아보아도 없었다. 서점에 들러 주간지도 모두 뒤적거려보았다. 역시 마찬가지였다.

저녁때 석간을 사 전면을 훑어보고는 더욱 허탈 상태에 빠져버렸다. 곧 나는 나 자신에 대해 혐오감을 느끼기 시작했다. 역시 인간은 완전한 혼자가 되기 위해 살아가고 있다는 말이 가슴속을 파고드는 것 같았다. 아직도 나는 멀었다는 생각이 들었다.

# 마침내 남아 있는 것

내 삶의 몫은 내가 알아서 챙겨야 합니다.
아무도 챙겨주지 않습니다.

"우유는 싫습니다. 안 되겠어요. 아직도 전혀 받아들여지지가 않아요."

어느 날 아침 식사를 마련해 오기 위해 시내로 나갈 준비를 하는데 그가 누운 채로 미안하다는 표정을 지으며 내게 말했다. 우유는 설사라는 말과 사촌지간이라는 거였다.

"알았어요. 그럼 오늘부터 아침 식사도 흰죽으로 드세요."

그동안 그는 우유 한 병과 계란 한 개를 아침 식사로 대용해 왔었다.

그는 이제 제법 많은 양의 식사를 할 수 있는 상태로까지 발전해 있었다.

두통도 많이 가셔지고 원기도 약간 회복된 것 같았다.

역시 내가 추측했던 대로인 것 같았다. 그의 병은 영양부족과 과로, 그리고 신경쇠약 등이 복합적으로 쌓여 있다가 불시에 표면화된 것임이 분명한 것 같았다. 제대로 먹지도 못하고 거의 일 년 가까이를 작업실에 갇혀 혼신을 다해 그림을 그리고 있었으니까 웬만한 체력으로는 버티어내기가 힘들었을 것이다.

나는 그가 왜 굳이 악조건을 스스로 만들어가며 그림을 그리려고 드는지 어느 정도는 이해할 수가 있을 것 같았다. 결코 평범한 상태로는 평범 이상의 작품을 만들어낼 수가 없는 것이다.

"오래 살고 싶은 생각은 추호도 없습니다. 남들이 한평생이라고 말하는 것을 나는 일 년 동안에 모조리 살아버리고 떠나겠다는 생각뿐입니다. 내 삶의 몫은 내가 알아서 챙겨야 합니다. 아무도 챙겨주지 않습니다."

어제 그는 다시 작업을 시작해야겠노라고 힘들여 병든 몸을 일으켰었다.

"안 돼요. 며칠 더 안정을 하신 뒤에 시작하셔도 늦지는 않아요."

나는 극구 만류했었다.

"이젠 괜찮습니다. 건강합니다."

그는 고집을 부리기 시작했었다.

"건강하다구요?"

"그렇습니다. 자, 보십시오."

그는 내게 몸을 이리저리 움직여 보였다. 짐짓 쾌활해져 있는 듯한 태도였다. 그러나 살짝만 건드려도 맥없이 픽 쓰러져 버릴 것만 같았다.

"진짜 건강한 사람이 화내겠어요. 건강을 모독하는 발언이라고."

나는 더 좋은 그림을 그리기 위해서는 더 좋은 육체도 필요할 것이라고 그에게 말해 주었다.

아침 식사를 하고 나면 또다시 무료한 시간들이 밀어닥쳤다.

햇빛은 언제나 너무도 강렬해서 모든 사물들이 번뜩거리는 빛의 화살을 맞고 처참하게 살해당하고 있는 듯이 보였고, 여전히 바람은 불지 않았으며 풍경은 미동도 하지 않은 채 질식 상태로 멎어 있었다.

나는 수시로 그에게 세수라도 좀 해보지 않겠느냐고 권유해보곤 했다. 그러나 그는 한번도 그렇게 해주지 않았다. 세수를 안 하는 것이 편하다는 얘기였다.

"갑갑하지 않으세요?"

"습관 들이기 나름입니다. 나는 세수를 안 하는 습관을 가졌고 다른 사람들은 세수를 하는 습관을 가졌습니다. 그 어느 습관이든지 몸에 익혀놓은 다음에는 마찬가지입니다. 습관을 깨뜨리는 쪽이 불편하다는 얘기죠. 순진한 국민학생과 중학생들을 모아놓고 목욕하기를 싫어하는 사람 솔직히 손들어봐요,

하고 말하면 아마 손을 드는 쪽이 더 많을 겁니다."

용케도 그는 더위를 잘 참아내고 있었다.

"이렇게 누워만 있으면 정말 안 되는데 손이 굳어지면 풀기가 어려운데."

가끔 혼잣소리로 그렇게 중얼거리곤 했다.

그러나 그는 아주 조금씩 회복되어 가고 있었다. 하루하루 눈에 뜨이게 얼굴빛이 좋아져 갔다―라는 식의 표현은 땟국물과 유화물감에 찌들어서 칙칙해져 있는 그의 얼굴과는 잘 어울리지 않는 편이지만, 하여튼 좋아져 간다는 것을 곁에서 뚜렷이 느낄 수는 있는 것 같았다.

그에 따라서 개도 역시 조금씩 생기를 되찾아가고 있었다. 전에처럼 걸음걸이가 비척거리지도 않았고 눈동자가 흐려 있지도 않았다. 음식을 먹는 상태도 매우 양호해져 있었다.

그가 아래층으로 내려온 지 두 달이 거의 다 되어갈 무렵, 내게도 알 수 없는 마음의 변화가 싹트기 시작했다. 그것은 그에 대한 감정의 변화였다.

어떻게 표현해야 좋을까.

이 남자는 이제 타인이 아닌 어떤 존재가 되어 있는 것 같다는 생각, 비어 있던 내 가슴 안에 나도 모르는 사이 그가 들어와 자리를 잡고 있는 것 같다는 생각, 그리고 애잔한 떨림, 그의 모든 것들이 조금씩 새롭게 느껴지고 어쩌면 이것이 연정일는지도 모른다, 라고 말해도 좋을 것 같은 설레임이 아주 여

린 바람에 미세하게 일어나는 물비늘처럼 마음 밑바닥에 깔리
곤 했다. 다른 남자들에게서는 아직 한번도 느껴보지 못했던
감정이었다.

그러한 마음의 동요가 싹트기 시작하면서부터 나는 차츰
그에게서 한 사람의 남성을 느껴가고 있었는데 그의 모든 것
이 좀더 새롭게 생각되고, 너무 가까이 있으면 까닭도 없이 거
북스러워져서 자연히 정면으로 얼굴을 마주 대할 수가 없는
심정이 되었다.

그러나 나는 절대로 그러한 감정을 내색하려 들지 않았다.
오히려 전에보다 더 사무적이고 더 평범한 태도를 보이려고 노
력했다. 때로는 필요 이상으로 그를 빈정거려주거나 노골적으
로 짜증을 부려보기도 했다.

"결혼 적령기를 넘어선 여자가 흔히 가지는 후천적 구제불
능성 히스테리 증세를 보이시는 것 같습니다. 저한테 너무 딱
딱하게는 굴지 마십시오. 비록 총각은 아니지만 저도 결혼할
수 있는 희망은 있는 남자입니다."

하지만 그는 빈정거려주어도 짜증을 부려보아도 유들유들한
표정이었다. 나는 약간 약이 오르는 듯한 느낌을 받기도 했다.

"남자가 없어서 이러고 있는 건 아니니까 제게 절대로 기대
걸지는 마세요. 아시겠죠."

"물론입니다."

"지금이라도 거리에 나가 남자를 이리로 유혹해 오라면 한

시간에 일개 중대병력 정도의 인원수는 채워올 수가 있어요."

만약 그런 대회라도 열게 된다면, 그리고 내가 대표선수로라도 뽑히게 된다면 한 시간에 중대병력 정도는 무리했지만 최소한 일개 소대병력 정도는 자신 있을 것 같은 기분이었다. 다방에서, 거리에서, 또는 공원 벤치에서 가만히 십 분 정도만 앉아 있거나 서성거리면 그렇고 그런 남자들이 은근한 말투로 수작을 걸어왔던 적이 한두 번이 아니었다. 물론 수법이 한결같이 유치해서 그들의 표적으로 지목되었다는 것만으로도 우선 불쾌감을 느끼지 않을 수 없을 정도였었다. 재수 없는 날은 몇 번이나 그런 일을 당하는 수도 있었다.

만약 내 쪽에서 먼저 유혹하려 든다면 동기와 목적이야 어떻든 크게 어려울 건 없을 것 같았다. 하지만 나는 그런 시시껄렁한 말을 왜 그에게 해버렸을까, 정말로 유치하다, 속으로 얼굴을 붉히며 나 자신에 대해 심한 수치심을 느끼지 않을 수 없었다. 나도 점차로 속물화되어 가고 있는 모양이었다.

여름은 이제 마지막 안간힘을 다하고 있었다.

햇빛은 극도로 뜨거워져서 마치 온 천지를 모조리 하얗게 재로 만들어버릴 듯한 기세였다.

나의 생활이라는 것은 언제나 무료하고 권태스럽기만 했다. 글을 써보겠다는 안간힘도 이제는 한풀 죽어 있는 상태였다. 날마다 똑같은 냄새 똑같은 빛깔 똑같은 소리 똑같은 맛을 가진 시간 속에 나는 침체되어 있었다.

나는 가끔 바다를 생각했다. 아우성치며 내달려오던 젊고 건강한 바다, 허연 파도, 또는 백사장, 또는 소금기 어린 바람, 또는 일출. 그런 것들이 내 의식 속에 떠올라 슬로비디오로 전개되고 있었다. 나는 이 여름이 다 가기 전에 한 번 더 바다를 다녀와야겠다는 생각을 했다.

돈이 다 떨어져가고 있었다. 또다시 난감한 일상들이 내 앞으로 다가오고 있었다. 만약 돈이 모두 떨어져버리게 된다면 도대체 어떻게 살아갈 방도를 강구해야 할 것인지, 나는 아직도 막연하기만 했다. 그러나 이제는 아무렇게라도 살아갈 자신만은 가지고 있었다. 무엇보다도 돈이 남아 있을 때 그가 건강을 회복했다는 사실이 다행스럽다는 생각부터 들었다.

"내일부터 작업을 다시 시작해야겠습니다. 그동안 정말로 고마웠습니다. 이 건물 속에서 일 년 동안 살았던 모든 시간들은 저승엘 간다 하더라도 잊을 수가 없을 겁니다."

어느 날 그가 말했다.

"여전히 문을 걸어 잠근 채 작업을 하실 건가요."

"물론입니다. 다 완성되면 모조리 활짝 열어놓을 작정입니다."

그가 다시 이층으로 올라간다고 생각하니까 몹시 마음이 허전해져 오는 듯한 느낌이었다.

"사흘만 더 있다가 올라가세요. 날짜에 맞추어 그림을 출품할 것도 아니고 청탁을 받아서 그림을 그리는 것도 아니잖아요. 시간에 쫓길 필요가 있을까요."

"너무 오래 손을 썩히고 있었습니다. 이러다간 정말로 붓이 굳어져서 제대로 움직여질 것 같지가 않습니다."

나는 더 이상 그를 붙들어놓을 수가 없을 것 같았다.

해가 서편으로 기울어지고 있었다. 하늘 한 켠으로 구름이 노을에 젖은 채 기다랗게 가로누워 있었다. 새들이 해가 지는 하늘을 가로질러 어디론가 느릿느릿 떠내려가고 있었다.

그는 창가에 기대서서 무심히 먼 하늘을 쳐다보고 있었다. 해는 벌겋게 달아 멀리 서쪽 하늘에 걸려 있었다. 그의 어깨너머로 그 해를 넘겨다보고 있자니 문득 소월의 시 한 구절이 생각났다.

붉은 해는 서산 마루에 걸리었다. 사슴의 무리도 슬피 운다.

그리고 그 다음인가 그 앞인가에, 떨어져 나가 앉은 산 위에서 나는 그대의 이름을 부르노라, 사랑하던 그 사람이여, 사랑하던 그 사람이여, 하고 영탄하는 시였다. 지금 그 시의 혼이 하늘에 노을로 걸려 있었다. 땅 위의 모든 사물들도 그 노을빛에 흥건히 젖어 있었다. 그 시의 혼이 흥건히 젖어 있었다. 젖어서, 사랑하던 그 사람이여, 사랑하던, 그 사람이여, 하고 불붙는 가슴으로 탄식하고 있었다.

그때였다.

"저것 봐요!"

갑자기 그가 운동장 한 켠을 가리키며 놀라움에 사로잡힌 목소리로 낮게 외쳤다.

그가 가리키는 곳을 주시해 보니 기이한 광경 하나가 눈에 띄었다.

개가 무슨 날짐승 한 마리를 살해하고 있었다. 그 날짐승은 쉴 새 없이 날개를 푸득거리며 마지막 안간힘을 다하고 있었다.

"뭐죠? 저게 뭐죠?"

나는 숨을 죽이며 놀라움에 찬 소리로 그에게 묻고 있었다.

"비둘긴가?"

그가 안경다리를 한번 버릇처럼 만지작거리고 있었다.

"닭이에요."

내가 말했다.

자세히 보니 그것은 닭이었다.

"어디서 물어 왔을까요."

"어쩌면 가까운 마을로 내려가서 도둑질해 온 것일는지도 모릅니다."

운동장도 노을에 젖어 있었다.

"저건 춤 같아요."

내가 말했다.

정말이었다. 그것은 죽느냐 사느냐를 놓고 두 짐승이 벌이는 숨 가쁜 투쟁이 아니라 마치 하나의 춤 같았다. 닭도 개도 모두 춤을 추고 있는 것 같았다.

개가 닭을 공격해서 어딘가를 물고 고개를 세차게 흔들어대면 닭은 쉴 새 없이 날개를 푸득거렸다. 수많은 깃털이 빠져나와 이리저리 흩어져 나가고 있었다. 어떤 것은 노을빛에 반짝거리면서 공중에서 한참 동안을 떠다니는 것도 있었다. 닭과 개가 모두 불그레한 빛으로 물들어 있었다.

더러 개의 동작이 멈추어지면 닭은 이리저리 날개를 푸득거리면서 정신없이 맴을 돌았다. 때로는 허공으로 급작스럽게 치솟았다가 픽하고 땅바닥에 쓰러져버리기도 했고 또 때로는 정신없이 어딘가로 내달려 가기도 했다. 그러한 닭의 동작에 따라 개도 때로는 민첩하게 또 때로는 태연하게 몸을 움직여 나가고 있었다. 때로는 서로 떨어져 개는 개대로 닭은 닭대로 껑충껑충 뛰거나 푸득푸득 날아올랐고, 또 때로는 서로 한데 엉겨붙어서 격정적으로 몸부림을 치기도 했다.

그것은 정말로 춤이었다. 마지막 생명을 화려하게 불태우는 듯한 열정 같은 것까지 느껴질 정도였다.

이윽고 해는 완전히 기울고 불그레한 노을의 잔영만 남아 있었다. 차츰 닭은 탈진해 가고 있었다. 운동장 바닥에 꼬꾸라져 아주 이따금 날개를 한번 움찔거려보는 것이었으나 이제는 전혀 힘을 쓸 수가 없는 것 같았다. 개는 한참 동안 그것을 물끄러미 내려다보다가 슬그머니 입을 갖다 대고 물어 올리더니 천천히 관리인실 쪽으로 사라져갔다.

운동장은 거짓말처럼 텅 비어 있었다. 내 손바닥에는 흥건하게 식은땀이 괴어 있었다.

개의 어디에서 그런 생기가 솟아났을까. 본능적으로 잠재해 있던 동물적인 힘이었을까, 지금까지 내가 보아온 그 개의 모습과는 전혀 다른 일면을 나는 보고 있었던 것 같았다.

"아 정말로 보들레르적인 장면……."

이었다고 말하려는데 그가 난폭하게 나를 끌어안았다. 그리고 내 입술에다 자기의 입술을 갖다 대었다. 나는 도리질을 하기 시작했다. 그의 오른손이 내 등 뒤로 감겨와서는 뒷머리를 한 움큼 움켜잡았다. 왼손은 허리에 감겨 있었다. 나는 순식간에 그에게 포박당해 버렸다. 좀처럼 마음대로 움직일 수가 없었다. 그는 뒷머리를 움켜잡은 손으로 내 목덜미를 젖히고는 거기에 그의 뜨거운 입술을 떨구었다. 이러지 마세요. 이러지 마세요. 나는 마음속으로만 그렇게 말하고 있었다. 그의 입술은 목덜미에서 다시 볼을 스쳐 입술로 옮겨져 갔다. 일순 나는 움찔하고 몸을 한번 소스라쳤다. 갑자기 날카로운 고압 전류 같은 것이 빠르게 내 등골을 스치고 지나갔다. 아뜩한 현기증이 일어났다. 나는 전신에 맥이 빠져버리는 듯한 느낌을 받았다.

나는 마룻바닥에 맥없이 쓰러졌다.

그의 손이 내 살 속으로 파고들어와 바닷물에 모래가 쓸리는 것 같은 감촉으로 쓸려 다니고 있었다. 나는 감전당해 있었다. 전신이 수천 가닥의 아름다운 선율 속에 휘감겨드는 듯한 느낌이었다. 그의 손은 내 젖가슴과 등과 아랫배로 옮겨다니며 백사장에 스적이는 물결 같은 분위기를 만들어내고 있었다. 나는 물풀처럼 나른하게 흔들리고 있었다. 그가 내 티셔츠를 벗기고 청바지를 벗기고 아, 나를 하얗게 드러나도록 만들 때까지 나는 전혀 저항하지 않은 채 그저 물풀처럼 나른하게 흔들리고 있었다.

"사랑해."

라고 바닷속 어딘가에서 가물가물한 목소리가 들리고 있었다.

그의 손과 입술은 내 전신을 부드럽게 옮겨 다니고 있었다. 나는 바다를 보고 있었다. 바다는 꿈틀거리고 있었다. 바다의 끝 저 멀리 새벽이 틔어오고 있었다. 아침놀이 아름답게 퍼져 나가고 있었다.

그러다가 이윽고 어떤 뜨거운 격정의 덩어리가 내 아랫도리를 파고들었다. 나는 나도 모르는 사이 낮게 신음을 발했다.

붉은 해가 바다 위로 떠오르고 있었다. 번쩍이는 수천만 개 해의 비늘들이 주홍색으로 찬란하게 내 살을 파고들고 있었다. 바다는 미쳤나 봐, 바다는 미쳤나 봐, 나는 바다처럼 불타면서, 나는 바다처럼 출렁거리면서 일출 속에 잠겨 있었다. 해는 이제 완전히 그 모습을 드러내고 공중에 걸려 있었다. 온 천지가 금빛으로 찬란해 보였다.

나도 차츰 공중에 떠오르고 있었다. 몇 번이나 떨어질 듯 떨어질 듯 마음을 졸이며 아주 높은 곳에까지 치솟아 있었다. 해는 내 안에서 점차로 커지더니 내 살을 녹이고 내 뼈를 녹이고 의식까지 녹이고 나도 마침내 한 하늘이 되어 있었다.

그는 더욱더 나를 굳게 끌어안고 있었다. 정신을 차리고 보니 그도 어느새 알몸으로 변해 있었다. 나는 부끄러움으로 땅속 깊이까지 숨어들어가 버리고 싶었으나 그의 입술이 다시 내 얼굴을 덮자 나는 금세 온 세상으로부터 가리워져 버렸다.

나는 그날 비로소 그에 의해 닫힌 육체의 문을 열고 최초로 그 안을 들여다본 셈이 되었다.


어느 날 아침에 눈을 뜨니 그가 보이지 않았다.

이층으로 다시 올라가버렸구나 하는 생각으로 갑자기 가슴이 텅 비어 나가는 듯한 느낌을 받았으나 혹시 화장실에라도 갔으려니 하는 생각이 들어 기다려보았다. 그러나 상당히 오랜 시간이 경과해도 그는 돌아오지 않았다.

이층으로 올라가 문을 노크해 보니 그는 안에 있었다. 모든 문이 옛날처럼 견고하게 막혀 있었다. 나는 갑자기 그와 격리되어 버린 것이 몹시 서운했지만 그림을 완성하면 우리는 영원히 함께 있게 될지도 모른다는 생각을 하며 그냥 아래층으로 내려오는 수밖에 없었다.

그가 이층으로 올라가버린 뒤 나흘 동안을 나는 아무 일도 못 했다. 마음이 술렁거려서 도무지 갈피를 잡을 수가 없었다. 갑자기 발생한 내 마음의 변화에 나는 어떻게 대처해야 좋을는지 알 수가 없었다.

그러나 내 가까이에 누군가가 생겼다는 사실이 어느 정도는 나를 기쁨 같은 것에 젖어들도록 만들어주었다. 아, 나는 연애를 하고 있다, 라는 소녀적 감상으로 마음이 들떠서 때로는 이것저것 앞날에 대한 생각들을 떠올리며 혼자 재미있어 해보기도 했다. 하지만 그것은 아주 잠깐잠깐씩의 일이고 전체적으로는 온 하루가 역시 뒤죽박죽이 되어 있는 듯한 느낌이었다. 나는 전혀 새로운 국면에 당면해 있었던 것이다.

육체가 눈을 뜨고, 죽어 있던 의식이 조금씩 되살아났으며, 지금까지 내재해 왔던 고정관념들이 하나씩 차례로 깨어져 나가고 있었다.

나는 바다를 생각해 내었다. 거기서 잠시 나 자신을 정리해 보고 싶은 심정이었다. 다행히 수중에는 얼마간의 돈이 아직도 남아 있었다.

나는 그에게 알리지 않고 떠났다가 다시 돌아올 작정을 했다.

열차를 탔을 때는 날이 저물 무렵이었다. 사람들은 가뭄에 의식이 바싹 말라붙어 있는 듯한 느낌이었다. 나는 바다로 가면서 줄곧 그만을 생각했다. 그렇게 하지 않으려고 해도 그의 모습이 자꾸만 떠오르는 것을 어찌할 수가 없었다.

나는 그와 함께 그 폐허의 건물 속에서 함께 생활했었던 일 년 동안이 마치 꿈만 같다는 생각을 했다. 그토록 어둡고 그토록 처절한 나날들이 앞으로도 얼마쯤 더 계속될는지.

가능하면 나는 이제 그와 함께 그 건물로부터 벗어나고 싶다는 생각을 했다. 그러자면 또 돈이 필요하겠지. 하지만 이젠 돈 따위는 아무래도 좋아. 나는 인생이 무엇인지를 어렴풋이나마 짐작할 수가 있을 것 같다.

바다가 있는 작은 항구 도시에 도착했을 때는 시간이 너무 늦어 있었다. 나는 어느 작은 여관에다 방을 정했다.

도무지 잠이 오지 않았다.

여관 바로 문 앞에 바다가 다가와 있는 것 같았다. 세포들이 조금씩 바다를 향해 눈을 뜨고 있었다. 새벽이 되자 더욱 술렁거렸다.

나는 하룻밤을 꼬박 뜬눈으로 새우고 새벽에 거리로 나왔다. 그리고 택시를 잡았다. 전에 일출을 보았던 장소로 가기 위해서였다.

가는 길에 택시 안에서 내다보니 바다는 여전히 짐승처럼 등을 꿈틀거리며 시커멓게 가로누워 있었다. 그 곁에 전에는 보지 못했던 작은 천막들이 형형색색으로 다닥다닥 붙어 있었다. 피서객들이 쳐놓은 천막들인 모양이었다.

그것은 거대한 바다에 비하면 너무도 작고 보잘것없는 장난감처럼 보였는데 만약 바다가 한 번만 크게 기지개를 켜면서 잠을 설치기만 해도 성냥갑처럼 순식간에 부서져버릴 것 같아 보였다. 천막들은 상당히 길게 연이어져 있었다.

택시는 한참을 달려 마침내 내가 원하던 곳까지 당도했다. 내려서 사방을 둘러보니 분위기가 완전히 달라져 있었다. 내가 왔던 때는 봄이었고 나무들은 아직 푸르러 있지 않았으며 바람도 약간 싸늘했었다. 그러나 지금은 그렇지 않았다.

우리가 일출을 보기 위해 올라갔었던 등 뒤 야산은 완전히 시퍼런 초록색으로 뒤덮여 있었고 다만 밑부분만이 벌건 흙이 드러나 보였다. 바람은 싱그럽고 그러면서도 내장을 맑게 헹구는 듯 시원스러웠으며 바다도 처음 보았던 때의 경이로움과는 달리 친근감 있게 내 앞으로 한 걸음 다가와 있는 것 같았다.

나는 야산으로 올라가 자리를 잡고 한참 동안 해가 뜨기를 기다리고 있었다.

신작로 가에서도 일출을 볼 수는 있다. 하지만 기분이 다른 것이다. 좀더 높은 곳에서 멀리를 바라본다는 것. 우습지만 그 쪽을 선택하고 싶은 것이다.

그러나 아무리 기다려보아도 해는 뜨지 않았다. 오늘은 해가 뜨지 않는 날인가, 당치도 않은 생각을 하며 나는 지리한 마음을 달래고 있었다. 그때였다. 문득 눈높이를 좀더 위로 하고 하늘을 쳐다보니 어느새 해는 높이 솟아올라 있었다. 나는 무엇에 홀려버린 듯한 느낌이었다.

새벽부터 줄곧 지키고 앉아 있었는데 그럴 리가 없다는 생각이 들었다.

시내로 들어와 식당에서 아침밥을 먹으며 주인 아낙네에게 그 사실을 말하니까 어이없다는 듯 헛바람 새는 소리로 피익 웃었다.

"그게 맨날 보이는 게 아니라우. 안개나 구름이 낀 날은 당연히 안 보이기 마련이지. 어떤 때는 잠시 한눈을 파는 사이 훌쩍 솟아올라와 공중에 걸려 있는걸. 헌데 샥시는 어디서 왔수?"

"이 도시에서 아주 멀리 떨어져 있는 어느 거지 같은 도시에서 왔어요."

"혼자서?"

"네, 혼자서요."

"이상도 해라. 바다 구경을 하는 사람들은 모두 다 쌍쌍이들 오던데. 요샌 새파란 지집아들이 남자들하구 아무렇게나 놀아나도 괜찮은 모양인지, 어떤 때는 눈꼴이 사나와서 원, 샥시는 그렇지 않아 보이는구먼. 얌전하고 얼굴도 예뻐 보이고."

"고마워요, 아주머니."

내가 남들에게 도덕적인 여자로 보인다니 우스운 일이었다. 도덕이라는 것, 나는 자유보다는 좋아하지 않는다. 차라리 나는 도덕적인 여자보다 자유로운 여자가 되고 싶다.

낮이 되어 다시 호젓한 바다로 나가 백사장을 산책했다. 모처럼 날씨가 약간 흐려 있었다. 구름빛이 검어 보였다. 해는 오래도록 구름 속에 숨어 있다가 아주 가끔씩 얼굴을 내밀곤 했다. 나는 바람과 파도에 풀풀 내 어두운 기억들을 날려 보내며 이층에서 그림을 그리고 있을 한 남자에 대한 생각만 했다.

우리는 지금 어떤 사이일까. 우리는 앞으로 어떻게 되는 것일까.

만약 서로 사랑하게 된다면 결혼할 수도 있다는 생각이 들었다. 우리가 결혼하면 남들에게는 불행해 보일는지도 모르지만 우리끼리는 행복할 수도 있을 것 같았다. 내가 왜 이리 유치한 생각만 하는 것일까. 정말로 속물이 다 되어버린 것일까, 하는 생각이 들어 고개를 설레설레 흔들어보기도 했지만 역시 여자라는 것을 감출 수가 없는 모양이었다. 나중에는 우리도 유명해질 수가 있다, 그는 그림으로 나는 소설로 각각 세상에 이름을 내걸고 줄기찬 노력으로 새 역사를 창조할 수도 있다, 우리라고 매일 춥고 배고프게 살라는 법은 없다, 라는 식의 조잡하고 남부끄러운 생각까지 들었다.

하지만 내가 그의 마누라가 된다, 라는 생각을 하니까 또 왠지 정나미가 떨어지는 듯한 기분도 들었다.

나는 바다에서 사흘을 묵었다.

그가 그림을 완성하고 나면 한 번쯤 함께 오고 싶다는 생각을 했다. 내일 떠나야겠다는 생각을 하며 사흘째 되는 날 밤에 간단한 소지품들을 챙기고 있는데 밖에서 누군가 앗, 비가 오시려나 봐, 하고 외치는 소리가 들렸다. 그리고 잠시 후 그토록 숨 막히던 가뭄에 종지부를 찍으며 후둑후둑 빗방울이 떨어져 내리기 시작했다.

빗소리는 밤새도록 그치지 않았다.

다음 날 꼭두새벽에 비를 맞으며 역으로 나가 차표를 끊었다.

"장마로구먼."

"가뭄 끝에 장마는 반드시 물난리를 일으킨다구."

"올 가을 농사는 죽을 쑨 거지. 보기 드문 흉년일 거야."

열차를 타고 오는 길에 앞자리에 앉아 있던 사람들이 걱정스럽게 얘기들을 주고받고 있었다.

나는 문득 어떤 불길한 예감에 사로잡혔다. 건물이 폭삭 무너앉아버리지나 않았을까 하는 두려움이 어둡게 내 가슴을 짓눌러왔다. 왜 그런 생각을 하게 되었는지 도무지 알 수가 없었다.

그 두려움은 이상하게도 상당히 오래도록 내 가슴을 사로잡고 있었다.

열차에서 내려 나는 급히 택시를 잡았다.

이제 택시비를 주고 나면 수중에는 겨우 백 원짜리 동전 몇 개만 남게 될 것 같았다.

건물은 아직 무너지지 않고 있었다.

나는 비로소 안도의 숨을 내쉬었다. 그의 모습이 떠올랐다. 그러나 나는 곧장 이층으로 직행하지는 않았다. 일말의 자존심이 나를 적당히 제어해 주고 있었다. 복도로 들어서니 오래도록 잊고 있었던 곰팡이 냄새가 퀴퀴하게 코끝에 스며왔다.

아래층에서 젖은 옷을 갈아입었다.

창밖을 내다보니 평소 더위에 시들해 있던 수목들이 싱싱하게 되살아나 비를 맞고 있었다.

뒤늦은 장마였다. 연못가에 피어 있던 원추리 꽃은 보이지 않았다. 모두 져버린 모양이었다.

나는 이제부터 다시 시작할 수 있다, 라는 자신감을 막연히 가슴속으로 느낄 수가 있었다. 어쩌면 글이 순조롭게 풀릴지도 모른다는 기대, 앞으로는 생활이 좀더 변화 있고 즐거운 형태로 변모되어 갈는지도 모른다는 기대, 그런 기대들이 차츰 양동이에 수돗물 차오르듯이 가슴속에 차오르고 있었다.

나는 핸드백을 열었다.

거기엔 그를 위해 내가 바다에서 사온 선물이 들어 있었다. 눈부시게 하얀 우산조개를 모아 엮은 목걸이였다. 그가 그림을 다 완성했을 때 목에 걸어주고 싶어서 사온 것이었다. 나는 그것을 사면서 우승한 마라톤 선수에게 씌워주는 월계관을 연상했었다.

그것을 씌워주고 나서 나는 그에게 키스해 주려고 마음먹었었다.

그리고 기회를 봐서 사랑하…… 까지만 말해 주겠다는 생각도 했었다. 믿지 않으면 정말이라고 증명해 보이겠다고 말해 주고 싶었다. 만약 증명해 보이라면 내 눈동자를 자세히 한번 들여다보라고 말할 작정이었다. 내 눈동자 속에는 그의 얼굴이 들어 있을 테니까.

그러나 나는 정작 그렇게 할 수는 없을 것 같았다. 그가 먼저 어떤 말을 해올 때까지 한정 없이 기다리게 될 것만 같았다.

나는 그런 생각들을 하면서도 갑자기 나 자신이 가련할 정
도로 유치해져 있다는 사실에 새삼 놀라움을 금치 못했다.

나는 이층으로 한번 올라가봐야겠다고 마음먹었다. 그러나
그의 목소리만 듣고 내려온다는 것은 얼마나 허망한 노릇인
가. 나는 망설이고 있었다. 그의 발로 내려와 나를 데리고 갈
때까지 아무런 관심도 없는 것처럼 태연해야 한다고 나는 나
자신을 타일러주었다.

그래도 견딜 수가 없었다. 내가 왜 이러지, 왜 이렇게 천박해
져 버렸지, 하는 생각을 하면서도 자꾸만 이층 쪽으로 신경이
쓰여지고 있었다.

나는 참을 수가 없어서 복도를 한참 동안 서성거렸다. 그러
다가 나도 모르는 사이 이층으로 오르는 계단을 밟게 되었다.
가슴이 설레어왔다. 정말로 믿어지지 않는 일이었다. 이렇게
급작스럽게 마음이 변해버리리라고는 전혀 상상조차도 해본
적이 없었다.

나는 그동안 너무 지쳐 있었고, 꿈에 숙부님을 만나러 갈
정도로까지 정에 고갈되어서 아주 작은 계기만으로도 한꺼번
에 마음의 벽이 허물어져버린 모양이라고 내 나름대로 나 자
신을 변명해 보고 있었다.

계단을 다 올라와서 나는 도로 내려가버릴까 하는 생각도
가져보았다. 그러나 이왕 올라온 김에 목소리라도 들어보자
고 천천히 그의 작업실 쪽으로 걸어나갔다. 그러다가 나는 돌

연히 하나의 사실과 직면하게 되었다. 문이, 그의 작업실 문이 모조리 활짝 열려져 있는 것을 보았기 때문이었다.

완성했구나!

드디어 그가 그림을 모두 완성했다. 나는 이상한 감동과 환희에 사로잡혀 자리에서 우뚝 걸음을 멈추고 잠시 열려 있는 그의 작업실 문들만 바라보고 있었다.

열 발짝만 더 가면 나는 완성된 그림을 볼 수 있을 거였다. 혹시 다른 강의실 문이 열려 있는 것을 보고 내가 착각을 일으킨 것이나 아닌가 싶어 아주 자세히 살펴보았으나 틀림없는 그의 작업실 문이었다.

나는 조심스럽게 뒷걸음질을 치기 시작했다. 그리고 다시 계단을 내려와 내 방으로 돌아왔다. 그리고 핸드백을 열어 목걸이를 끄집어냈다. 생각보다 일찍 이것을 그의 목에다 걸어줄 수가 있다는 사실에 나는 몹시 흥분하고 있었다. 손가락까지 가늘게 떨고 있었다.

나는 그 흥분을 억누르며 목걸이를 들고 이층으로 올라갔다. 올라가서는 숨을 죽이며 그의 작업실 문 앞으로 다가섰다.

이상한 냄새가 눅눅한 습기 속에서 맡아져 왔다. 무슨 냄샐까. 피비린내 같은데, 하는 생각이 떠오르면서 나는 순간적으로 어떤 불안감에 사로잡혔다. 설마, 하는 심정으로 가만히 작업실 문 안으로 고개를 디밀어보았다. 그리고 작업실 안에 전개되어 있는 광경을 목격한 순간,

악!

하는 비명 소리와 함께 나는 그대로 실신해서 쓰러져버리고 말았다. 그가 낭자하게 피를 흘린 채 죽어 있었던 것이다.

내가 정신을 차리고 가까스로 몸을 일으킨 것은 그로부터 한참 뒤였을 거라고 기억된다.

나는 도망칠 수가 없었다.

나는 그의 시체에 빨려들 듯 다리를 후들거리며 작업실 안으로 들어서고 있었다. 몇 마리의 커다란 쥐들이 그의 시체 위를 기어 다니고 있었다. 그리고 그의 시체 곁에는 역시 죽은 채로 개 한 마리가 모로 누워 있었다. 그들은 마치 서로 굳게 껴안을 듯한 형상을 하고 있었다. 마룻바닥에는 피가 질펀하게 깔려 있었다.

그는 눈과 귀와 입술이 찢겨져 있었다. 쥐들이 저질러놓은 흔적 같았다. 그동안 내가 준 모든 양식들을 그는 아마도 쥐들에게 모두 던져준 모양이었다. 사과며 밤 따위의 과일들과 빵 부스러기, 라면 따위들이 마룻바닥에 너저분하게 널려 있었고 거기엔 모두 쥐가 이빨로 갉던 흔적이 역력해 보였다.

그의 오른손에는 피 묻은 페인팅 나이프 하나가 쥐어져 있었다. 피는 그의 왼쪽 손목 동맥으로부터 흘러나온 것 같았다.

개는 목을 졸라 죽였는지 아무런 상처도 보이지 않았다.

나는 두려움에 떨면서 그림이 있던 위치로 시선을 옮겼다.

아!

나는 보았다. 거기 경건하게 완성되어 있는 한 남자의 영혼을. 나는 오래도록 시선을 다른 데로 옮길 수가 없었다.

그 그림은 일찍이 내가 한번도 본 적이 없는 가장 아름다운 또 하나의 세계였다. 그리고 그것은 바로 그의 유서이자 영혼의 목소리였다.

나는 복도로 나가 마룻바닥에 떨어져 있는 목걸이를 주워서는 포장을 풀고 그의 목에다 걸어주었다. 그리고 그의 시퍼렇게 죽어 있는 입술에다 내 입술을 포갰다.

갑자기 견딜 수 없는 오열이 북받쳐 올라 나는 그제서야 그의 가슴을 두드리며 긴 통곡을 쏟아내기 시작했다.

〈끝〉

한 줄의 시(詩), 한 악장의 심포니, 또는 한 폭의 그림 따위들은 결단코 설명되어 지거나 해석되어서는 안 되며 다만 느끼어지는 것이라고 나는 언제나 고집하며 살아왔었다. 따라서 그 잘나빠진 고교입시나 대학입시용 참고서에서 만해 한용운 선생의 「복종」이나 라이너 마리아 릴케의 「가을날」 등이 조잡한 이론가들의 녹슨 칼끝에 난도질당해져 있는 것을 보면 차라리 나는 혐오감 때문에 죽고 싶다는 생각까지 들 정도였다. 시란 표본실의 청개구리가 아닌 것이다. 배를 가르고 내장을 드러내고 허파가 어떠니 콩팥이 어떠니 왈가왈부해봤자 더욱 시에 대한 눈이 멀어져갈 뿐이다. 물론 내가 여기서 이야기하는 시란 수사법상 제유법적으로 사용된다. 그러니까 시를 음악이나 미술로 바꾸어 말한다 해도 마찬가지라는 얘기다. 혹자들은 말한다. 이 시는 도무지 이해할 수가 없어 너무 어려운 시야, 라고.

그러나 어려운 것은 시가 아니라 그렇게 말하는 사람의 시에 대한 편견이다. 도대체 시를 이해하려 든다는 것부터가 무모하다. 시가 감상되는 것이라는 기초적 상식을 버리고서는 도저히 시에 근접할 수가 없는 것이다.

나는 소설을 쓸 때 언제나 그것을 염두에 둔다. 따라서 내 소설 또한 감상되기를 바라며 결코 설명되기를 바라지는 않는다. 나는 되도록이면 언어 자체를 생물로 만들려고 노력한다. 그것은 추상이 아니라 구상이다. 나는 소설이 단순히 스토리 때문에 읽혀지는 것이라고 생각지 않는다. 그것은 언어의 동작들이 가지는 아름다움 때문에 읽혀지는 것이라고 나는 생각해 왔다. 언어의 동작이라니, 미친놈이로군, 하는 식의 반응을 보이는 분들께는 더 이상 말해 드릴 방법이 없다. 그분들은 이미 그분들의 의식 속에서 관념이라는 덮개로 언어를 뒤덮어 질식시켜 버린 사람들이기 때문이다.

내게 있어 언제나 언어는 초자연적 본체로 물체에 붙어 그것을 보살피는 힘, 즉 철학에서 말하는 정령(精靈) 같은 느낌으로 다가온다.

내게 있어 언어는 또 자연 그 자체이다. 바람이 불면 흔들린다. 햇빛을 받으면 반짝거리고, 탁하고 습한 곳에서는 썩기도 한다. 그것은 감정을 가지고 있으며 무척 다루기 힘든 대상이다. 때로는 흐느끼고 때로는 분노한다.

그러나 견딜 수 없는 것은 밤을 새워 언어를 건져 올리다가 마침내 나 자신이 아무것도 아니라는 사실을 발견할 때다.

나는 되도록이면 나의 글들이 지금까지 말해 온 그런 언어의 정령성에 의해 쓰여진 것이기를 빈다. 그러나 언제나 실패였다는 생각이다.

나는 여기서 내 졸작들에 대한 줄거리를 밝힌다거나 변명을 한다거나 폼 난다고 생각되는 부분 따위를 인용하는 식의 치기를 포기하기로 한다. 그리고 가급적이면 읽은 이가 읽은 대로의 느낌만으로 내 졸작들에 대한 모든 것을 대신해 주기 바란다. 개새끼 정말 한심한 내용의 글을 썼군, 이라고 말해도 좋고, 엿 먹는 인생, 이것도 글이라고 책으로 만들었냐, 하고 내 책에 똥칠을 해도 좋다. 하지만 뭔가 아픈 느낌이 있다, 라는 표현을 해주는 분이 계시다면 나는 그 분을 위해 더욱 아프게 쓰고 싶다.

나는 내가 사랑하지 않는 것들을 결코 내 글 속에서 폼 나는 역할로 내세우지 않는다. 그렇다면 내가 사랑하는 것들은 어떤 것인가. 그것들은 바로 나와 함께 살았던 것들이며 내가 외로웠을 때 마음으로 자주 대화를 나누었던 것들이다. 그것들은 아주 작고 가까이에 있는 것들이다.

한때 나는 가난하다는 이유 하나로 별 시답잖은 동포들한

테까지도 동포 취급을 못 받고 살아왔었다. 그 시절 내 곁에 있었던 것들—비듬, 땟국물, 이, 얼룩, 배고픔, 창녀의 빈 방 따위들과 함께 있었다. 그러니까 대부분의 사람들이 멀리하는 것들과 나는 가까이 지낸 셈이다. 그때 나는 알아냈었다. 사람들이 멀리하는 것들도 막상 가까이 곁에 두고 있으면 외로움이 극에 달한 상황에서는 사랑스러워진다는 사실을. 더럽다는 것은 더럽다고 생각하는 사람의 마음에 비하면 기실 별로 더럽지 않다는 것을. 그 어떤 것에도 애정을 느끼는 순간에 더럽지 않다는 것을.

그리하여 나는 되도록 사람들이 더럽다, 징그럽다, 라고 생각한 것들을 사랑스럽다고 바꾸는 작업에 착수했었다.

쓰레기통 속에도 아름다움은 넘쳐나고 화장실 속에서도 존엄한 생명에의 진리가 반짝이고 있다는 것을 그즈음 나는 비로소 알아냈었다. 사랑이라는 단어, 요즈음은 왠지 사어(死語)처럼 생각하는 사람들이 많지만 그러나 인간은 결국 함께 사랑하기 위해서 살고 있는 것이다. 물론 이 함께라는 단어 속에는 사랑받고 싶다는 뜻도 내포되어 있다.

서로 사랑하기 위해서 인간이 살고 있는 것이라면 되도록 내 글들이 사랑하는 일에 도움이 되기를 나는 바란다. 당연히 이 사랑은 '자기'나 '그대' 따위에 국한된 것이 아니다. 지렁이나 이나 쥐나 미친개를 사랑할 수 있는 심미안에의 도움을 말하는 것이다.

나는 인간에게 영혼이 있다는 것을 믿는다. 벼룩이나 모래에도 영혼이 있다는 것을 믿는다. 당연히 하나님이 있다는 것도 믿는다. 앞으로 나는 되도록 영혼과 육신과 정신, 이 세 가지가 잘 조화된 상태가 되려고 노력하겠다. 그것은 내가 사랑하는 것들을 내 글 속에서 더욱 사랑스럽도록 만들기 위해서다.

이 시대는 불안하고 암울하다. 희망이 잘 안 보이는 웃기는 시대다. 이 시대는 바로 혼돈 그 자체다. 과연 무엇이 옳고 무엇이 그르며 무엇이 죄고 무엇이 벌인가. 노스트라다무스여. 그대가 예언한 서기 1999년의 지구 멸망은 진짜인가 겁주는 것인가.

그러나 이제 우리도 어느 정도는 알고 있다. 우리가 너무도 우리들 본질 밖으로 벗어나 있음을. 마음이 열려 있던 시대는 가고 물질만 번뜩거리는 시대가 와서 이제 우리는 담장을 높이 쌓고 그 위에 유리파편 또 그 위에 철망까지 쳐놓고 산다.

이제 그대가 말했던 대로 아니 성서가 말했던 대로 우리는 떠나야 할 때가 왔다. 가난하고 외로운 자들이여. 안심하자. 사람 밖에서 살던 사람들이여 안심하자. 우리는 비록 그렇게 살아왔다만 사랑만은 간직하고 살았으니, 영혼까지 멸망치는 않으리라.

앞으로 나는 멸망치 않는 영혼에 대하여 쓰고 싶다. 그것만이 실패만 거듭해 온 내 글들의 구원일 것이라는 생각이 든다. 그것은 견딜 수 없는 고통 뒤에야 비로소 성취될 수 있는 것임을 나는 안다. 끝으로 한마디 솔직한 내 견해를 덧붙인다면 요즘은 골이 텅 빈 사람들이 너무나 많다. 책을 안 읽고 사니까 그럴 것이다.

하지만 수중에 돈 떨어지면 아무리 그럴듯한 사람도 도무지 맥을 못 추는 세상, 책 읽는 사람들은 한결같이 가난한데 책값은 또 오라지게 비싸기만 하다. 되도록 나는 재미있게 써야겠다는 생각을 한다. 그래야 이 시정잡배 이외수의 독자들이 돈 아까운 줄을 모를 테니까. 하지만 그것은 서비스일까 속임수일까. 둘 다 아니다. 내 최소한의 독자들에 대한 애정일 뿐이다.

1946년    경남 함양군 수동면 상백리에서 태어났다.

1958년    강원도 인제군 기린국민학교를 졸업했다.

1961년    강원도 인제군 인제중학교를 졸업했다.

1964년    강원도 인제군 인제고등학교를 졸업했다.

1965년    화가 지망생이었으나 집안 사정과 교사인 아버지의 추천으로 춘천교육대학에 입학했다.

1968년    육군에 입대했다.

1971년    육군 병장으로 만기제대했다.

1972년    춘천교육대학 입학 7년 만에 학문 연구에 대한 회의와 집안 사정이 겹쳐 결국 중퇴했다.

1972년    《강원일보》 신춘문예에 단편 「견습어린이들」이 당선되면서 데뷔했다.

1973년    강원도 인제남국민학교 객골분교 소사로 근무했다.

1975년    《世代》에 중편 「훈장(勳章)」으로 신인문학상을 수상했고, 《강원일보》에 잠시 근무했다.

1976년    단편 「꽃과 사냥꾼」을 발표했고, 11월 26일 '미스 강원' 출신의 미녀 전영자와 결혼했다.

1977년    춘천 세종학원 강사로 근무했다. 장남 이한얼이 세상에 나왔다.

1978년    원주 원일학원 강사로 근무했다. 당시 신인작가에게는 파격적인 조건으로 첫 장편『꿈꾸는 식물』을 전작으로 출간해 당대 최고의 문학평론가였던 김현 선생의 극찬을 받았다. 또한 이 작품은 30만 부 이상 판매되며 문단에 신선한 바람을 일으켰다.

1979년  단편「고수(高手)」와「개미귀신」을 발표했다. 이때부터 모든 직장을 포기하고 창작에만 전념하기 시작했다.

1980년  소설집『겨울나기』를 출간했다. 단편「박제(剝製)」「언젠가는 다시 만나리」「붙잡혀 온 남자」를 발표했다. 같은 해 차남 이진얼이 출생했다.

1981년  중편「장수하늘소」, 단편「틈」과「자객열전」을 발표했다. 또 두 번째 장편인『들개』를 출간해 70만 부 이상 판매되며 문단의 화제가 되었다.

1982년  만 1년 만에 장편『칼』을 세상에 내놓으면서 60만 이상의 독자에게 사랑을 받았다.

1983년  직접 그리고 쓴 우화집『사부님 싸부님』(전2권)을 출간해 '보고 읽고 깨닫는' 에세이집의 가능성을 보여주었고, 이 책은 20만 부 이상 판매되었다.

1985년  삶에 대한 개인적 소회와 감성적인 문장들을 모은 산문집『내 잠 속에 비 내리는데』를 출간했다.

1986년  산문집『말더듬이의 겨울수첩』을 출간했다.

1987년  그동안 발표한 중단편 소설들을 모아 두 번째 소설집『장수하늘소』를 세상에 내놓았고, 서정시집『풀꽃 술잔 나비』를 출간하며 각박한 삶 속에서도 감성을 잃지 않아야 함을 간접적으로 보여주었다.

1990년  나우갤러리에서 마광수, 이두식, 이목일과 4인의 에로틱 아트전을 개최했다.

1992년  삶과 문학에 대한 고민으로 수년을 방황하다 부인의 권유로 방문에 교도소 철문을 설치하는 기행까지 서슴지 않으며 드디어 독자들이 기다리던 네 번째 장편이자 이외수 문학의 2기를 여는 장편『벽오금학도』를 세상에 내놓았다. 이외수 소설에 대한 독자들의 갈증으로 이 작품은 출간하자마자 120만 부 이상 판매되며 밀리언셀러가 되었다.

1994년 사물과 상황에 대한 작가만의 감성을 써내려간 산문집『감성사전』을 출간했다. 같은 해 선화(仙畵) 개인전을 신세계 미술관에서 개최했다.

1997년 장편『황금비늘』(전2권)을 출간하며, "인간이 인간다운 이유는 아름다움을 알기 때문이다"라는 화두로 스스로를 구원해야 세상을 구할 수 있다는 메시지를 전하였다. 독자들의 폭발적인 반응으로 100만 부 이상 판매되었다.

1998년 가난한 문학청년에서 베스트셀러 소설가가 되기까지 괴짜 작가로서 겪어낸 사랑과 청춘의 기억을 담은 산문집『그대에게 던지는 사랑의 그물』을 출간했다.

2000년 아름다운 감성의 언어들이 돋보이는 시화집『그리움도 화석이 된다』를 출간했다.

2001년 『사부님 싸부님』 이후 18년 만에 우화집『외뿔』을 출간해 글과 그림의 예술적 조화를 선보이며 "자신의 내면을 아름다움으로 가득 채울 수 있다면 진실로 거룩한 존재"임을 설파했다.

2002년 여섯 번째 장편이자 조각보 기법을 활용한『괴물』(전2권)을 출간해 70만 이상의 독자들에게 사랑을 받았다.

2003년 일상의 단상과 사랑에 대한 예찬을 담은 에세이인 사색상자 『내가 너를 향해 흔들리는 순간』과 산문집『뼈』를 출간하며 왕성한 집필욕을 내보였다. 7월에는 대구 MBC 사옥 내 갤러리 M의 초대로 〈이외수 봉두난발 특별전〉을 개최했다.

2004년  직접 그리고 쓴 이외수표 에세이인 소망상자『바보바보』를 출간했다. 같은 해 실직이나 취업, 학업 등으로 실의에 빠진 청년들을 위로하는 편지글로 구성된 산문집『날다 타조』를 세상에 내놓았다.

2005년  일곱 번째 장편으로 이외수 문학 3기로 명명되는 장편『장외인간』(전2권)을 출간해 40만 독자들에게 사랑받았다. 또 제2회 천상병예술제에서 〈이외수 특별초대전〉을 열었다.

2006년  강원도 화천군의 유치로 다목리에 '감성마을'을 구성해 '감성마을 촌장'으로 입주하였다. 국내 최초로 생존 작가에게 제공된 집필실 겸 기념관 건립사업은 문화계 내에서뿐 아니라 사회적으로도 화제가 되었다. 같은 해 문장비법서『글쓰기의 공중부양』을 세상에 내놓으며 문학청년들에게 실전적인 글쓰기 방법을 전수하였다. 또한 그동안 발표한 중단편 소설들을 모아 소설집『장수하늘소』『겨울나기』『훈장』을 새로이 단장했다.『훈장』에는 발표 이후 최초로 책에 담은 데뷔작「견습어린이들」이 수록되어 30여 년 작가생활 동안 잃지 않은 초심을 고스란히 보여주었다. 이외에도 수차례의 개인전에서 선보인 선화들을 모아 선화집『숨결』로 묶어 내놓았고, 12월에는 시집『풀꽃 술잔 나비』와『그리움도 화석이 된다』를 합본해 재편집한 시집『그대 이름 내 가슴에 숨 쉴 때까지』를 출간해 시심(詩心)을 새로이 했다.

2007년  소통법『여자도 여자를 모른다』를 정태련 화백과 함께 출간해 새로운 형태의 산문집을 세상에 선보였다. 출판사 사정으로 판권을 옮기게 된 문장비법서『글쓰기의 공중부양』과 산문집『뼈』를 해냄출판사에서 개정 출간하였다.『뼈』는 재편집하여『사랑 두 글자만 쓰다가 다 닳은 연필』로 개정하였다.

2008년  생존법 『하악하악』을 정태련 화백과 함께 출간했다. 이 책
은 70만 부 이상 판매되며 침체된 도서시장에 활력을 불어
넣었다고 평가된다. 또한 선화(仙畵) 개인전을 포항 포스코
갤러리에서 개최하였다. 7월에는 시트콤 〈크크섬의 비밀〉
에 출연해 신선한 즐거움을 선사했고, 10월부터는 1년 동안
MBC 라디오 〈이외수의 언중유쾌〉를 진행하며 '사람답게
사는 법'에 대해 청취자들과 의견을 나누기도 했다.

2009년  이전에 출간한 산문집 『날다 타조』에 새 원고를 추가하고
정태련 화백의 그림을 수록해 『청춘불패』로 새 단장하여
독자들에게 선보였고, 이 책은 20만 부 이상 판매되었다.

2010년  '내가 흐르지 않으면 시간도 흐르지 않는다'는 뜻의 제목을
붙인 산문집, 이외수의 비상법 『아불류 시불류』를 출간해
20만 이상의 독자들에게 사랑받았다.

2011년  『흐린 세상 건너기』(1992)의 원고 일부에 새 원고를 합하고
박경진 작가의 수채화를 수록한 에세이 『코끼리에게 날개
달아주기』를 출간하였다. 12월 '인생 정면 대결법'이라는 부
제로 『절대강자』를 정태련 화백과 함께 출간해 20만 이상
의 독자에게 사랑받았다.

2012년  '세상 모든 아름다운 것들을 위하여'라는 주제로 정태련 화
백과의 다섯 번째 에세이 『사랑외전』을 출간했고, 이 책은
20만 부 이상 판매되었다.

2013년  하창수 작가와 함께 대담집 『마음에서 마음으로』를 출간
했다.

2014년  소설집 『완전변태』를 출간하며 "예술가는 세상이 썩지 않게
하는 방부제 역할을 해야 한다"는 화두로 금전만능주의 사
회에서 삶의 가치를 바꿀 것을 독자들에게 전파하고 있다.

## 들개

초판 1쇄  1981년 12월 20일
제2판 1쇄  2005년 2월 25일
제2판 6쇄  2008년 1월 25일
제3판 1쇄  2008년 6월 30일
제3판 7쇄  2013년 5월 5일
제4판 1쇄  2014년 4월 20일
제4판 2쇄  2016년 8월 30일

**지은이** | 이외수
**펴낸이** | 송영석

**펴낸곳** | (株)해냄출판사
**등록번호** | 제10-229호
**등록일자** | 1988년 5월 11일(설립일자 | 1983년 6월 24일)

04042 서울시 마포구 잔다리로 30 해냄빌딩 5·6층
**대표전화** | 326-1600 **팩스** | 326-1624
**홈페이지** | www.hainaim.com

ISBN 978-89-6574-442-9